D0544854

LA MURAILLE DE GLACE

LES YEUX DE FLORENCE

LA MURAILLE DE GLACE

roman

Lydia Renoir

TEXTES ET
CONTEXTES

La muraille de glace
Lydia Renoir

Collection LES YEUX DE FLORENCE

AUTRE TITRE PARU
aux éditions Textes et Contextes

Les couleurs de l'ombre
2008

© Lydia Renoir
Tous droits de reproduction, d'adaptation et de traduction réservés

Éditions TEXTES ET CONTEXTES, 2011
Sainte-Adèle (Québec)
www.textesetcontextes.ca

ISBN : 978-2-923706-24-5

Dépôt légal : Bibliothèque et Archives nationales du Québec, 2011
Dépôt légal : Bibliothèque et Archives Canada, 2011

Préface en forme de cœur

En soi, connaître Lydia Renoir est déjà un privilège.

La lire, un pur enchantement.

Sous sa plume unique, toute en vérités, nuances et clairs-obscurs, se dévoile un univers romanesque inoubliable, dans un langage où le quotidien est poétisé jusque dans ses manifestations les plus sombres. Et c'est avec l'exquise sensibilité qu'on lui connaît, mais aussi avec des prises de positions qui démontrent l'étendue de sa culture politique et artistique, que Lydia pose sur papier l'imaginaire chatoyant de ce second roman de la suite romanesque «Les yeux de Florence». Force est de conclure que celle dont on connaît si bien la voix et la présence, celle qui a écouté et soigné tant de gens possède des doigts d'orfèvre, desquels les mots surgissent comme une rivière de perles baroques. Et, de perle en perle, un collier se lie, à la fois solide et souple, attendant qu'une peau en apprécie le velouté.

Cessons ici, car je vous sais pressé de retrouver la musicalité découverte dans l'ouvrage Les couleurs de l'ombre. Petite mise en bouche: La muraille de glace s'ouvre sur une question de Neil qui demande: « De quelle couleur est le sommeil ? » C'est tout dire... À nous, la couleur du sommeil, les libellules d'un vitrail, les pâtes de verre de Gallé, les rubis, jades et autres préciosités de la nature servant d'écrin à une intrigue sensible...

Et, si l'attente nous a semblé longue pour replonger dans un monde où les valeurs esthétiques sont omniprésentes, puisse le proverbe « jamais deux sans trois » s'inscrire dans la trajectoire épistolaire de cette grande dame, pour nous permettre de prolonger le bonheur de lecture intense qu'elle nous offre !

Béatrix MARIK
Directrice de publications, TVA Publications
Amie, admiratrice et sœur cosmique de l'auteure...

À la sensibilité si précieuse et pourtant malmenée,
trame enchantée de nos destinées
Aux âmes en quête de résonance
sur le grand tambourin de l'existence
Aux oiseaux chercheurs de vents porteurs et ascendants
À la peine qui s'étiole comme un murmure de corolles,
comme si le deuil était un parfum
Au trou noir qui aspire et confronte,
gluante caverne des jours maudits
À la Force qui abreuve en autant qu'on l'accueille
À l'amour qui soulève, enveloppe, élève
À la justice immanente
À la candeur, lueur du cœur
Au bonheur des heures

L. RENOIR

Première partie

AU-DELÀ DE LA PIÈCE BLEUE

I

« De quelle couleur est le sommeil ? lança Neil d'un ton espiègle.

— Bleu ! De quelle couleur est le sommeil ? répliqua Florence.

— Marron !

— Hum… monsieur a une bulle très spéciale !

— Pas autant que madame ! C'est ma couleur, Florence. Je rêve en marron !

— En marron ?

— Mais non… mais la nuit, je suis dans une bulle marron. »

Elle se mit à rire, d'un rire si frais et cristallin qu'il ne put retenir ses larmes. Elle était si douée pour le rire. Une cascade de sons crépitait alors dans son larynx comme les sonates de Mozart sur le plus incomparable des clavecins. Et plus elle riait, plus le regard de Neil se voilait. Un chagrin immense délavait ses joues au point où il n'était plus que l'ombre, l'aquarelle… de lui-même. Alors, la nausée lui monta aux lèvres. Il se retrouva sur le chemin à rebours des amours, à Rougemont où, enfiévrés par des milliers de pétales de fleurs de pommiers arrachés au vent, aux premiers jours de leur floraison, ils avaient câliné leur amour. C'était un jour où l'orage s'était pointé à l'heure du midi, sans avertissement, emportant ces fleurs incomparables et leur parfum.

« Et toi… *Il vient d'ouvrir les yeux, comme ils sont hagards…* tu es partie prématurément, comme les fleurs de pommiers… j'aimais ton parfum… »

Voilà qu'il s'éveille d'un sommeil de vodka. Eau-de-vie ou eau-de-mort, selon le cas, il avait tendance à boire, à l'occasion, de la vodka givrée. Mais là, qu'elle soit citronnée, poivrée, au kiwi, au piment, au miel, au gingembre, à la tomate, ou à la framboise, elle est devenue sa compagne, particulièrement la nuit. Ernest Hemingway la buvait auréolée de boules de cantaloup, avait-il appris au bar de l'hôtel Ritz, à Paris. Cette macération allait peut-être l'affranchir de ce deuil insoutenable, l'affranchir de cette nuit où, porté par la troisième symphonie de Brahms qu'il avait écoutée pendant des heures, remué par l'avant-dernier mouvement qui était pour lui un appel à l'amour et au romantisme, il était entré dans un autre monde. Cette nuit-là, ses yeux atypiques s'étaient décillés et il avait vu sous les apparences, en quelque sorte, le dedans du dehors. Il avait vu Florence dans la chambre.

« Florence… Florence… »

Quelle intensité ! Je peux difficilement la traduire avec des mots.

De son oreille immatérielle enfin posée sur le cœur du monde, il avait entendu : « Porte les rubis, il reste tant à faire… » Le jour s'était levé. Il avait ouvert les yeux, empli de sa présence et de son amour. Il était sorti de la chambre. Dans le bureau de Florence, qu'il appelait affectueusement *Amira,* princesse en Arabe, *Le livre des arts et des civilisations de l'Islam* qu'il lui avait offert était ouvert. Il avait regardé l'image du plumier de jade et du poignard serti de rubis. À côté sur l'autre page, il avait vu la photo d'un petit écrin qu'il n'avait jamais remarqué, un coffret d'émail au décor floral polychrome, serti de rubis et de fils d'or. « *Il faudra ouvrir ce coffret,* avait-il entendu en lui-même, *les rubis sont de multiples causes devant être défendues.* » Il avait alors ressenti qu'il était appelé à *vivre en guerrier existentiel,* combattant pour les nobles causes. Il avait vu ce que d'autres ne voient pas. Il avait entendu ce que d'autres n'entendent pas. Il avait fait brûler de l'ambre doré. L'odeur capiteuse avait parfumé la pièce lui rappelant les soirs de tendresse. Mais une tempête grondait à la porte de son âme, la révolte avait giclé, éclaboussant toute perception! Car sa vie, quelques mois auparavant, avait totalement culbuté et des odeurs macabres, depuis lors, s'étaient substituées aux essences enflammées. Le Suisse, qu'ils avaient rencontré fortuitement croyaient-ils, à Venise sur la terrasse d'un restaurant, à l'été 2000, s'était transformé quelques jours plus tard en loup prêt à mordre et à tuer. Il avait percuté Florence sur le front, martelant une zone particulièrement sensible, *la porte du ciel*. Il avait agressé son sein gauche où un psoriasis donnait certains jours au mamelon un ton cramoisi. Il avait volé son sac à main. Florence avait compris par la suite, avec l'aide de Neil, que cette attaque était prémédité, qu'elle était en réalité la résultante d'une vengeance d'un des vingt et un généraux du SLORC, le conseil révolutionnaire de Myanmar, dont le fils avait été hospitalisé au Montreal's Children à cause d'une leucémie. Florence l'avait pris sous son aile et s'en était occupé à titre de psychologue[*].

Neil, qui est fasciné par les tempêtes de sable et les oasis, s'enfonce depuis dans un désert intérieur si peu propice à la vie, qu'on croirait que les déserts du Sahel et du Sahara, de Gobi, de Namib, de Mojave, d'Atacama, du Taklamakan et même le fameux *Death Valley*, la vallée de la mort, s'y sont donné rendez-vous. « Le 13 septembre 2001, Florence est décédée, aspirée par son empathie pour les victimes du World Trade Center », affirmat-il mélancoliquement tout dernièrement à Étienne Ora, un jeune photographe italien devenu cameraman pour CNN. Étienne cherche le sens de la vie et des phénomènes. En réalité, il est devenu le *black and white eye* de CNN. Il fixe des images en noir

---

[*] Le début de cette bouleversante et touchante histoire a été relatée dans le tome I de la collection *Les yeux de Florence*: «Les couleurs de l'ombre », éditions Textes et Contextes.

et blanc sur la pellicule. Florence est souvent près de lui. Il est en Afghanistan en ce moment. En mars dernier, nous sommes donc en 2002, une journaliste du journal parisien *Le Monde*, Irène Delanoë, est venue rencontrer Neil pour une série d'articles. Mars était pluvieux.

« Entrez, je vous en prie. Il pleut en plein hiver. Un mois de mars gris, du premier au… hum… vingt et un, c'est ça ?

— Oui ! Ouf ! Je vais laisser quelques gouttes sur le plancher.

— Peu importe… l'eau, ça me connaît. Vous n'avez pas eu de difficulté à trouver la maison, comme d'habitude ?

— Non !

— Heureux de vous retrouver, madame Delanoë. Je n'aurais jamais cru que le journal *Le Monde*… Donnez-moi votre manteau.

— Oui, voilà… et mes gants de tempête, tout mouillés, bien sûr.

— Tiens, l'expression est bien choisie. Que peuvent avoir de particulier des gants de tempêtes ?

— Ils ne sont jamais mouillés à l'intérieur.

— Ah bon !

— Oui, mais ne le dites surtout à personne ! »

Dans le hall d'entrée tout embué de l'humidité hivernale, Neil sourit de ses belles dents. Mais le sourire est discret, figé même, depuis septembre 2001. Irène Delanoë le sait et tente d'alléger quelques instants le poids du deuil.

« Allons comme d'habitude dans mon bureau.

— Je vous suis.

— Bonjour madame Irène ! »

Jeanne la Pivoine est toujours au poste.

« Bonjour Jeanne, vous allez bien ?

— Oui, très bien.

— J'étais à manger des dattes… l'or brun du désert… la variété *Deglet-Nour*, « doigt de lumière ». Quand les dattes arrivent ici dans les marchés, c'est signe que le printemps n'est pas loin. Vous voulez en goûter quelques-unes ?

— Pourquoi pas !

— Ça me réconcilie avec les oasis, vous comprenez ?

— Parce que… ?

— Oui, parce que… c'est le désert, voyez-vous. »

Il la regarde de ses grands yeux de velours noir. Une bruine vient de s'y poser.

« Monsieur Jasmin, vous êtes un fidèle lecteur du journal *Le Monde* depuis plusieurs années et, comme vous le savez, l'éditeur de notre journal n'est pas resté insensible à l'histoire de votre conjointe, Florence. Nous aimerions maintenant, si vous le permettez, consacrer aussi un article à votre vision des choses, votre vie, votre rencontre avec Florence de Blois et ces cinq années que vous avez passées en sa compagnie.

— Oui.

— Je sais que je vous demande beaucoup.

— Son décès m'a pris par surprise. C'est… l'événement le plus pénible de toute ma vie.

— Allons doucement… parlons de votre enfance.

— Je vous sers une vodka. »

Neil et la vodka…

« Oh… un café fera bien l'affaire. Vous permettez que j'utilise mon enregistreuse ? Ça me facilite toujours la vie.

— Oui, bien sûr, faites comme d'habitude… Je suis né à Cherchell, en Algérie. *Il se déplace et lui verse du café que Jeanne la Pivoine a déjà préparé.* J'y suis resté jusqu'à l'âge de neuf ans et c'est à cette époque que j'ai décidé de consacrer ma vie à la beauté. Il y a à Cherchell un des plus beaux musées de toute l'Algérie. Je l'ai parcouru de long en large avec mes parents et ma sœur, à plusieurs reprises. J'ai admiré la statue colossale d'un empereur, sans doute Auguste, et les nombreux bustes en marbre. Cherchell surplombe la mer. On l'appelait autrefois

Césarée. La mer, les sculptures, les verreries, les mosaïques qu'on retrouve à Cherchell ont fait de moi un protecteur de la beauté. Mais il y a aussi Tipaza. Après avoir roulé à peu près soixante-dix kilomètres, et traversé les stations balnéaires des environs d'Alger, il y a cette ville de Tipaza un ancien port romain. Trente kilomètres plus loin, il y a Cherchell, ma ville natale. Albert Camus disait qu'au printemps, Tipaza est habitée par les dieux et qu'ils parlent dans le soleil, la mer d'argent et le ciel bleu écru. On se demande comment il a pu, plus tard, écrire *L'Étranger*.

— Dans le sens où… Meursault, trouvant que la vie n'a aucun sens, n'éprouve aucune compassion face à la mort de sa propre mère et aucun remord après avoir lui-même tué un homme, réplique Irène Delanoë.

— Florence était très critique par rapport à la trame de fond de *L'Étranger*. C'était mon livre fétiche et la vision que Florence en avait m'a totalement décontenancé.

— C'est qui *L'Étranger* ? demande Jeanne.

— Un homme qui se sentait comme un réfugié peu importe où il allait, et il a décidé de faire exploser la vie, lui explique Neil, habitué à ses réparties ingénues qu'il aime, je dois dire, car elles jettent souvent une lumière rose sur la réalité.

— Ah bon, encore un terroriste.

— Bien… Jeanne… Meursault n'était pas vraiment un terroriste, réplique-t-il tout naturellement.

— Moi, je pense que oui, parce qu'il a semé la terreur. »

Elle est très affirmative.

« C'est quand même intéressant. »

La journaliste allait presque prendre en note sa riposte.

« Je continue donc de répondre à votre question. Je reviens sur Tipaza. Dans le parc archéologique, j'ai souvent admiré les vestiges de la Cité antique. Le site en bord de mer est ombragé par des pins. À l'extérieur du parc, il y a là aussi un musée. J'ai été ébloui par des stèles funéraires ornées de guerriers à cheval, par des sarcophages finement sculptés et des verreries magnifiques datant du Iᵉ au IIIᵉ siècle. Je m'en souviens encore, j'avais sept ans et ce jour-là, mes ailes artistiques se sont déployées. En 1979, on y a ouvert un deuxième musée appelé le Nouveau Musée… Mais dites-moi, avez-vous entendu parler du concours du chien le plus laid au monde, *the world's ugliest dog contest*? »

Neil est obsédé par ce concours. Madame Delanoe est un peu perplexe.

« Non.

— Eh bien, c'est l'horreur au *Colleseum de Petaluma*, en Californie, depuis 1994. On dit qu'à chaque année, la barre est de plus en plus haute car il sera difficile de faire pire que l'année précédente. Enfin…ça me décourage. »

Irène Delanoë ne sait que lui dire.

« Oui, bien sûr, il y a pire chez l'humain, surtout les horreurs de la guerre… »

Et sur l'entrefaite, Jeanne-la-Pivoine se pointe dans le cadre de la porte les invitant à la salle à manger pour savourer un osso-buco parfumé. Ce plat traditionnel milanais fait de jarret de veau accompagné de risotto fait le bonheur de Neil.

La voilà qui se promène de la cuisine à la salle à manger, disséminant les confidences.

Elle confie à madame Irène que Neil ne se couche plus dans la chambre où Florence est décédée, depuis ce soir de décembre où il l'a vue *sous la peau de la grenouille*, dans le dedans du dehors de la réalité. Il couche dans le salon, dans la grande chaise longue de cuir rembourrée, accompagnée de son *rikiki*. C'est ainsi qu'il a nommé son eau-de-vie préférée.

Où est-elle maintenant? L'absence est d'autant plus vive qu'il sait qu'elle est ailleurs. Le deuil comporte plusieurs étapes et Neil est encore en état de choc et de révolte. Florence n'a-t-elle pas laissé sa main? Elle a perdu la vie après avoir vu pendant de nombreux mois en noir et blanc, puis elle s'est enfoncée dans l'encre de la nuit. Il lui avait acheté une canne bleutée, mais cela n'était pas assez. Elle a été aspirée par les diverses textures de l'obscurité.

Florence était fascinée par la porte des hiboux. La nuit, elle la traversait. Et c'est ainsi qu'elle découvrit les lianes éthérées et la fleur de la paix qui n'avait jamais poussé dans les profondeurs de la matière. Dès qu'elle l'eut dans ses mains, elle se colla à son corps vermeil, comme magnétisée, se confondant à sa propre substance. Elle la porta dès lors, comme une oriflamme, une bannière de pacification, ressentant une filiation encore plus profonde avec l'humanisme et la non-violence. Dans l'arrière-pays, où elle vivait particulièrement la nuit, ce qu'elle appelait aussi le pays discret, la fleur devenait ardente. Et un soir, à Paris, dans la suite Hemingway qui ne payait pas de mine, elle entendit plus que jamais des foules immatérielles crier et pleurer. Cette désolation lui tendit les bras. Des milliers d'âmes traumatisées par les guerres imploraient un secours qui n'était semble-t-il jamais allé à la rencontre des meurtris. Elle avait comparé ces âmes à des larmes séchées. Elle eut alors un rendez-vous avec la face cachée de Gaïa. Des mains invisibles, qui la sustentaient sans cesse, l'avaient emmenée au cœur de la désolation. La fleur de la paix l'avait alors enveloppée d'une aura, éclairant son chemin. Elle avait vu de larges étendues où des ombres étaient entassées par millions, ce qui lui était apparu comme d'impo-sants troupeaux de bétail existentiel. C'est ainsi qu'elle avait découvert une âme, croix gammée gravée sur la poitrine, se dégageant des rochers de dureté. Cette âme s'était détachée de *Mein Kampf*, cette bible de la condescendance et du dédain, écrite par Hitler, consacrant la suprématie de la race aryenne. Elle l'avait appelée Pax. Pax aspirait à devenir une petite voix, alertant dans le silence, comme une fraction de leur conscience, les hommes d'État et les personnalités influentes.

Neil est conscient de l'existence de Pax, et des Pacis, car celui-ci a eu du renfort. Une centaine d'âmes repentantes d'anciens membres de la Gestapo se sont jointes à lui. Il recherche tous les jours l'empreinte tangible de son action dans l'invisible, en écoutant attentivement les bulletins de nouvelles. Il zappe à droite et à gauche, sarclant le jardin de l'actualité, discutant avec Driss à Québec et Greg Wilson à New York qui, depuis des années, le harcèle avec cette expression bien à lui: *The swirl of Babel roaming through the world*, le tourbillon de Babel parcourant le monde. Il y a aussi Étienne Ora, ce jeune photographe à qui il envoie souvent des messages textes, et Édouard, le fils aîné d'Amira.

Enfin, Jeanne vient de dire à madame Irène que le vitrail de libellule rond et violacé, cadeau de Neil à Florence, en haut de l'escalier, n'est plus regardé, sauf avec grande nostalgie, certains soirs de pleine lune où les ailes de l'insecte sont illuminées. «*Elle était, pour monsieur Neil, sa libellule!*» Elle chuchote candidement.

«Pour les Amérindiens, la libellule est en quelque sorte le symbole du caractère évanescent de l'existence. Rien ne dure, tout s'efface et se transforme. J'ai ressenti qu'elle était comme une libellule. Je ne pensais pas si bien dire. Nous sommes allés, au début de notre relation, au parc du Mont-Tremblant, sur le chemin du lac Poisson et, sur le bord du lac, elle est devenue la piste d'atterrissage des libellules! Je lui ai fait cadeau de ce vitrail... Il y a aussi les libellules des vases d'Émile Gallé qui pour l'instant, par contre, me rattachent à la vie. Le verre a été sublimé par la passion de l'artiste.

— Si vous allez à la boutique... Vous êtes déjà allée à la boutique?

Jeanne est si curieuse.

— Non.

— Si monsieur Neil vous y amène et pourquoi pas...

—Euh… oui… oui… dit-il, surpris par Jeanne et sa fraîcheur du vent du large, sa tendre naïveté. »

Jeanne est native de Rimouski. Depuis que Florence a subi cette agression, elle a graduellement pris charge de la maison où elle vient depuis des années faire le ménage et parler de son fils. Elle dit tout. Tout, c'est-à-dire qu'une magnifique coupe Gallé aux libellules est bien protégée par toute une armature, dans la vitrine de la boutique de Neil, place Jacques-Cartier, par exemple.

« Ça vaut très cher, vous savez.

—Jeanne… »

Neil est gêné. Heureusement, le portable sonne.

« Allô !… Oui, ma chérie… Oui, toujours avec madame Delanoë… Comment ?… Non, elle ne m'en a pas parlé… Cette nuit ? Non, elle ne m'a encore rien dit… Bien, j'imagine qu'elle n'en a pas eu le temps, entre l'osso-buco et le risotto… D'accord, je t'embrasse. À ce soir…

—En haut, il y a deux lampes champignons de Gallé, dans la chambre de Chérine, la fille de monsieur Neil, à qui il vient de parler. Elle chuchote : *c'est une enfant des jardins de Bagdad…* Puis elle se tourne vers Neil… *C'est à propos de mon rêve ?*

—Oui, on s'en reparle ce soir.

—Non, je vous en parle tout de suite. Aussitôt dit, aussitôt fait. J'ai vu une femme que je ne connais pas, debout sur la tortue de Blondine. Elle fait un voyage sur sa carapace. Nous sommes au bout du voyage, c'est une longue route dans une forêt, nous allons bientôt la rencontrer.

—On verra, Jeanne, on verra. »

La tortue de Blondine était aussi la tortue de Florence. On parle ici du conte de son enfance.

Madame Irène n'a pas les joues rouges suite à toutes ces confidences, mais les paupières rouges, ce qui lui donne l'image d'une drôle de bête. Elle découvre donc les deux lampes et Neil lui explique qu'elles sont comme des songes métamorphosés en pâte de verre. Et pour la première fois, il se surprend à faire un lien entre l'admiration sans borne qu'il a pour Émile Gallé et celle qu'il a pour Florence. Gallé avait découvert l'art des cristaux anciens, les émaux de masse des lampes arabes, les vases de verre aux riches matières quasi chinoises et l'art japonais et, de là, les yeux et le cœur emplit d'une vision nouvelle, il s'était acharné à triturer le verre de stries, de nœuds, d'éclats, de reflets, d'ombres et de marbrures, comme le fait la nature. Il avait superposé les couches de matières et y avait interposé des feuilles d'or et d'argent. Il n'avait pas craint le bullage et les rayures. *Florence, elle, à partir de ce qui flottait dans l'air du temps, percevait des notions, comme Gallé structurait ses vases. Le tout était artistique et lumineux, basé sur les diverses couches de la réalité.* Ainsi, elle avait capté l'évidence de l'existence des femmes-tournesols. Ces femmes fascinent Chérine.

Jeanne parle des perles de Rembrandt que Florence aimait pour leur étonnante luminosité. Elle sert un pudding aux bleuets du Lac Saint-Jean, de quoi faire frémir leurs papilles pendant que Neil les entretient sur l'art de peindre les perles, qui l'éblouissent littéralement. Dans les musées, avec Florence, il recherchait toujours les perles sur les tableaux des grands maîtres, les colliers, les boucles d'oreilles et les croix de perles poires. Il aime *Les perles* de Rubens et aussi *Le coq et la perle* de Philibert Léon Couturier, la couronne de perles de *La vierge à l'enfant* de Jean Fouquet, *Marie-Madeleine* de Le Caravage, pour les perles, posées négligemment sur le sol, et *La dame au collier de perles* de Jan Vermeer. Enfin, cela l'aide à oublier quelques instants son spleen, sa désolation. Il parle finalement de la beauté suprasensible qu'il faut avant tout rechercher, de la beauté intérieure, d'un regard plus profond sur les êtres et les choses. La beauté, explique-t-il, a aussi une valeur symbolique qui peut dépasser la seule conception de proportion et d'harmonie. Sa vision de la beauté s'est transformée depuis quelques années. Florence n'est pas étrangère à cette métamorphose.

« J'ai étudié en histoire de l'art à la Sorbonne où j'ai fait ma maîtrise et, pendant toute la durée de mes études, j'ai eu l'impression d'être dans l'aura du musée de Cherchell. Je me suis beaucoup questionné depuis des années sur la laideur et la beauté. Le beau est, on peut dire, égal au bon et les diverses époques de l'histoire n'ont pas manqué d'établir un lien entre les deux concepts. La sculpture grecque a représenté la beauté psychophysique : l'harmonie entre la beauté du corps et la beauté de l'âme. Dans la phase la plus mûre de la pensée médiévale, Thomas d'Aquin disait que pour qu'il y ait beauté, il doit y avoir proportion et clarté et… chaque culture a associé à sa conception du beau, une idée du laid. Pour l'Occidental moyen, il y a une belle représentation du laid, dans les fétiches et les masques d'autres civilisations.

— Ça commence à devenir compliqué. Si le laid est beau, qu'est-ce qui est laid ?

— Ah, Jeanne, vous êtes resplendissante !

— Vous trouvez ? »

Neil est comme dans un autre monde.

« Florence aimait la représentation de la beauté magique des toiles entre le XVe et le XVIe siècle, comme *La vierge aux rochers* de Leonardo da Vinci et la beauté suprasensible qui transparaît dans le regard et les gestes. Je voudrais lui donner rendez-vous devant *Le printemps* de Botticelli. Elle a tellement aimé cette toile. Pas devant… *dans*… Si je pouvais, comme elle, me fluidifier dans l'aura des êtres et des choses, elle viendrait m'y rencontrer, j'en suis sûr, aspirée par la beauté. Mais comment y parvenir ? Ça me désespère.

— Il faudrait en parler avec un artiste.

— Ce que je dis est si stupide !

— Vous vous jugez durement, Neil. »

Irène Delanoë est presque maternelle.

« Aimeriez-vous un espresso ?

— Oui, mais allongé.

— Pour moi, un double, Jeanne. »

Il oscille entre le double espresso et la vodka, entre l'espoir d'un instant et une mélancolie si profonde.

Puis il enfile sur la conception néoclassique, sur la « ligne de la beauté », sur la « ligne de la grâce », sur la beauté poétique des ruines, sur la beauté romantique, la beauté tragique, la beauté du *non so che...* du je-ne-sais-quoi qui émane d'une toile ou d'une sculpture.

« Florence vous parlerait du mouvement émotif de l'âme en présence d'une œuvre d'art.

— Mais il ne faut pas en faire une religion.

— Non, bien sûr, mais avant de rencontrer Florence, j'ai eu ma période dandy. Vous m'auriez difficilement reconnu. J'aimais briller dans les salons, je me modelais moi-même en tant qu'œuvre d'art. J'ai épousé un mannequin qui m'a fait découvrir la mode. J'ai goûté jusqu'à la lie, croyez-moi, à l'extase des formes !

— Je ne vous imagine pas en dandy.

— J'ai beaucoup changé. À l'époque, j'aspirais à être sublime, sans interruption. J'aurais aimé vivre et dormir devant un miroir. J'étais influencé par Baudelaire pour qui le dandysme est le dernier acte d'héroïsme d'une aristocratie de l'apparence. Je suis finalement devenu très critique face à la mode ! J'ai découvert le langage de la vie avec Amira. Elle était la lunette à travers laquelle j'ai vu la vie. Je dis « j'ai vu », car il me semble que je ne vois plus rien.

— Et la laideur ?

— Oui, il y a la laideur, mais elle vient surtout de l'intérieur. Elle vient de tout ce qui est fétide, abject, répugnant et terrifiant, qui s'est incrusté dans les formes, mu par les pensées de ceux qui les ont peintes ou sculptées ou qui ont transposé les horreurs d'une légende ou d'un quelconque événement. Vous connaissez la *Méduse* de Pierre Paul Rubens?

— Sa toile, non.

— Vous regarderez dans un livre d'histoire de l'art. Oh, excusez-moi! C'est peut-être encore Chérine...»

Voilà le portable qui s'agite de nouveau sur la table.

«Allo... Oui, salut... Oui et non, je suis avec une journaliste... Le Mondial... Driss, non... S'il te plaît, ne me parle pas de foot... Oui, je sais, d'habitude je regarde avec toi ou je commente, mais là, je me fous du foot et de toute façon, on a encore le temps... Ça me changerait les idées, mais je ne veux pas me changer les idées!... Zidane... Oui, je sais. Reparle-moi de *Zizou*, mais c'est tout... Désolé.

— Vous n'aimez pas le foot?

— De ce temps-ci je suis branché sur l'actualité.

— Oui, évidemment.

— Il y a aussi, pour en finir avec la laideur, les monstres, l'obscène, l'étrange, le kitsch. On peut se demander si on assiste à un dérèglement des sens... si nous sommes rongés par les poux!... Venez, je vous invite à ma boutique. Vous pourrez y admirer une des coupes aux libellules de Gallé.

— Celle dont je vous ai parlé, qui est dans la vitrine.

Jeanne insiste.

— C'est du symbolisme poétique.

— Votre passion pour Émile Gallé avait charmé Florence.

— Oui, c'est ça!»

Jeanne en sait beaucoup sur cette relation. Et sur ce, elle les suit sans attendre l'invitation, comme un chien refusant la faïence.

II

Madame Irène admire la lampe. Elle touche aux libellules cristallisées. Neil lui explique qu'il existe dix-sept versions de la coupe aux libellules et qu'une importante exposition de plusieurs des coupes se tiendra éventuellement à Gingins, en Suisse. La libellule était un des thèmes favoris de Gallé qui a toujours été fasciné par cet insecte, pour lui, symbole de l'évolution de la vie et de sa naissance sur terre et dans l'eau, lui dit-il.

Jeanne s'agite, va et vient. Elle regarde les meubles d'un œil familier. Sous cette apparente agitation, elle a son idée: ouvrir la porte d'une pièce qui depuis quelque temps est trop mystérieuse. En allant aux toilettes, elle passe à l'action. Puis elle invite la journaliste à se soulager à son tour. Au passage, curieuse, évidemment elle regarde.

La pièce est bleue. Toute bleue et de tous les bleus: ardoise, lapis-lazuli, pervenche, azur, céleste, saphir… les meubles, la peinture, le papier peint, les tissus, les lampes, les bibelots… Elle est sidérée. Monsieur Neil accepterait-il qu'elle en parle dans son article? Mais la coupable, c'est Jeanne la Pivoine. Elle a ouvert intentionnellement la porte de cette pièce pour que soit vu ce qui doit être vu. La peinture sur soie de Uemura Shôen, *La Flamme*, cette œuvre remarquable offerte à Kinu Ashikaga par le Musée National de Tokyo, en accord avec le gouvernement japonais, pour ses trente ans au service de la culture, trône dans la pièce.

Madame Irène a appris, en lisant le livre de Florence, ce qu'elle avait ressenti lors de sa visite chez Kinu Ashikaga, devant cette toile sur soie si magnifique ornant son salon. Cette toile représente une Japonaise aux yeux presque clos dont la longue chevelure noire nouée en queue de cheval est semblable à une chute d'ébène. C'est une beauté intériorisée au teint de porcelaine. *Son kimono, pour Florence, semblait taillé à même le tissu vivant des fleurs, lui rappelant les pivoines de son enfance. Elle s'était approchée de cette image sur soie et avait ressenti un tremblement, une convulsion du rythme dans l'espace, comme une dislocation dans cet univers de délicatesse.* Madame Ashikaga relatant le grand tremblement de terre de 1923, l'année de sa naissance, qui fit au Japon pas moins de 200 000 morts, avait alors compris la nature des tremblements qu'elle avait ressentis en se tenant à proximité de la peinture. Suite à sa mort, Kinu avait légué la peinture sur soie à Florence qui, étant décédée quelques jours plus tard, avait légué à Neil, dans son testament, les toiles et toutes œuvres picturales en sa possession. Début février, il s'était rendu aux Baux en Provence, chez le notaire de Kinu, accompagné d'Édouard, le fils de Florence. Il put ainsi se porter acquéreur au nom de sa libellule, de cette œuvre magnifique.

« Pourquoi cette pièce est-elle bleue ?

— Parce que, explique Neil, c'était la couleur de prédilection de Florence. »

Le bleu, couleur de fraîcheur, de clarté, d'apaisement, opérait sur elle une véritable fascination. Elle disait que la Côte d'Azur s'était dressée comme un vase étincelant lapis-lazuli, inspirant le regard de Matisse à Nice, en 1956, alors qu'il avait réalisé une série de gouaches découpées. Les *Nus bleus*, ces sculptures dans la couleur constituaient une réflexion sur la figure dans l'espace devenu lieu d'échange et de circulation de la lumière, au même titre que les fenêtres si présentes dans son œuvre, qui laissent poindre le bleu du ciel. Pour Florence, ces *Nus bleus*, « coupés à vif dans la couleur », comme le disait si bien Matisse, symbolisaient l'essence bleutée. Le corps porté par l'âme, au service de la paix et de la beauté du monde. Quelques années auparavant, Matisse avait également réalisé une série d'intérieurs, *Intérieur Bleu*. Van Gogh utilisait souvent le bleu en fond pour apaiser, pour rassurer, alors que dans ses autoportraits son visage était embrasé par des coups de brosse énergiques et tourbillonnants, donnant l'aspect de flammes aux couleurs chaudes, faisant transparaître l'intensité de ses sentiments passionnés. Chagall, lui, avait des nuances *outremer* d'une profondeur grisante. Elle renchérissait et se questionnait. Cette planète bleue est-elle un gigantesque myosotis ?… Pourquoi le bleu est-il la couleur de prédilection d'un grand nombre d'adultes ? La planète a besoin d'un bain de bleu… Les enquêtes menées depuis la Seconde Guerre mondiale le démontrent. Maintenant, on ne veut que du bleu… mais de larges langueurs grisâtres et noirâtres planaient… elle les avait observées à quelques reprises. Et elles planent encore ! La civilisation occidentale fait bloc autour du bleu, non seulement en Europe occidentale et en Amérique du Nord, mais aussi en Australie et en Nouvelle-Zélande. Une exception cependant : l'Espagne où le rouge vient en tête, suivi du bleu et du jaune… la culture des corridas influençant certainement les préférences. Le Japon… pays du poisson-chat… se démarque encore une fois. L'échelle des couleurs préférées y est vraiment très différente. Le blanc y vient en tête. Le blanc… la clarté, la sobriété, mais aussi l'intemporel et l'immatériel. Le Japon se fait discret. Ses racines posées presque en surface de la terre ne veulent en aucun cas provoquer la colère des Kamis, ces formes divinisées des éléments naturels, comme l'avait expliqué Kinu Ashikaga, de religion shintoïste, à Florence. Pour les Japonais, ce qui importe n'est vraiment pas la couleur en soi, mais le fait qu'il s'agisse d'une couleur mate ou brillante. Pour les Nippons, il y a toutes sortes de blancs aux noms très variés, comme dans les langues esquimaudes. Pour les civilisations d'Afrique noire, peu importe vraiment qu'il s'agisse de bruns, de jaunes ou de verts, on parle plutôt de couleur sèche ou humide, de couleur tendre ou dure, de couleur lisse ou rugueuse, de couleur sourde ou sonore, joyeuse ou triste. Certains non-voyants très sensibles tactilement peuvent différencier au toucher une surface jaune d'une surface bleue par exemple, la surface colorée dégageant de l'énergie sous forme de vibrations, entre 380 et 750 nanomètres. Les Maghrébins préfèrent-ils aussi le bleu?... Ils semblent l'aimer, effectivement.

Mais peut-il lui dire que, depuis qu'il est en présence de cette œuvre, il a ressenti qu'elle recèle la mémoire de la carbonisation des êtres, lorsque la bombe A a été larguée sur Hiroshima et Nagasaki? Non! Il en discute avec Édouard, tard le soir, particulièrement lorsque celui-ci se désespère lors des massages qu'il lui prodigue à sa clinique de massothérapie, en constatant autant de nœuds dans ses muscles. Il lui fait à l'occasion un massage aux pierres chaudes volcaniques, ce qui dénoue à coup sûr ses muscles et délie sa langue. Cela ne fait plus pour Neil aucun doute, cette toile sur soie a un lien distinct avec le pays des ombres. Florence, Pax, Kinu, tout se bouscule dans sa tête. Où est Florence? Il doit la retrouver. Cette œuvre parlera, mais qui la fera parler? *La soie est une matière filamenteuse exceptionnelle dont les pores sont si ténus qu'ils captent au-delà de la matière la mémoire du temps.*

Madame Irène est comme une corde vibrante assise sur le divan bleu et Jeanne la Pivoine lui dit que les longs cheveux d'ébène de cette Japonaise énigmatique miroitent comme les arbres carbonisés après les feux de forêt lorsque la lumière du soleil danse sur les gouttes de pluie.

«À Rimouski, c'est ce que j'ai vu en 1950. Il y a eu un grand feu qui a commencé dans une cour à bois. En peu de temps, il a traversé d'une rive à l'autre de la rivière Rimouski, poussé par de grands vents. C'est ce qu'on a appelé «la nuit rouge». Trois cent dix-neuf maisons ont été carbonisées et sûrement trois fois plus d'arbres.

— Mais comment Florence a-t-elle pu ressentir cet été-là, aux Baux, devant cette toile, ces tremblements ? À la limite, ces convulsions dont elle a parlé dans son livre ?

— Florence était hypersensible. Elle est née comme ça. Mais à douze ans, c'est lors du décès de sa meilleure amie, Marie-France, que tout s'est précipité. Elle est morte quelques jours avant Noël et à l'église, lors des funérailles, dans la lumière des cierges, elle a vu à quelques reprises l'image éthérée de son amie planant au-dessus du cercueil et son amie disait : « *Vous vous êtes trompés, je ne suis pas morte !* ». Florence a été marquée par ce décès brutal, comme moi je le suis par le sien. Elle m'a dit un soir : « Il faut chercher les véritables racines dans le jardin des jardins ». Mais elle était aussi fascinée, surtout depuis qu'elle avait rencontré Pax sur la face cachée de… Gaïa, par l'agartha. Elle tenait cette connaissance de son arrière-grand-mère amérindienne.

— Ça, c'est les tunnels secrets !

— Jeanne, s'il te plaît !

— Mais non, ça va, elle peut parler. Elle est charmante… et j'aime beaucoup votre accent, dit Irène, les yeux plein d'eau, en tenant la main de Jeanne.

— J'ai beaucoup aidé Florence, vous savez, les derniers temps, et surtout les dernières nuits, quand elle traversait la porte des hiboux pour venir en aide aux victimes des terroristes. J'ai aussi eu peur des nazis.

— Des ex-nazis, Jeanne.

— Des ex-nazis.

— L'agartha est un royaume souterrain légendaire dont on parle dans la tradition amérindienne. L'arrière-grand-mère de Florence en parlait. Ce pourrait être, donc, un royaume souterrain relié à tous les continents de la terre par un vase réseau de galeries. Cette légende serait également la base de la théorie des partisans de la terre creuse, à l'intérieur de laquelle on retrouverait aussi des océans, des masses de terre, etc. Une légende est souvent l'écho d'une vérité… Florence, depuis cette rencontre avec Pax, était persuadée qu'en plus des zones d'ombres et de dureté qu'elle a découvertes cette nuit-là lorsqu'elle a traversé, à Paris, la porte des hiboux, il y a des zones désertiques et le monde de glace.

— Le monde de glace! »

Jeanne se lève comme une écolière.

« Qu'est-ce qui gèle là-bas? »

Elle est subitement très inquiète.

« Hum… la conscience… la sensibilité…

— Alors, il ne faut pas y aller!

— Ce n'est pas si simple. On se retrouve là-bas parce qu'on est déjà de glace.

— Comme le Suisse… comme les terroristes?

— Oui, en principe, mais ce n'est pas à nous de décider.

— Alors qui est-ce qui décide?

— Mais je ne sais pas, Jeanne! Il y a des histoires de lianes, de vents, de mains invisibles… je suis moi-même dépassé. Oui, Jeanne et Irène, je suis dépassé. »

Il est un peu plus familier.

Je le vois qui avale encore de la vodka et, ce soir, elle est poivrée.

« Si donc, Jeanne, il y avait des arbres et des maisons carbonisés après ce grand feu à Rimouski en 1950, il y a eu des êtres carbonisés à Hiroshima et à Nagasaki. Jeune, Florence a été profondément choquée par ces bombes qui ont été larguées sur Hiroshima et Nagasaki. Kinu Ashikaga, cette conservatrice de musée qui était devenue son mentor artistique, vivait au Japon au temps de la Seconde Guerre mondiale et elle a suivi de près toute l'histoire de cette destruction tragique. Elle lui a appris le mot japonais *hibakusha,* qui désigne les survivants des bombardements atomiques d'Hiroshima et de Nagasaki. Ce mot peut également inclure les victimes des essais atomiques. On parle de plus de 250 000 victimes actuellement vivantes, reconnues par le gouvernement japonais, plus de 250 000 hibakushas. Le 6 août, donc, 1945, à 8 h15, le feu nucléaire brûlait Hiroshima. Un B-29 américain avait largué une bombe A. Trois jours plus tard, une seconde bombe A explosait à Nagasaki. Écoutez-moi bien, car j'ai bien appris la leçon ! »

Elles pleurent toutes les deux et moi, même si j'écoute attentivement tout ce qu'il explique, je pense à ces trois lettres que Florence avait jointes à son testament. Je veux vous parler de la première, qui était adressée à Édouard et qui comporte une mise en garde au sujet de Neil et de sa sensibilité qu'il pourrait tenter d'endormir avec l'alcool. Car déjà, aux jours de tensions et de fortes émotions, suite à l'agression de Florence, il avait tendance, par l'alcool, à se lier à la *centrale du détachement du moment présent*. Et depuis son décès... il se lie de plus en plus à la *centrale de la tristesse infinie*. Je crains qu'il ne soit en train de sombrer littéralement dans l'alcoolisme. Cela le détache du deuil qu'il ne veut aucunement vivre, puis le déprime. Revenons donc à ce qu'il a appris.

« Les hibakushas ressemblent à des hommes-bombes. Hi-Baku-Sha. *Hi* est une voix passive, *Baku* est une bombe, *Sha* est un humain. Kinu nous a parlé du clan des hibakushas. Ils sont la trace vivante de la défaite et on ne veut ni les voir, ni les entendre.

— Pourtant, ce jour-là, tant de vies ont volé en éclats ! Des millions d'humains ont été désintégrés ! »

Irène cherche des papiers-mouchoirs. Neil lui tend une boîte de papiers mouchoirs bleus.

« En réalité, on sait maintenant qu'ils n'ont pas été désintégrés, mais instantanément carbonisés par le *pikadon, le flash du feu thermique*. Voilà la nature des convulsions que Florence a ressenties en approchant de la peinture sur soie, chez Kinu ! On parle de rayons thermiques dont la température était de 3000 et même 4000 degrés Celsius. Et là, il ne s'agit que d'une bombe A. La bombe H, la bombe à hydrogène, est 1 000 fois plus puissante.

— Les hommes sont fous ! »

Jeanne veut retourner à Rimouski.

« C'est le pouvoir qui rend fou, Jeanne », lui explique Irène.

Le pouvoir n'est-il pas en lien avec l'orgueil ? Et souvenons-nous que Florence, quelques jours après son décès, s'étant détachée de son corps, s'était approchée sur le site du World Trade Center, des âmes aveugles et rampantes des terroristes. Des fils verdâtres les enserraient. C'était le vert des lambeaux et des toges maléfiques, dans le foyer même de l'exécration, celui de l'orgueil. Le vent lui avait dit alors : « Ici, est la centrale des ombres fantomatiques des pensées et des attitudes qui déforment, gonflent, extrapolent ce qui est petit, sans qu'il grandisse réellement et se livre aux efforts et à la souffrance de la croissance véritable ». Le glaive… l'orgueil, le paraître. Dans la Grèce ancienne, il portait le nom d'hubris. Plusieurs tragédies grecques, avec de terribles dénouements de guerres et de démembrements, ont inoculé à divers personnages ce poison. Depuis des siècles déjà, elles mettent l'humain en garde contre ce narcotique, cette strychnine, ce venin. Les chœurs des tragédies grecques ont murmuré, parlé, soufflé, crié !

« Je voudrais être de l'autre côté du décor…

— Être mort ? rétorque Jeanne.

— Oui, pour retrouver Florence !

— Rien ne dit que vous pourrez la retrouver. Vous allez nous abandonner comme une vieille mitaine.

— Non ! »

Mais il est en train de s'abandonner lui-même, de se diluer comme un restant d'aquarelle.

Le ginkgo biloba, qui est le plus vieil arbre connu et encore vivant qui s'est développé sur terre il y a deux cent cinquante millions d'années, avant l'arrivée des dinosaures, est le seul arbre à avoir résisté aux bombes atomiques de Hiroshima et de Nagasaki. Et toi, Neil, après cette bombe larguée sur ta vie, seras-tu un homme-ginkgo ou un homme-vodka ?

À Tokyo, des avenues entières sont bordées de magnifiques Ginkgo. Mais il y a aussi les saules. On dit qu'Hiroshima est la ville aux mille saules soudainement décapités. Ils étaient d'une beauté exceptionnelle. Et c'est une assiette de grès à décor de saule, dans la vitrine d'une boutique d'antiquaire, à Avignon, qui mena Florence vers Kinu.

« Je voudrais franchir la porte des hiboux, cette nuit même, et traverser la peinture sur soie. Florence est avec Kinu dans le pays des ombres !

— Vous croyez que c'est une porte… et qu'elles y sont déjà ?

— Oui, c'est une porte, pour qui sait la traverser. Elle veut découvrir le pays des ombres. »

Neil titube et madame Irène préfère mettre ça sur le compte de la tristesse qui, sans doute, l'appesantit au point où il en perd l'équilibre. Elle va quitter, donc, toute remuée par cette histoire du clan des hibakushas. Jeanne l'accompagne à regret. Neil appelle un taxi.

« Je reste ici… Merci… Je ne… rentre pas maintenant… Je vais me reposer.

— Je vous enverrai l'article par courriel, pour autorisation, avant la publication.

— D'accord…

— Au sujet de cette peinture sur soie de Uemura Shôen, savez-vous qu'elle est inspirée d'une pièce de théâtre nô japonais, qui elle-même est inspirée d'un classique de la littérature japonaise ? Il me semble que cette image représente la princesse Rokujo, en proie à une crise de jalousie.

— Oui, je sais, Kinu nous avait fait part de ça, mais sa mère avait au départ regardé la toile avec d'autres yeux avant de connaître la source de l'inspiration. Comme quoi, comme disait Renoir… le monde…

— … a la beauté du regard qu'on y pose.

— Le taxi est arrivé !

— Était-il au coin de la rue ?

— Allez, je vous embrasse !

— Ça va aller, monsieur Neil ? »

Jeanne n'est pas tranquille.

« Bien sûr, ne vous inquiétez pas. »

Neil referme la porte, retrouvant cette puissante liane avec laquelle il est en train de se pendre, reliée à la *centrale de la tristesse infinie*. Il vacille jusqu'au divan bleu, va aux toilettes et sort une autre bouteille de vodka du congélateur de la petite cuisine attenante à la boutique.

« Je ne vais plus manger, seulement boire. »

Il parle fort. Il éclate. Voilà plusieurs heures déjà qu'il retient son fiel.

« Et qu'on ne me parle plus de loukoums à la rose et d'aucun autre loukoum. Florence, tu en as mangé, c'était ta gâterie préférée, alors c'est fini, je n'en veux plus. Je ne veux plus les sentir, je ne veux plus les toucher, je ne veux plus les goûter ! Tu m'as laissé dans un camp de concentration ! »

À force de boire, il finit par être si saoul qu'il a des trémolos dans la voix.

« C'est ton mascara ! *Voilà ce qu'il vient de sortir d'une de ses poches.* C'est le dernier que tu as utilisé… ou que j'ai utilisé pour toi, pour noircir tes cils, quand tu n'y voyais presque plus. Tu voyais le sérum de vérité et moi, je voyais à travers toi… à travers tes yeux de chien[*], et maintenant je ne vois plus rien… je ne veux plus rien voir, sauf la bouteille, tu m'entends… mon univers est

---

[*] Florence, suite à une agression au front, voyait en noir et blanc. Voir le tome I de la collection *Les yeux de Florence* : « Les couleurs de l'ombre », éditions Textes et Contextes.

dans une bouteille et je ne la lancerai pas à la mer. Non, je vais rester sur terre, dans mon camp de concentration. J'étais avec Anne Frank dans le grenier, puis on est venu me chercher. J'y étais depuis le décès de mes parents, en 1982. Taf… taf! Combat et coups de fusil, lors d'un voyage pour revoir une vieille tante. Quelle idée ils ont eue! J'ai mis la fortune qu'ils m'ont léguée au service de l'art et de la beauté. Tout allait pour le mieux, malgré deux divorces, et voilà, on t'a agressé, mon amour, on a martelé ton front, on l'a ravagé, avec un poing bien entraîné, boxant à la thaing, une puissance décuplée par la haine et la colère! *Il titube, il chavire, il va tomber sur les assiettes de collection.* Ô Ahmed Chaouki, prince des poètes arabes, viens à mon secours! Chérine, j'ai besoin de ton violon! C'est fini, Florence… Firenze… la sculpture de David est fissurée. Je ne suis pas celui que tu croyais. Je ne pourrai jamais être un guerrier. «Défendre les rubis, défendre de… multiples causes…» m'as-tu dit en moi-même… Je suis dans un camp de concentration, entends-tu?! Je suis privé de tout, sauf de vodka… Mais je… je vais m'accrocher à la musique, comme ces prisonniers qui s'abreuvaient à chacune des notes des opéras de Wagner… quand ils résonnaient dans les camps… pour stimuler les SS. Je vais maigrir, je vais devenir un squelette… Je ne mangerai que du pain sec… et boirai de la vodka! J'aime l'odeur de cette *petite eau*… Vive la Pologne, vive la Russie!… Quatre mille marques de vodka, marché en pleine expansion!… tristesse à la grandeur de la planète… Merci à Dimitri… Mendeleïev qui, le premier… le premier, a démontré que la meilleure vodka titrait à 38 degrés!… *Smirnoff… Polar Ice… Troïka…* iceberg… Oui… je serai comme un iceberg!… je ne vais plus ressentir.»

Le rideau va-t-il tomber? S'il tombe, il ne sera ni de velours ni de satin. Que retiendra-t-il dans ses plis? La pesanteur du silence!

«Je n'aurai plus d'émotions. Je sais maintenant où est ma vraie famille! Comment ai-je pu en douter?… comment ai-je pu l'oublier ? Meubles de la Renaissance italienne et de la Renaissance française, je vous embrasse ! Je vous aime ! *Il le fait réellement, il est dans la pénombre de la boutique, à genoux, et il les embrasse. Il se traîne de l'un à l'autre, d'un dressoir italien qui sert à exposer la vaisselle, à un sgabello, sorte de siège mobile très caractéristique de la Renaissance italienne, il flatte un coffre, puis un buffet de la Renaissance française....* Vous êtes mes enfants, mes parents, mes amours, je vais maintenant vous consacrer toute ma vie ! »

Il pleure, il crie, il boite, il marche à quatre pattes. Puis... il s'arrête et s'étale de tout son long près de la vitrine de gauche où la coupe aux libellules de Gallé, sous un éclairage tamisé, laisse poindre la beauté. Il s'endort là, la bouteille à la main.

Cette nuit, il ne regardera pas, chez lui, les rayons de la pleine lune traverser le petit vitrail en haut de l'escalier. Les nuances mauves et dorées de l'insecte ondoieront dans le silence de minuit. Mais Jeanne sera peut-être au rendez-vous des transparences du verre, accompagnée de Chérine, qui la questionnera sur cet étrange rêve de la tortue charnue qui vient vers elles. Qui donc est sur son dos ? Elle est si impatiente de savoir ! Aura-t-elle de l'aide, du renfort d'une personne à la sensibilité extrapolée ? Elle le souhaite ardemment, car voilà bien une semaine qu'une jeune femme aux cheveux bleus s'est pointée à la Fondation. Elle avait par deux fois envoyé des courriels à Chérine, exprimant son désespoir de n'avoir pu rencontrer Florence. Elle vit à Paris. Elle avait vu, peu avant le départ d'Amira pour l'*arrière-pays*, une entrevue avec elle, sur France 2, et avait lu son livre. Florence était son seul espoir. Mannequin, emprisonnée dès l'âge de neuf ans dans les lianes du paraître, elle est anorexique, suicidaire et se drogue à la cocaïne. Mais la ballerine sur le fil de soie l'a touchée ! Elle veut sortir de sa prison, ressentir la vie, porter la beauté intériorisée ! Chérine l'a prise sous son aile. Elle a réussi, avec son accord et celui du Dr Borsuk, psychiatre à l'Hôpital de Montréal pour enfants, avec lequel Florence a travaillé pendant plusieurs années, à la faire hospitaliser, car elle peut à tout moment attenter à sa vie et elle ne s'en cache pas. Elle est enserrée dans les lianes de la peur. Comprenez-vous bien cette émotion ? Prenez le temps de ressentir la présence dans l'invisible, de ces fils qui sont loin d'être ténus, qui se développent insidieusement à partir du ressenti. Ils s'enroulent autour des êtres et se lient avec les centrales de pensées. Ces pensées ont une vibration, une forme, une puissance. J'ai déjà vu la forme pensée de la colère d'une femme possessive et rancunière attachée à l'argent, venir vers moi alors que j'étais à moitié éveillée, la nuit. Cela était franchement laid : robe de cliquetis, paillettée de pièces de monnaie, yeux exorbités, mains qui voulaient m'étrangler. Elle se jetait carrément sur moi. J'ai crié. Mais les pensées ne sont pas que laides. Elles peuvent aussi être nobles et fortifiantes. Cependant, lorsqu'elles sont lourdes et toxiques, quel poison ! Recherchez les antidotes. Transformez-vous en antidotes. Ne laissez pas la mort-aux-rats peser sur le monde ! Repérez le venin, mettez-le sous globe, appelez le Petit Prince ! Fuyez les narcotiques, ils sont si sournois ! Chérine a découvert que Mélodie Schmidt a toujours des roches dans ses poches au cas où elle se retrouverait sur le pèse-personne. Elle masque son poids. C'est une vieille habitude qu'elle a depuis quelques années déjà. Elle a vingt ans, est adepte du corps léger et du *body piercing*.

III

Deux heures du matin, Neil s'éveille et, d'un pas malhabile, traîne sa désespérance sur le divan bleu. Il allume une petite lampe et la couleur vient à sa rencontre, mais Chagall lui-même, en ce moment, ne serait d'aucun secours, avec ses huiles bleutées et profondes. S'il pouvait quitter quelques instants le champ de bataille de la vie, Florence le prendrait dans ses bras. Elle est là, en attente.

> *Neil, tu t'es livré pieds et poings liés à l'instinct de mort. Tu seras bientôt méconnaissable à tes propres yeux. Bien que vivant, ton cœur en cendres reposera dans une urne bien scellée. Tu seras ton propre colombarium. Si tu pouvais voir avec d'autres yeux, tu saisirais jusqu'à quel point ta ballerine sur son fil de soie s'est approchée de l'essence même de la vie, des êtres et des choses... Je ne peux me détacher de cette soif de savoir et d'aider. Je souhaite ardemment que tu continues de m'accompagner. Mais tu es blessé, tu t'es blessé, ton âme est décharnée !*

Florence est là, Neil. Elle te parle, entends-tu de ton oreille immatérielle ? Pose-la sur le cœur du monde ! Blondine s'est aventurée dans les massifs enchantés de la forêt des lilas puis, au sortir d'un sommeil de sept ans, elle s'est éveillée parfaitement instruite, sans qu'elle n'eut à souffrir de la fatigue des leçons. Mais toi, tu t'aventures dans une forêt où les épines sont des arbres et ton sommeil est envoûté par l'alcool. Tu es prisonnier du désenchantement. Regardez *Le Colosse de Goya* et vous aurez une idée de la force du désenchantement. Regardez bien cette toile. Si l'on se projette dans l'universel et l'intemporel en regardant cette toile, cette force destructrice brute et sauvage nous prend au ventre. Toi qui aimais tant Goya… voilà que je parle au passé, mais qu'est-ce qui m'arrive ? Peut-être que je connais trop la profondeur de ta blessure. Goya a eu sa période de *peintures noires*, alors qu'il vivait dans un relatif isolement. En ce moment, tu agis tel que ce dieu de l'Antiquité peint par Goya qui, pour maintenir son pouvoir, dévore ses propres enfants. Tu n'as pu maintenir la vie sous ton joug et, comme elle t'a échappée en aspirant Florence « sous la peau de la grenouille », tu dévores tes œuvres, tes projets, tes amours, tes rêves. Cette violence est insoutenable. Mesures-tu la puissance de cette autodestruction ? *Neil, mon amour…* voilà ce qu'elle te souffle doucement à l'oreille. Tu es en deuil, elle l'est aussi. Elle est, souviens-toi, dans le pays discret, depuis plusieurs mois déjà. Tu es en deuil d'elle et elle l'est de toi. Elle souhaite que le pont de l'amour vous unisse toujours. Elle souhaite être ta muse et qu'ensemble vous continuiez de vous approcher de l'essence de la vie. Alors que vous visitiez le musée Granet lors d'une journée de brume existentielle et que Florence en avait marre de ses dons, marre de voir à l'intérieur des seins des femmes, marre de lire et de percevoir les pensées, de décrypter le langage des lianes et de voir ce que d'autres ne voient pas, que lui avais-tu dit d'un ton tranchant ? « Je ne te comprends pas ! Depuis que tu es enfant, tu vois ce que d'autres ne voient pas ! C'est comme ça ! Tu as été aidée, guidée, tu t'es engagée, Florence, personne ne t'y a obligée. Tu sais que je suis très cartésien, mais je crois aux signes. Je crois aux dons. Alors remercie le ciel et continue, tu n'as pas le droit de t'arrêter, je regrette ! Tu n'as pas le droit… Et qui sait, peut-être qu'un jour, d'autres verront ce que tu vois ! » Et aujourd'hui, c'est toi qui l'abandonne, croyant qu'elle t'a abandonné.

— Neil, mon amour… »

Elle l'appelle si doucement que malgré qu'il ne puisse déciller ses yeux, il l'entend finalement et se détache de son corps.

Son être est en lambeaux, blessé par une large épine arrachée au rosier du cœur.

« Florence… je meurs… je suis mort… »

Elle est si désolée, car il pouvait marcher, rester debout. Elle était son talisman. De toutes ses forces, en utilisant toutes ses ressources, elle a développé un inhabituel antidote pour neutraliser le venin du destin qu'on lui a craché au visage. Mais des gouttelettes ont volé en éclats sur Neil et il ne s'en remet pas. Pour elle, à Venise, il voulut appeler une ambulance. Elle voudrait faire de même pour lui. Mais si son corps est abattu par l'alcool, l'hospitalisation est pourtant prématurée. Quelqu'un restera donc à son chevet, la nuit, pour tenter de panser cette blessure de la perte de *Pamplelune*. Ainsi l'avait-il surnommée. [*] Et, ce sera Khin Nyunt, cet enfant leucémique devenu un ami, dont elle s'était tant occupé au Montreal's Children, le fils d'un des généraux du fameux Conseil révolutionnaire de Myanmar. Khin avait vécu une mort clinique deux semaines avant de mourir et, dans ce monde où, bien sûr, son corps ne souffrait plus, il avait rencontré son grand-père. Son grand-père lui avait dit de ne pas avoir peur, que bientôt il ne souffrirait plus. Il lui avait dit : « Ton père est devenu très méchant, ta grand-mère doit donner notre fortune aux malades ». Khin était bouleversé. Son grand-père lui avait fait un signe tenant lieu de signature. Après sa mort, Florence a tout dit à la grand-mère, à la demande du petit et elle a fait le signe. La grand-mère a changé le testament

---

[*] Tome I de la collection *Les yeux de Florence* : « Les couleurs de l'ombre ».

et l'héritage est allé à une fondation canadienne pour la recherche sur la moelle osseuse. Avant de mourir, elle s'est confiée à sa sœur qui, par la suite, sous la menace, a tout révélé au général. C'est son bras vengeur qui, par la volonté de quelqu'un d'autre, a agressé Florence. Khin, après sa mort, est toujours resté attaché à Florence comme s'il avait ressenti intuitivement que la confidence qu'il lui avait faite avait été à la source de l'effet domino qui lui avait donné un passeport cinématographique à vie, pour le noir et le blanc. Suite à cette horrible agression, les cônes de ses yeux ne furent plus en mesure de produire des pigments photosensibles, comme la plupart des animaux familiers, puis sa vision diurne s'était totalement obscurcie. Après qu'elle fut décédée, elle le retrouva dans le *jardin de la convalescence* là où les âmes des enfants affectés par la douleur d'une longue maladie reçoivent de nouvelles énergies.

Peut-être êtes-vous surpris de tous les déplacements de Florence dans l'arrière-pays et des êtres qu'elle y retrouve ou y rencontre, de ses pensées et de ses réflexions. Cela pourtant est si naturel. On ne parle pas assez des EMI (expériences de mort imminente, qu'on ne doit pas confondre avec le coma) vécues par diverses personnes, sur une table d'opération ou même lors d'événements dramatiques où une balle a percuté un corps, lorsque la personne est projetée hors de son corps et qu'elle constate que celui-ci fait office ici-bas de véhicule ou d'enveloppe. Plusieurs en ont fait part, fascinés par ce voyage en apesanteur, alors qu'ils se sont retrouvés flottant au-dessus de leur corps, lors d'une chirurgie ou encore assis à côté de l'ambulancier, sur le siège avant, éjectés de leur corps traumatisé, à l'orée de la mort ou carrément en arrêt respiratoire. Il est ressorti de ces voyages involontaires que dans cette autre dimension, les couleurs et les sons ne font qu'un. Autrement dit, les couleurs émettent des sons et les sons des couleurs. Même ici-bas, pour certaines personnes particulièrement sensibles, chaque note de la gamme correspond à une couleur. Ainsi, les morceaux de musique leur apparaissent comme un sublime jeu de coloris. Le poète anglais H. Dennis Bradley, décédé en 1934, avait promis, en autant que cela serait possible, de donner de ses nouvelles après sa mort. Il réussit à le faire peu de temps après, grâce à une personne douée de qualités exceptionnelles de réceptivité. Il en résulta un fort beau texte amplement descriptif, sur la beauté et la clarté des paysages de l'endroit où il séjournait, où rien n'était gris ni même obscur. Il parla de terre, de mer, de plantes, de fleurs, d'arbres et d'oiseaux tous plus beaux et plus merveilleux que sur terre, mais d'une plus légère densité. Il était constamment traversé d'un courant de force. Le temps ne comptait pas. Il était fort occupé à apprendre, mille fois plus que sur terre. Il parla de sa forme qu'il pouvait comparer à un corps du fait qu'il ne lui suffisait que de vouloir se rendre quelque part pour y être immédiatement et qu'il pouvait communiquer avec des esprits humains décédés, même si au cours de leur vie terrestre, ils ne parlaient pas toujours la même langue. Mais les expériences ne sont pas toujours aussi merveilleuses. Une femme rapporta une expérience traumatisante qu'elle vécut. Elle était décédée deux fois en quelques minutes qui lui parurent interminables, sur une pente de ski lors d'une avalanche. La femme a mauvais caractère. C'est une coquille vide, bien ficelée aux centrales des formes pensées de la colère, du désespoir et de l'orgueil. Elle vit en temps que parasite, au crochet d'un homme qui l'aime. Par contre, elle l'utilise pour masquer le vide qui la hante, comme elle l'a toujours fait avec les hommes qu'elle a fréquentés. Elle aime l'argent, les bijoux. Une mise en garde est bien en vue sur la pente de ski: «Danger, risque d'avalanches »! Mais elle s'en fout. Elle n'en fait qu'à sa tête et décide de s'aventurer sur la pente abyssale. Arrive donc ce qui était prévisible : une avalanche ! Elle est emmurée vivante. Ses cris n'ont aucun écho. Elle meurt étouffée. Heureusement, la patrouille de secours est alertée. On sait qu'elle s'est aventurée comme une triste mule. On vole à son secours. Mais pendant ce temps, rapportera-t-elle plus tard, elle est aspirée dans les bas-fonds d'un espace inconnu. Elle voit clairement que des formes sombres et rampantes crient et se désespèrent comme les chœurs d'une tragédie grecque que rien ne pourra consoler. On tente de l'attraper. Elle est prisonnière. Puis, tout à coup, elle revient à la vie, grâce à l'équipe de secouristes qui a réussi à la réanimer, après avoir enlevé rapidement la neige qui l'avait asphyxiée. « Sauvez-moi, sauvez-moi, leur dit-elle, gardez-moi avec vous ! » Mais, secouée par ces émotions si vives, elle arrête de nouveau de respirer et retourne dans cet espace avec lequel, elle le comprendra plus tard, elle est en affinité, où des âmes rampantes s'attirent mutuellement comme de funestes aimants. On la réanime donc une seconde fois. « Je vous en supplie, sauvez-moi. Ils veulent m'attraper ! » On réussira finalement à la sauver. La mule a eu toute une leçon et, heureusement pour elle, elle portera fruit. Elle se retrouve profondément secouée, ébranlée, sur son lit d'hôpital. Non, elle ne veut plus vivre de cette façon et cet homme dont elle a abusé mérite une compagne digne de lui. Il ne veut pas qu'elle mette fin à leur relation, mais elle insiste et lui révèle cette expérience qui a changé le cours de sa vie.

Ces expériences vécues sont réelles, mais ne font pas nécessairement la première page des journaux. Il y a aussi des EMI chez les dentistes. Ce fut le cas de Nancy et de Madeleine.

Nancy est chez le dentiste qui est un ami. Celui-ci doit l'endormir. Elle ne sait pas alors qu'il est sous l'effet de la cocaïne. Il lui administre trop de protoxyde d'azote, en coupant l'arrivée de l'air, alors qu'il s'apprête à l'anesthésier. Elle est très sensible aux médicaments. Elle sent rapidement qu'elle sort de son corps. Elle lutte pour revenir. Elle arrache le masque et dit ce qui se passe. Le dentiste lui dit de se détendre et de se laisser aller. Elle lui fait donc confiance et se laisse aller. Elle commence à flotter au-dessus de son corps. Elle est alors propulsée à la vitesse de la lumière. Elle arrête de se déplacer à l'orée d'une lumière dorée. Elle perçoit un vaste scintillement qui la traverse. Elle se sent imprégnée d'un amour inconditionnel et d'une grande sérénité. Tout à coup, elle voit un de ses vieux amis décédés. Elle communique alors avec lui par une sorte de télépathie. Ils s'étreignent. Elle lui dit : « Scott, tu vas bien ? » Il lui répond : « Je vais tellement bien », et du même coup, il lui dit cependant qu'elle est allée trop loin, qu'elle doit faire demi-tour et repartir immédiatement. Le dentiste lui confiera plus tard que, pendant ce temps, il était dans une angoisse extrême, car elle avait cessé de respirer. Elle regagne son corps, a la sensation d'être en boule à l'intérieur, puis s'étale de tout son long. Son cœur se remet à battre. Elle reprend conscience.

Elle parle de cette expérience comme d'un état d'hyper-conscience. Ce n'était pas un rêve. Le reste de sa vie paraît être maintenant un rêve, en comparaison. Aucune langue ne semble appropriée pour transmettre ce qu'elle a vécu dans cet espace profond et paisible, au-delà des races et des religions.

Madeleine aussi a vécu une EMI. Elle a peur des traitements chez le dentiste et demande d'être endormie. Elle inhale le gaz, tel que l'infirmière lui a demandé de le faire, puis le dentiste augmente le pourcentage de gaz pur. Elle a des palpitations et entend dans ses oreilles une sonnerie stridente. Elle ressent que quelque chose de terrible va se passer. Elle est projetée hors de son corps. C'est sombre autour d'elle, puis elle traverse un tunnel. Au bout, il y a une lumière. Elle entend des voix qui l'incitent à donner un sens à sa vie et à oublier les expériences tristes du passé. Elle revient brusquement dans son corps. Elle avait momentanément arrêté de respirer.

Après son décès, Florence vécut de multiples expériences. Son cœur est si ouvert à la désolation. Elle perçut, lors d'un moment de grâce, les lamentations d'une enfant, alors qu'elle s'aventurait dans un endroit désertique, accompagnée de Kinu et de Khin Nyunt qui, depuis quelque temps avait gagné en maturité. Une enfant pleurait et se tordait de douleur. En s'approchant d'elle, les images d'un accident puis celles d'organes prélevés dans son corps encore chaud, lui donnèrent l'impression qu'on l'avait violée. L'enfant était en état de choc car, en quelques heures, elle avait perdu ses parents, sa famille, ses amis, sa route sur terre, son foie, ses reins, ses poumons, son cœur, son pancréas, ses yeux, de la peau et de la moelle osseuse. Dès que l'accident est arrivé, elle fut propulsée hors de son corps et vécut le tout à froid, en état de mort cérébrale. Cet enfant de dix ans, hypersensible et musicienne, était depuis recroquevillée en petite boule dans cet endroit désertique, loin de la zone de convalescence, prisonnière des *lianes de la peur*, complètement traumatisée. Florence l'avait enveloppée d'un des voiles que les mains invisibles avaient placés dans une maison où elle habitait avec Kinu, car, déjà, s'apprêtant à partir en mission dans la zone désertique, puis dans la zone glaciale, elle devait être voilée afin d'être protégée. Il devait en être de même pour Kinu. Elle la transporta rapidement dans les jardins de convalescence où elle fut entourée de fleurs, de perroquets et d'aides attentionnés. Là-bas, les pansements sont d'une autre nature. Florence, constatant l'état de cette enfant, fut alors dans un profond questionnement. Ce qui pour elle n'était aucunement évident depuis longtemps refit surface. Connaissant la réalité de l'existence de l'âme, elle repensa à tous ces donneurs d'organes qui ne doivent pas être morts, chez qui on prélève les organes encore frais, encore chauds. Ils sont en état de mort cérébrale. C'était le cas de cette enfant, la petite Zoé, mais on doit tout de même leur administrer des relaxants musculaires pour supprimer les réflexes de la moelle épinière, paralysant en quelque sorte leur corps. Une infirmière qui ne voulait plus être présente en salle de chirurgie lors des prélèvements d'organes, avait vu par deux fois des enfants morts cérébralement, ayant reçu des relaxants musculaires, mais aucune anesthésie, jeter leurs bras autour de son cou. Elle disait : « Vu que les organes doivent être prélevés sur un corps encore vivant, la perception de la douleur demeure, car l'âme n'a pas totalement quitté le corps. Qu'est-ce qu'on en sait ? Les Amérindiens sont plus respectueux avec un animal qu'ils ont tué, car ils le remercient pour le don de sa chair, qu'on ne l'est avec ces donneurs qu'on ne voit souvent que comme une banque d'organes. Il faudrait leur parler, les accompagner par un rituel particulier, durant toute l'intervention, même s'ils sont anesthésiés, surtout les enfants et les adolescents accidentés qui… n'ont pas signé eux-mêmes leur carte de don d'organes. Je suis bouleversée ! » Elle encourageait surtout, et c'était aussi le cas de Florence, les dons d'organes provenant de donneurs vivants. Car plusieurs organes peuvent être donnés sans que l'on soit en état de mort cérébrale : un rein, un morceau de foie, de la moelle osseuse, de la peau, un poumon, un œil.

Cette infirmière avait entendu dire qu'à Ladenberg, en Allemagne, une dame pasteur à la retraite, madame Ines Odaischi, luttait, il y a quelques années, pour qu'une loi soit passée afin que

l'on anesthésie systématiquement les donneurs lors du prélève-
ment d'organes. Celle-ci avait vu un film sur les dons d'organes
où l'on expliquait qu'au cours de l'extraction, les donneurs atteints
de mort cérébrale manifestent leur refus qu'on leur enlève des
organes. Ils s'agitent, bougent les bras et les jambes, leur tension
sanguine augmente, leur courbe cardiaque oscille. Elle est persuadée que, malgré leur état de mort cérébrale, ils ressentent de
la douleur. Elle a su qu'à la suite d'un coup de scalpel, ils transpi-
rent et tentent de se défendre et, dit-elle, « comment savoir si la
conscience n'est pas une fonction de l'âme qui englobe le ressenti
à des niveaux conscients et inconscients ? Ces personnes doivent
vivre une mort atroce ! J'en frémis d'horreur, avait-elle déclaré,
ainsi on empêche un mourant de mener à bien ce processus.
J'ajoute que de plus en plus, on accepte d'anesthésier ces humains
en état de mort neurologique. Mais le combat fut épique car plusieurs chirurgiens avaient l'impression qu'en acceptant qu'ils
soient endormis, on concluait alors qu'ils étaient encore vivants.
Mais… ils le sont toujours… car leur conscience ne s'est pas
assoupie. Elle veille… » Florence revivait tout cela en transportant
la petite Zoé. Elle appela à son chevet des êtres doués pour le
chant. « Il faut traiter avec respect le monde du vivant et protéger
ceux qui sont sans défense », dit-elle à Kinu.

Mais revenons à Neil. « *Neil, Khin Nyunt va veiller sur toi* »,
souffle-t-elle à son oreille immatérielle.

Khin place immédiatement ses mains sur son front. Elle
donne la main à Kinu. Elle a ressenti l'intuition de Neil au sujet
de la peinture sur soie, en lien avec Hiroshima et Nagasaki.
L'idée est d'être en lien avec le pays des ombres, par la mémoire
scellée dans la soie, du *flash thermique* de la bombe A, du
pikadon, sur ces villes condamnées. Que reste-t-il de leurs
amours ? Florence pressent que plusieurs ne s'en sont jamais
remis. Elle voudrait leur venir en aide, leur montrer la voie, hors
de cette terreur. Jeanne, de son côté, veut de nouveau rêver à la

tortue. Florence la voyait de temps en temps, cette tortue magnifique, transportant les femmes blessées à la guerre de la vie. Elle s'endort en espérant que cette vieille tortue qui a certainement plus de cent cinquante ans, ne tarde pas à arriver à la fin du voyage. Elle sait que cela est un signe. C'est une tortue de terre, une tortue des bois. Elle est la plus intelligente et la plus alerte de toutes. Son dos rappelle le bois sculpté. Elle aime se dorer au soleil sur le bord des rivières. Elle se nourrit de plantes, de fruits, de vers et d'insectes. Elle est forte et courageuse. Elle vit dans un conte de la Comtesse de Ségur et son univers est particulier. Mais qui vient sur ce reptile cabalistique?

Je retiens mon souffle car Florence et Kinu traversent en ce moment la peinture sur soie. Elles doivent être en lien avec la terreur et les convulsions des âmes frappées par ces armes infernales. Les pores de ce tissu précieux ont leur langage. Des forces extraordinairement puissantes agissent entre les particules nucléaires, sur des distances extrêmement réduites. On parle de dix billionièmes de centimètres. Florence, depuis longtemps, s'est questionnée sur la désintégration de l'atome. La matière n'est pas une masse inerte et rigide. Mais d'où vient cette force d'une puissance inouïe qui est enfouie au cœur même du noyau de l'atome? N'y a-t-il pas dans ces atomes une mystérieuse énergie? Une énergie qui provient de la Force qui parcourt l'univers, qui elle-même est en partie constituée de minuscules particules d'esprit, le tout étant libéré par la désintégration de l'atome? C'est une grande question. On jouerait alors avec la Force? Et avec la bombe H, la bombe à hydrogène mille fois plus puissante que les bombes A larguées en 1945 pour affaiblir le Japon, on reproduirait le processus de fusion atomique présent à l'intérieur du soleil? Les bombes... Avant on parlait de boulets, maintenant on parle de bombes! À part la bombe A et la bombe H, il y a la bombe N, la bombe à fragmentations, la bombe au napalm, la bombe au phosphore. Hum! je préfère la bombe au chocolat.

Maintenant, elles ont rejoint le pays des ombres. Elles sont voilées, cela les protège. Elles ont pressenti la force du *pikadon*. L'instant où les chairs ont fondu, où les squelettes étaient à ce point consumés qu'on a longtemps cru qu'ils avaient été désintégrés. Leur vie subitement s'est arrêtée. Ce qu'elles voient est d'une telle désolation. Des âmes sont encore terrifiées et tout ici est d'une phosphorescence maladive. Le choc a été si profond qu'elles portent les traces de leur squelette en reflets luminescents. Oui, que restent-ils de leurs amours ?

Honte sur ce projet Manhattan qui a permis aux États-Unis, aidés du Royaume-Uni, du Canada et de chercheurs européens de réaliser la première bombe A. *Enola Gay* est le nom du *Boeing B-29 Superfortress* qui a largué la première bombe sur Hiroshima. Le pilote de l'avion, le Colonel Paul Tibbets, avait baptisé l'avion en hommage à sa mère pour que l'avion soit « sous une bonne étoile ». Comment peut-on être à ce point de glace et donner le nom de sa mère à un boeing assassin dont la bombe va *cramer* des milliers d'enfants, de petits à naître, qui ne crieront que l'espace d'un instant, relégués sans remord dans le pays discret de la phosphorescence ? Et ces hommes, ces pères, ces amants, ces tendres amoureux… oui, que reste-t-il de leurs amours ? Ce 6 août 1945, il ne resta que le dôme d'un bâtiment, le Dôme de Genbaku (à l'origine, le Palais d'exposition industrielle), appelé maintenant le Mémorial de la paix d'Hiroshima. Ces ruines furent classées par la suite monument historique, puis inscrites sur le patrimoine mondial de l'Unesco.

Un homme vient vers Florence, un hibakusha de l'arrière-pays. Il soigne avec des chants d'amour ces âmes démembrées, depuis la date fatidique. Il vivait à Hiroshima, était acteur dans le théâtre nô où il excellait dans la tragédie. Heureusement, cela l'a sauvé, a sauvé son âme, habituée à vivre le drame. Il a pour nom Ogawa, ce qui signifie ruisseau. Il est entouré d'êtres soignants. Si on savait comme il est long le processus de cicatrisation après des catastrophes de la sorte ! Florence et Kinu sont étonnées de constater depuis qu'elles-mêmes y vivent en permanence, jusqu'à quel point les sages femmes du pays discret sont actives lors de décès, jusqu'à quel point des équipes de soins sont présentes sur les lieux des grands drames pour accueillir les trépassés. Elles sont débordées et il arrive qu'une âme leur échappe lorsque les lianes s'en emparent rapidement, surtout celles de la peur. C'est ce qui était arrivé à la petite Zoé.

Ogawa leur explique qu'il voudrait quitter cette zone des hibakushas. Il a chanté tant de chants d'amour et de réconfort… Florence lui parle des lianes, des centrales et des mandalas. Il veut connaître ce vaste monde sous les apparences. Elle lui parle des zones désertiques et du pays de glace. Le temps est venu pour lui, dit-il, de faire ses adieux aux âmes imprégnées de leurs carcasses fluorescentes. Il est heureux de ce qu'il a accompli, car beaucoup d'entre elles, depuis, ont relevé la tête et de jolis coloris les habitent. Certaines ont même délaissé l'endroit.

Kinu l'invite à visiter la maison où elles séjournent, dont la forme et l'architecture sont une véritable poésie, car, dans le pays discret, il n'y a pas de masques qui tiennent. Ce qui vibre en soi prend forme autour de soi. Ils communiquent entre eux par une forme de télépathie, ayant accès directement aux vibrations de leurs pensées et de leurs interrogations. Ils se déplacent à la vitesse de leurs aspirations. Un courant de force puissant traverse Ogawa. Il a tant vibré dans l'amour inconditionnel, que le jardin de beauté qui est devant lui est aussi à son image. Les oiseaux multicolores le ravissent. Leur plumage est si éclatant, beaucoup plus encore que celui des oiseaux qu'il a tant aimés sur terre ! En observant les arbres, l'herbe, les fleurs, l'eau, il s'extasie devant un paysage d'une pureté extraordinaire et d'une étonnante luminosité. Au cours de sa vie, il s'était donné à la loi d'amour et avait décidé de lui appartenir, après une jeunesse tumultueuse. Le théâtre avait été pour lui l'objet du don de soi. Kinu est très tou-

chée d'être en présence d'un acteur de théâtre nô. Ogawa apprécie et remercie pour cette reconnaissance. Il relate et des
personnages s'animent autour de lui, sans doute une réminiscence de souvenirs encore bien vivants. Ils sont imposants avec
leurs célèbres masques et leurs costumes extravagants à motifs
audacieux. Les figures sont olympiennes, intensifiées par des
perruques rouges ou blanches. Un masque devait être utilisé
lorsqu'il interprétait des personnages non humains ou féminins.
L'attitude de l'acteur envers le masque est capitale. Oui, l'attitude,
insiste-t-il, car un acteur nô ne met pas un masque ; il se met
physiquement et spirituellement dans le masque qu'il porte. Il
passait souvent plusieurs jours à contempler un masque qu'il
s'apprêtait à utiliser et à choisir les vêtements qu'il porterait, car
l'ensemble pouvait être comparé à une peinture. Il incarnait le
personnage principal et le costume devait être somptueux. A-t-il
joué dans la pièce *Aie No Ue*, inspirée d'événements du célèbre
roman du xie siècle, « Le Dit du Genji » ? Oui, impossible qu'il en
soit autrement pour un acteur de théâtre nô. C'est cette pièce, qui
avait inspirée Uemura Shôen lorsqu'elle a peint sa toile sur soie,
La Flamme, qui avait tant touchée la mère de Kinu et qu'elles ont
traversée pour gagner le pays des ombres. Ogawa leur confie
qu'après les pièces, il invitait les spectateurs à ouvrir leur coeur
et à dialoguer. Cette pièce par exemple, inspirée dit-on d'un des
premiers romans psychologiques, touche à de profondes blessures
au travers de plusieurs thèmes abordés : la femme bafouée, le mari
jaloux, la courtisane, le séducteur impénitent, la fascination du
pouvoir, les classes sociales et l'argent. Ogawa, qui avait été un
séducteur impénitent et s'en était repenti, lors de ces échanges,
parlait contre le mensonge et la recherche du pouvoir amoureux.
Il récitait des poèmes. Il en connaissait une centaine par cœur et
chantait. Les jours de fête, il jouait dans les sanctuaires. Son père
était également acteur de nô. Il avait transmis à ses fils les secrets
de son art et, une fois par année, lors d'une fête, il incarnait un

célèbre héros japonais et ses fils étaient costumés en samouraïs. Il n'y a pas d'actrice nô. Il avait donc dû plus d'une fois se mettre dans la peau d'une femme, d'un vieillard ou d'un dieu. Il aimait travailler avec les choristes et les musiciens.

« Mais ici, pas de masque ! » s'exclame Florence.

Et sur ce, elle enlève son voile. Ogawa la regarde, sidéré. Peut-être est-elle trop spontanée ? Il devra s'y faire.

« Oujo Chica ! »

Kinu est décontenancée car la réaction d'Ogawa est, somme toute, renversante. Elle explique à Florence ce qu'il a dit en la voyant : « Princesse Biche ». Pourquoi est-il à ce point subjugué ? Florence en a saisi la vibration.

Pendant cette nuit, Neil, dans la pièce bleue, rêve à la tour de Babel. Il se fluidifie, il pénètre dans les toiles illustrant la tour. Il est heureux, mais il a peur. Pourquoi, au moment même où il arrive, comme Florence, à se fluidifier et à pénétrer dans une image, est-ce celle d'une construction mythique qui amène la mésentente parmi les hommes ? Le voilà dans la toile de Martin Van Valckenborch. Il observe le monarque au turban venu constater les progrès du chantier. Puis, le voilà dans celle de Bruegel l'Ancien. Des nuages noirs et lourds sont prêts à éclater. Et une autre toile, toujours de Bruegel, sur ce même bâtiment l'attire… ou l'aspire. Il ne comprend plus vraiment ce qui se passe. La construction est inachevée et les galeries sont en ruine, mais il semble momentanément habiter ce lieu. La tour de Babel était, selon la Genèse, une tour que souhaitaient construire les hommes pour atteindre le ciel. On dit que Dieu qui jugea ce projet plein d'orgueil avait multiplié les langues afin que les hommes ne se comprennent plus. Ainsi, l'édification fut arrêtée et les hommes se dispersèrent. Neil se demande ce qu'il fait là. Il est seul dans la tour. Les personnages sont figés… Il commence à paniquer. Il veut sortir de la tour et n'y arrive pas. Il crie ! Sa voix se répercute en échos. Et le voilà qui parle plusieurs langues qu'il ne comprend pas lui-même. Il s'extirpe enfin de la toile, mais une autre le renifle immédiatement, une autre toile de la tour de Babel, peinte par Lodewyk Toeput en 1587. La tour sent la consternation et la dissension. Une tornade le soulève et il se retrouve sur le plancher de la pièce bleutée, en sueur et apeuré. Est-ce le tourbillon de Babel parcourant le monde, le *swirl of Babel roaming through the world*? Depuis des années, son ami Greg Wilson le harcèle avec cette expression.

Les mains invisibles l'ont secoué. Il ne faut pas s'y méprendre. Il ne s'est pas fluidifié. Il a été aspiré!

Neil, quelles langues parles-tu maintenant? Celle de la révolte, de la tristesse, du repli sur soi, de la colère? Si tu parlais tout simplement le langage du cœur, tu ne serais pas dans ta Babel intérieure.

Il regarde au plafond. Non, aucune mouche ne viendra se poser sur ton nez, sinon une araignée aux pattes engluées. Il se rendort. La marée haute de l'alcool vient de l'engloutir à nouveau. Lorsque tu avais écouté pendant des heures, au temps des fêtes, la troisième symphonie de Brahms et que l'avant-dernier mouvement t'avait interpellé comme un appel à l'amour, cette nuit-là, tu avais vu Florence dans la chambre. Tu avais vu le dedans du dehors de la réalité. «*Florence... Florence...*» avais-tu balbutié. Oui, elle venait souvent te visiter. Elle était devenue ta muse. Maintenant, tu n'entends plus ce qu'elle te souffle à l'oreille. Il n'est pas étonnant que la musique de Brahms t'ait à ce point remué! Il disait lui-même que lorsqu'il éprouvait le besoin de composer, il posait en son for intérieur les grandes questions de l'existence: d'où? pourquoi? où? en se reliant au Créateur des mondes. Il ressentait alors des vibrations le parcourir tout entier. En écoutant sa musique, tu as ressenti ces vibrations. Il entrait en extase et il lui était donné de percevoir ce qu'il ne voyait pas en temps normal. À ce moment, comme

Beethoven, il était disposé à recevoir l'inspiration afin de consoler les hommes et de les élever.

De son côté, Jeanne, la tête sous l'oreiller et les chaussettes aux pieds, attend dans la forêt des lilas, la tortue énigmatique. Son rêve est parfumé. Elle attend. Elle est exaspérée. La forêt est si profonde et la tortue si balourde. Verra-t-elle d'un peu plus près cette femme au regard singulier dont elle a parlé à Neil et à madame Irène ? Assise sur des charbons ardents, elle voudrait courir vers la tortue, mais elle craint d'insulter la comtesse qui a eu l'idée de ce conte étonnant. Elle se contente pour l'instant d'inhaler le parfum des fleurs magiques. Soudain, la terre vibre. Elle place son oreille contre le sol. Les pas sont lourds et réguliers. Elle ne peut en douter, bientôt, la tortue sera en vue. Mais elle ne devra pas parler, seulement observer. Elle se ronge les ongles, place ses mains sur sa bouche, ferme les yeux, gonfle les joues. Quelle torture elle s'inflige ! *Jeanne la Pivoine dans la forêt des lilas*, cela pourrait inspirer un conte à nul autre pareil. Elle étale ses pétales, prête à saisir l'instant présent, mais l'instant se fait attendre. Cela est normal quand on voyage à dos de tortue. Puis, suite à une attente interminable, elle ouvre un œil. La bête à carapace est là, au bout du sentier, immuable dans sa fidélité. Elle se cache et l'épie. La femme, même de loin, lui semble grande. Elle est gracieuse dans une robe longue et vaporeuse, une robe de nuit. Mais… mais elle pleure. Jeanne court derrière la première haie de lilas, pour s'approcher de l'inconnue au funeste chagrin. Son visage est racé et sa peine immense.

« *Mamma… mamma… perchè non sei mai venuta* ?

— Hein ? Elle parle italien ? »

Jeanne, tais-toi. Ne fais mine de rien. Fais-toi toute petite sous le parfum des lilas, car la tortue pourrait rebrousser chemin et cette aide est précieuse. La tortue est sérieuse…

Elle pleure et son corps tremble, comme si elle s'exorcisait elle-même d'une possession. Tu ne peux savoir, Jeanne, mais moi je sais, elle s'exorcise d'une possession paternelle. Je connais l'histoire. Ce que tu vois fait partie du passé. Mais qu'apporte-t-elle dans ton présent, celui de Neil et de Chérine?

Jeanne s'éveille, inquiète. Elle prend sa douche en marmonnant. «*Personne ici ne parlé italien, sauf monsieur Neil.*»

Elle descend au salon. Neil qui y dort toutes les nuits depuis quelques mois, n'y est pas et… il n'est pas dans la chambre. Il n'est nulle part. Elle se dit qu'il s'est certainement endormi à la boutique. Peut-être a-t-il trop bu ou encore a-t-il eu un accident? Comme il n'a plus de boussole, on peut s'attendre à tout.

Chérine se lève et cherche à son tour. Elle est rentrée tard. Elle le croyait au cinéma de fin de soirée. Jeanne est à la cuisine, elle mange un toast d'où dégouline la confiture.

«Jeanne, où est mon père?

— Je ne sais pas. J'ai revu la tortue.

— Quand, cette nuit?

— Bien sûr, certainement, pas dans la rue! J'ai rêvé encore une fois.

— Je l'appelle!

— Oui, ça va être laid!

— Pourquoi?

— Parce que c'est comme ça… c'est une Italienne.

— Il a rencontré quelqu'un?

— Non! Sur la tortue il y a une femme italienne. Je connais deux mots d'italien… Bonjour, bonsoir: *buon giorno, buona sera*. Monsieur Neil m'a déjà dit que je pourrais jouer l'allumeuse de réverbères dans la pièce *Le Petit Prince*, en italien… Je pourrai pas lui faire la conversation…»

Elle se promène dans la cuisine en mangeant son toast.

«*Buon giorno, buona sera, buon giorno, buona sera…*

— Il a éteint son portable.

— Hum… mais il ouvre la porte à l'instant.»

Jeanne a un mauvais pressentiment.

Effectivement, il a une gueule de bois. On dirait qu'il est mort au champ du déshonneur, qu'il revient d'une croisade au pays de l'autodestruction.

« Ne me parlez pas. »

Oh, escarmouche à la porte du cœur, guérilla, conflagration !

« Où est l'huile d'olive ?

— Toujours à la même place.

— Jeanne... »

Chérine ne sait quelle attitude adopter. Jeanne sort deux bouteilles d'huile d'olive.

« La grecque ou l'italienne ?

— Peu importe, c'est méditerranéen.

— Alors ce sera l'italienne ! »

Il a mauvaise haleine. Elles ont toutes deux les yeux bien ronds, craignant que le volcan-glacier n'explose. Car à certains moments, la Méditerranée refait surface ! Il en avale vivement quelques cuillérées, avant que son foie ne chavire, et s'installe devant la télé. Il zappe comme d'habitude sur les grandes chaînes.

« Pax... sais-tu que le mur de Berlin est tombé en 1989 ? Ce jour-là, on a fait le point sur les folies du nazisme et les espérances trahies du communisme. Si tu le savais, ça t'encouragerait. Je m'inquiète pour toi.

— Et moi, je m'inquiète pour toi, papa !

— Mais non, Chérine. Allez, va à la Fondation et rappelle-moi plus tard.

Chérine ressent que son cœur est hanté par tant de scories.

— Monsieur Neil, j'ai rêvé de nouveau à la tortue... En quelle année a-t-on construit le mur de Berlin ?

— 1961.

— Il ne sait peut-être même pas que le mur a été construit.

— Oui, c'est vrai... Jeanne, quel regard les historiens porteront-ils sur le xxe siècle ?

— Et sur la tragédie des tours...

— Quelles tours ?

— Bien, celles de New York… il y en a d'autres ?

— Oui… les tours de Babel.

— Il y en a plusieurs maintenant ?

— Non… j'ai rêvé moi aussi cette nuit.

— Et ?

— Peu importe, c'est au xxᵉ siècle que l'armement nucléaire a été conçu – et là je pense à Florence – qu'Auschwitz est devenu dans la conscience universelle, le symbole de l'inhumanité. On a vu aussi la fin de l'apartheid, de l'impérialisme, du colonialisme et la poignée de main entre Rabin et Arafat. On a marché sur la lune et Martin Luther King a fait son célèbre discours en 1969, « *I have a dream* ».

— Voulez-vous manger quelque chose ou aller sous la douche ?

— J'en ai pris une cette nuit et elle était très froide… À Bucarest, en 1990, on a déboulonné la statue de Lénine, et moi, je suis en train de déboulonner la mienne. Enfin… ne m'écoute pas, je te parle d'arts maintenant parce que… même s'il y a tous les malheurs du monde, il y a aussi de grands moments qui apportent tant de beauté ! »

Ses yeux s'embrument de nouveau.

« Le xxᵉ siècle a été le siècle d'une autre peinture et Matisse a révélé les pouvoirs infinis de la couleur. On a changé radicalement notre perception esthétique. On s'est intéressé à l'art des enfants…

— Peut-être qu'un jour on exposera les tableaux d'Éloïse ? Florence aurait été fière de sa petite-fille.

— Oui, qui sait… mais, Jeanne… »

Il est absorbé pendant quelques instants.

« Bon, on parle ce matin, sur toutes les chaînes, des survivants du World Trade… »

Neil est essoufflant. Il aime faire des discours dans son salon. Florence le déplorait quelquefois. Il cause, il cause…

« Si le XVIIIe siècle a été celui des Lumières, le XXe siècle a-t-il été celui des Ombres ?

— Buvez au moins de l'eau…

— Pourquoi ? J'ai l'air d'être dans le désert ? »

Jeanne soupire.

« Et qu'est-ce que c'est les Lumières ? »

Elle s'énerve.

« Mangez des dattes !

— Bon d'accord… tu n'as pas à t'emporter comme ça. Je t'expliquerai pour les Lumières.

— Vous avez bu de la vodka cette nuit ?

— De la petite eau-de-vie, du rikiki… et pourquoi pas… Ça endort le rongeur qui mange mon cœur. »

Elle lui offre des « doigts de lumière ».

« Bon, tu as raison. »

Il fait le bon garçon.

« Le XXe siècle a abîmé la nature et les paysages, mais a enjolivé le cinéma.

— Un double espresso, ça vous remettra sens dessous dessus.

— Ah !… c'est bon… tu as inversé l'expression !

— S'il vous plaît, allez sous la douche. On aura aujourd'hui des nouvelles de la femme sur la tortue.

— Tu penses ?

— Oui, je pense. Et vous devrez parler italien.

— C'est bien parce que c'est toi, Jeanne ! »

Il est dans l'escalier et il cause encore.

« Mais il y a eu aussi un sursaut des consciences ! Des juridictions internationales ont reçu pour mission de l'ONU de juger les responsables des crimes contre l'humanité commis en ex-Yougoslavie et au Rwanda… et cent vingt nations ont décidé de former une cour pénale internationale… On a arrêté Pinochet deux ans avant que ce siècle ne s'achève…

— D'accord, d'accord… »

Il est enfin dans la salle de bains. Elle peut respirer. Que la douche soit froide, encore plus froide! C'est ce qu'elle souhaite de toute la force de ses pétales. Mais elle pense au siècle des Lumières. Était-ce le premier siècle de notre calendrier, qu'on a ainsi nommé, à cause de l'étoile des Mages?

Sous l'eau qui ruisselle, il pense à d'autres massacres ethniques: le génocide arménien dont lui parle si souvent son coiffeur... On a commencé avec les Arméniens en 1915 et on a terminé avec les Albanais, au Kosovo, en 1999... les Cambodgiens, comme ils ont souffert. Et les Rwandais... des familles entières ont été décimées! Il repense à Hiroshima et Nagasaki. Hier soir, il a parlé encore une fois de la carbonisation des êtres. Mais il n'en est pas sûr à cent pour cent, car pour certains, l'image emblématique du XXᵉ siècle est l'ombre d'un passant dont on dit qu'il a été volatilisé le 6 août 1945, à Hiroshima, et dont la trace est restée fixée ou figée dans la pierre. On parle alors de « disparition absolue »...

Pendant qu'il cogite ainsi, Jeanne s'agite. Elle appelle Driss au Lac Beauport et lui dit qu'elle aura besoin de renfort. Il se transformera donc pendant quelques jours en chef cuisinier et élira domicile, avec Micheline, sa femme, au sous-sol, dans le salon marocain. Rien de mieux que les saveurs et parfums du pays pour ramener un cœur à la dérive. Des sardines farcies, de la köfta, de la chorba, du couscous évidemment, car il en est le roi, du tajine au poulet et au citron vert, des bonbons au chocolat. Neil raffole de ce dessert fait de figues, de chocolat noir, de chocolat au lait, de beurre, de cacao et de sucre glacé. Les fêtes ont été tranquilles, mais là, ça fera! Driss l'ouragan tous azimuts débarquera avenue Marlowe, avec sa djellaba qu'il porte en guise de robe de nuit et ses cheveux ébouriffés que Micheline doit lui ordonner de peigner tous les matins. Driss est un grand ami de Neil. Ils se sont connus à l'Université du Québec à Chicoutimi, en 1980. Neil y enseignait l'histoire de l'art et Driss, la chimie. Driss a sa façon bien à lui, chaleureuse et amicale, d'appeler Neil *Ghozali*… gazelle, en arabe. Gazelle du désert, vigilante et courageuse. Neil sera-t-il toujours à la hauteur ? Driss est au fait des dernières nouvelles concernant le roi Mohammed et le palais royal, à Rabat. C'est son dada, mais enfin… Ça ne s'arrête pas là, Édouard est appelé de toute urgence pour un massage aux pierres chaudes et surtout pour une conversation bien soutenue ! Car Jeanne est perdue dans les dédales du siècle des Lumières et lorsque Neil lui parle de la dalle de terre séchée, craquelée, symbole de rupture historique et de catastrophe humaine de Anselm Kiefer, exposée à la galerie Lia Rumma, à Naples, elle en perd son italien, bonjour, bonsoir ! Mais elle perçoit sous les dalles du présent, les fissures qui s'installent et ça, elle en fait son affaire. Depuis le décès de Florence, elle veille sur monsieur Neil et… sur sa vodka.

Le téléphone a sonné pendant qu'il se rase, enveloppé de deux longues serviettes blanches. Deux serviettes à chaque fois, c'est une manie ! L'habitude est peu écologique…. Chérine apprend à Jeanne qu'elle vient d'avoir une conférence téléphonique avec Francesca et Clara de Vincentis, jumelles identiques, romanichelles de la haute couture. Florence ressentit qu'elles avaient toutes trois beaucoup d'affinités, dès leur première rencontre. Elles ont lancé la collection *New-Hook* de soutiens-gorge évocateurs, cinq modèles au printemps 2001 et cinq modèles à l'automne 2001, le sac à main *Bella* au col blanc, fin août 2001, une semaine avant le lancement du livre de Florence, question d'intriguer la presse, et le parfum *Sensible*, lors de la conférence, à l'hôtel Negresco*. Elles ont été comme des sœurs pour Florence et elles le sont toujours dans leur cœur. Avec l'aide de Gail Darlington, elles préparent maintenant le lancement de papiers

---

* La vision particulière qu'avait Florence de ces soutiens-gorge évocateurs et de tout ce que la Maison de Vincentis a lancé, est en lien avec sa vision des choses, relatée dans le tome I de la collection *Les yeux de Florence* : « Les couleurs de l'ombre », éditions Textes et Contextes.

peints et de literie. Elles aident la Fondation qui publiera un livre posthume de Florence sur les êtres-escargots. Mais voilà que la nouvelle flamboyante a transpercé ce matin le quotidien. Justina Ambrosi, qui fut leur secrétaire pendant quatre ans, revient d'un congé de maladie d'un an et demi. Entendons-nous, ce n'était pas un congé de maladie, mais un congé de purification. Justina, à l'époque où Florence l'avait rencontrée dans leurs ateliers, avait la voix rauque. Elle devait prendre des hormones mâles pour un problème d'endométriose. Elle se désespérait de son état et recherchait de l'aide. Pourquoi cette maladie lui était-elle tombée dessus ? Francesca et Clara s'étaient donc adressées à Florence, qui leur avait expliqué que l'endométriose dont elle souffrait était la résultante de certains facteurs environnementaux perturbant l'équilibre hormonal et souvent d'un stress profond vécu durant l'enfance. Florence pouvait-elle faire quelque chose pour Justina ou tout au moins la remettre en piste ? Elle devait continuer son traitement médical, mais son système immunitaire battait de l'aile. Florence avait alors accepté de se fluidifier et « d'entrer dans ses ténèbres », comme le disait Justina.

Justina lui avait alors dit : « Vous avez vu qu'on a fait mourir mon corps et ma tendresse ? » Elle avait subi l'inceste pendant des années.

Elle avait crié : « *Mamma... mamma... perchè non sei mai venuta ?* »... Maman, maman, pourquoi n'es-tu pas venue me voir ? À seize ans, on l'avait envoyé vivre chez sa tante, à Milan. Peut-être pour la libérer, mais elle n'avait jamais rien su et sa mère ne lui en avait jamais parlé.

Elle n'avait pas revu Florence depuis ce temps, mais celle-ci lui avait écrit à plusieurs reprises et, pendant quelque temps, elles avaient même eu une correspondance assez soutenue.

Elle avait finalement dénoncé son père qui, pendant des années l'avait harcelée. Mais non sans avoir auparavant tenté de démanteler l'armure du non-dit. Puis, on l'avait opérée pour nettoyer ses organes génitaux de cette endométriose qui les avait insidieusement envahis. Mais tous ces mois de réflexion, d'intériorisation et la rencontre avec Florence, avaient changé sa vison des choses. Non seulement changé, mais lui avait donné, une vision des choses, celle que Florence avait du dessous des apparences : la vision de ce qui est. Elle avait peint sa peine, aidée par des psychologues. Au plus vif de ses émotions, elle était comme la beauté tragique d'Ophélia, belle, couchée dans l'eau, flottant parmi les joncs devant quelques fleurs endormie, bouche ouverte, yeux vitreux… une morte portée par le courant. Était-ce ce qui l'attendait ? Elle avait hésité et choisi la liberté. Florence lui avait écrit une première lettre alors qu'elle faisait une cure de quelques jours dans une station thermale d'Auvergne, en France. Neil lui avait proposé, suite à la recommandation d'un ami dermatologue, une immersion dans les eaux froides bicarbonatées de la source de Fenestre. La cure était spécifique pour traiter son psoriasis au sein. Florence y avait rencontré une femme-escargot et allait peu de temps après se révolter contre sa non conscience. Un soir, donc, elle sortit de sa valise le papier à lettres que Neil lui avait acheté à Milan. Elle y avait déposé des phrases éloquentes pour aider Justina à tisser de larges fils la reliant à la centrale du courage. Puis, une autre lettre avait suivi, écrite le même soir. Elle lui parlait de vitraux, lui disant que l'art du vitrail est très particulier car la lumière y agit de façon unique, selon ses transparences, ses couleurs, ses formes, ses opacités. Le verre, comme un large prisme, accueille la lumière et son expression. L'inconscient peut y décoder intuitivement un message. L'effet est souvent fascinant. Dans les anciennes cathédrales, il y a de véritables murs de lumière où le blanc de la transparence oblige la couleur à exprimer sa luminosité. Cela transporte, réconforte, apaise, inspire. Justina ne tarda donc pas à se réfugier, les fins d'après-midi, sous un large vitrail de la cathédrale gothique de Milan, et là, baignant dans les coloris de la beauté, elle reprit graduellement vie. Elle monta même sur les toits pour admirer les statues de marbre blanc qui donnent à l'édifice toute sa grâce et son élégance. Cette beauté était soignante et l'aida à oublier les meurtrissures de ce ventre trop tôt pris en otage. Elle se sentit ainsi reliée à une communauté de paix à laquelle elle voulait tant appartenir, ayant fait depuis si longtemps la guerre des tranchées de l'agression silencieuse. Les yeux de Florence l'avaient interpellée, cet après-midi d'août 2000, et des symboles évocateurs avaient ouvert la voie à cette chirurgie psychologique tout à fait inhabituelle. Florence lui avait expliqué que l'Afrique avait été le berceau de l'expression symbolique et que depuis que l'homme a commencé à orner des blocs d'ocre rouge de motifs géométriques, il y a quelque 77 000 ans, des formes flottent dans l'air du temps. « Elles nous effleurent et nous interpellent. Nous sommes si peu à leur tendre la main. »

Dans une autre lettre, elle lui parla de l'histoire de Galilée qui, il y a quatre cents ans, a développé une lunette pour observer les astres, à partir d'un tube aux extrémités duquel étaient disposées des lentilles grossissantes. Ce tube avait été inventé par un opticien hollandais. Galilée le perfectionna et, dans son livre, *Le messager des étoiles*, il décrivit la lune et ses montagnes et diverses planètes. Il affirma que la terre tourne autour du soleil. Mais il eut ses détracteurs et, sans qu'il ne soit consulté, l'Inquisition émit un décret. « Ces idées sont fausses et hérétiques ! » Trois cents ans plus tard pourtant, on les réhabilitera. Heureusement, cela est chose du passé. Mais Florence ressent certaines affinités avec Galilée, car son regard est une lunette grossissante, transperçant le voile des apparences. Pourquoi a-t-elle ce don ? Elle ressent par moment le poids de la solitude.

Collée au mur de vitrail de la cathédrale, Justina sourit, et adossée aux statues, certains jours, elle pleure. Elle cherche un sens à sa vie. Elle veut aussi percer le voile. Elle ressent que cela est imminent. Ses yeux se dessillent enfin dans la lumière bleutée du vitrail gothique, un après-midi. Mais ce qu'elle voit la fait tressaillir! Elle est muette et déjà regrette d'avoir tant demandé cette vision *galiléenne*. Une femme marche dans une allée de la cathédrale. On dirait une momie! Ne verra-t-elle que ce qui est mort avant que de l'être? Il faudra pourtant persévérer! Elle recherche la beauté des sculptures, elle a tant besoin de passions artistiques. Elle écrit à Florence et celle-ci lui parle d'Alberto Giacometti, ce sculpteur étonnant qui restait absorbé de longs moments devant un arbre, un rayon de soleil ou encore un grain de poussière. Elle lui parle de ses sculptures. Justina visitera une exposition et touchera à *L'homme qui marche* et *L'homme qui chavire*: personnages filiformes aux cous extrapolés plus grands que nature. Elle se souvient alors des petites babioles découvertes par *Pamplelune* dans les jus de fruits et les cocktails, au Mövenpick, à Genève, des girafes de plastique gris clair, c'est en tout cas la couleur qu'elles avaient à ses yeux à ce moment-là. Des girafes aux pattes courtes et au cou extrapolé qu'elle avait qualifiées de Giacometti-Modigliani, c'est dire la longueur du cou! Elle avait demandé à Neil une douzaine de ces girafes pour aider les enfants en phase terminale. Une image vaut mille mots et quand on s'apprête à sortir de son cocon pour devenir papillon, il faut allonger son cou existentiel pour voir avec d'autres yeux. Elle avait trouvé ce passage si délicieux dans le livre de Florence. Elle eut l'impression que des mains invisibles ramenaient ce symbole à sa mémoire. Aie le courage de l'enfant en phase terminale. « Assume-toi maintenant. Tu ne seras plus jamais la même, ton cou existentiel s'est allongé. Tu verras avec d'autres yeux. » Elle vit ainsi à l'intérieur des seins des femmes, les pigments dont Florence lui avait parlé, les mollusques fibreux, les coquillages brisés, les quartz, les perles dénacrées et les crabes microscopiques. Elle vit même quelques *êtres-escargots*. Florence était allée très loin dans cette vision particulière des choses. Elle devint membre d'une association de femmes ayant vécu l'inceste, mais

cela était si lourd pour elle de voir autant de momies! Florence
l'encourageait, cependant, peu de temps après, elle avait perdu
la vue. Heureusement, ses yeux atypiques par moments se
décillaient encore et Neil et Pax la protégeaient. Elle percevait
toujours l'arrière-pays. Après la conférence au Negresco et le lancement du livre avaient suivi la tragédie du World Trade et son
décès. Justina alors, n'arrivait plus à comprendre le langage du
mur de vitrail et les statues du toit de la cathédrale semblaient
muettes. Mais des phrases poétiques, nostalgiques, accusatrices
à certains moments, planaient autour d'elle comme un parfum
émanant de la conscience décuplée de Florence, regardant plus
encore sous les apparences. Petites filles gracieuses et parfumées,
on vous regarde! On observe vos petits pas, vos petits doigts.
Votre grâce interpelle. Elle est un phare! Elle est beauté, bourgeon d'humanité, candeur, naïveté, promesse de vérité et de
conscience, d'intimité d'où giclera une volonté d'être et non de
paraître. Vous êtes les œuvres d'art de la vie, mais on veut vous
consommer, diluer ce que vous portez. Vos réflexions, votre
regard sur les êtres et les choses, vos pensées et vos rêves pourraient éventuellement amener un changement de cap. Vous risqueriez d'aimer trop jeune et, par là, toute votre vie, les musées,
les grandes œuvres d'art, la musique, la danse, la poésie, la philosophie. Vous risqueriez de verser dans l'humanisme et d'avoir
un véritable sens critique. Cela pourrait remettre en question la
société! Vous aussi, petits garçons. On vous jalouse! On s'abreuve
à votre force vive. Des adultes, à certains moments vous font
croire qu'il soit normal d'être touché par des doigts matures, en
proie à des gestes pervers brisant le vase de l'enfance. Ainsi, vous
devenez un rafraîchissement pour celui qui vous vampirise. Mais
on reconnaît en vous touchant, en s'abreuvant à votre insouciance
rêveuse, la puissance du regard pur du faon et de la biche. Mais
cette patine est si délicate. Ce charisme est si transperçant
qu'on est porté à le voler, à le briser, car il confronte ceux qui ne

le portent plus. Méfiez-vous des plantes carnivores! Elles mangent la chair et défigurent la sensibilité. Elles ont une odeur fétide et savent bien vous coincer dans leurs replis. Et vous ne pourrez parler! À peine pourrez-vous crier et on ne saura pas pourquoi vous le faites, car vous crierez pour tout et pour rien, sans verbaliser la profondeur de vos souffrances! On vous aura salis et on en sera fier, consciemment ou inconsciemment. Et vous, à votre tour, aurez l'impression d'être sales et répugnants. Ah, quel bonheur de vous avoir pris au piège et d'exiger votre silence! Car on vous aura séduit au passage.

Vous êtes les œuvres d'art de la vie! En vous touchant, on vous inocule cette pensée qu'ainsi on soulage le vide, la tristesse, le manque. On dilue votre identité naissante et la rencontre future de deux intimités est en partie détruite. Vous ne deviendrez que biens de consommation. Vous ne connaîtrez pas la force du désir contenu et la rencontre des âmes. Vous ignorerez ce qu'est l'émoi! Nos sociétés n'ont pas détruit les musées, les monuments historiques et la grande littérature, mais on les valorise de moins en moins, car ils stimulent le développement de la réflexion personnelle et de l'émotivité. Et si vous n'avez pas été physiquement touché, on a peut-être déjà sexualisé votre enfance par la mode ou par l'image. Ainsi, bientôt, vous deviendrez la proie des papillons noirs. Vous porterez l'ennui, le mortel ennui, la vie sans tapis volant où… l'on désire le désir, car plus rien ne nous attendrit, ne nous enflamme.

Francesca et Clara, étant allées aux funérailles, elles avaient ramené à Justina une peinture d'Éloïse, la petite-fille de Florence, intitulée «Les yeux de mamie», des yeux avec des ailes. Cette enfant verra un jour… on ne peut en douter. Elle verra au-delà des apparences. Justina avait parlé longtemps avec elles. Elle leur avait alors révélé tout le pan caché de sa vie lorsqu'elle était enfant et sa recherche maintenant si ardente qui lui avait donné ce regard *galiléen*.

Que faire maintenant que Florence était de l'autre côté du miroir, sous la peau de la grenouille, possiblement sur la face cachée de Gaïa ? Cela était accablant, mais elle s'était vite ressaisie.

Florence, imprégnée des irradiations de la fleur de la paix, ressentait une filiation profonde avec l'humanisme et la non-violence, avec la notion de paix et aussi de pardon. Justina, après le départ de Florence, eut l'impression de vivre plus que jamais dans l'aura de cette fleur. Elle pardonna à son père agresseur, qui lui-même avait été battu par sa mère et rejeté par son père. Ainsi, l'image de la femme adulte était pour lui agressante. Il rejetait sciemment sa femme. Mais cela n'excusait en rien son geste. Gandhi avait écrit : « Il n'est point de chemin qui mène à la paix. La paix, voilà le chemin. » La paix possède donc son propre pouvoir sur l'élargissement des consciences. L'amour, il ne faut pas en douter, est plus fort que la violence, que toutes les formes de violence, et la vie est plus puissante que la mort. Le pacifisme serait donc sa force et cette force est d'une nature si particulière qu'elle fait vibrer l'intériorité !

Elle écrivit une lettre dans un quotidien milanais dans le courrier au lecteur, quelques semaines avant la fin de son *congé de purification*. Sous un nom de plume, elle résuma les phrases que le vent avait portées vers elle. Elle parla de l'inceste qu'elle avait vécu et du pardon qu'elle avait accordé. Elle voulait mettre en garde les faons et les biches. Mais une telle mise en garde ne constituait-elle pas une atteinte aux reflets irisés de l'enfance ? Et les enfants avaient-ils tous un regard nacré ? Peu de temps après que cette lettre n'ait été publiée, par le biais du journal où elle avait laissé ses coordonnées, un homme entra en communication avec elle. Elle reçut sa lettre. Il insistait pour la rencontrer. Elle accepta, n'ayant aucun mauvais pressentiment. Et c'est ainsi qu'elle rencontra dans un café, *l'homme-quartz*. Car un quartz plus grand que nature s'était cristallisé en lui et autour de lui. Des larmes devenues quartz. Comme Florence, elle en avait vu dans les seins de femmes éplorées, mais là, quelle tristesse immense habitait ce professeur de philosophie ! Il avait l'âme fracturée depuis tant d'années par un geste irréfléchi qu'il avait posé et, devant elle, il pleura à chaudes larmes. Inutile de détailler ce geste. Il avait été pardonné par l'enfant blessée devenue adulte, la blessure ayant refait surface, propulsée par un jeu de tarot. Mais depuis, elle avait coupé les ponts. Il voulait lâcher prise, mais n'y arrivait pas. Comment renouer avec la joie ?

« On m'a pardonné, avait-il insisté, et je n'ai pas retrouvé la joie de vivre.

— Et vous, vous êtes-vous accordé le pardon ?

— Non ! Je n'arrive pas à le faire ! Comment ai-je pu poser un tel geste ? C'est honteux ! »

Elle lui expliqua qu'il était devenu un *homme-quartz*. Cette réalité s'était révélée à ses yeux.

« Lâchez prise, pardonnez-vous. »

Elle lui parla du mur de vitrail de la cathédrale de Milan. Sous les rayons de cette beauté ardente, il trouverait certes du réconfort. Elle lui expliqua qu'un réseau télépathique recouvre la terre, tel un vaste web.

« On dit que les pensées et les émotions sont exemptes de taxes, mais elles ne le sont pas, croyez-moi. Elle s'agglutinent à d'autres, selon leurs affinités, et se relient à des centrales lourdes ou magnifiques. »

L'homme lui serra la main, réconforté. Il se dirigea d'un pas alerte vers la cathédrale mythique. Il était bon et sensible et espérait chaque jour que son enfant, qui lui avait pardonné, l'appelle pour le rencontrer et renouer. Il y a dans le pardon une véritable grandeur et dans l'acceptation du pardon, une véritable humilité. Lorsque cela est présent dans l'intériorité de deux êtres, ne peut-on aller plus loin que le pardon, en effaçant volontairement dans le livre de deux vies, le souvenir mutilant, et se tendre à nouveau la main ?

Tout cela était dans l'air du temps lorsque Clara et Francesca parlaient avec Chérine en conférence téléphonique. Justina pouvait, à n'en pas douter, venir en aide à Chérine. Il lui semblait que Florence la poussait à intervenir auprès d'elle. Il y avait tant à faire et Neil avait élu domicile au pays de la révolte. Pendant combien de temps encore battrait-il en retraite ? Si on pouvait lire aussi facilement dans un verre de vodka que dans une tasse de thé ! Le conseil d'administration de la maison de Vincentis avait donc décidé d'ouvrir une boutique dans le Vieux-Montréal. Cela serait-il possible ? Il fallait rapidement trouver un local. Ce serait si merveilleux, la *Fondation Les yeux de Florence* étant depuis quelque temps logée au-dessus de la boutique de Neil, Justina pourrait ainsi prêter facilement main forte à Chérine, d'autant plus qu'elle serait la directrice de cette boutique et aurait deux employées.

Neil, pendant tout ce temps dans la salle de bains, pense au prochain discours qu'il fera dans le salon. Il a la nausée en pensant aux guerres dans le monde et à la vodka. Aujourd'hui, on peut être tranquille, il ne boira pas, à moins qu'il ne marie son rikiki à du jus de citron. Il se détruit sur fond de deuil. Au début, mélancolique, il est par la suite devenu obsessionnel. Ses préoccupations sont morbides. Il sait qu'il est très affecté, mais pour lui, cela est incurable. De là, le désir d'endormir le rongeur du cœur avec la petite eau-de-vie. Il lutte contre ses obsessions et la lutte mentale est si forte qu'il se traîne littéralement du salon à la salle de bains et de la salle de bains à la boutique. Tous se sentent concernés. Il se laisse couler vers une forme de mort. Il a décidé d'être au pain sec et à la vodka, mais personne ne le sait. Aujourd'hui, la pause semble stratégique, huile d'olive et « doigts de lumière ». Les bédouins dans le désert furent souvent sauvés d'une mort certaine par ces fruits sirupeux que sont les dattes. Gandhi disait : « Vous devez être le changement que vous voulez voir dans le monde ». Neil est à mille lieux de cette cogitation. Il pense à la toile *Guernica* de Picasso. Conçue et réalisée rapidement dans son atelier parisien, elle est un cri de ralliement suite aux événements meurtriers de la guerre civile qui déchira l'Espagne de 1936 à 1939. Un jour de marché, le 26 avril 1937, l'aviation nazie, sous les ordres de Franco, avait attaqué la ville sans défense. Mille neuf cent cinquante-quatre personnes furent tuées et huit cent quatre-vingt-neuf blessées. Mais où es-tu, Neil ? Au lieu d'agir, toi qui étais appelé à devenir un *guerrier existentiel*, tu penses au taureau de la toile. Picasso a déclaré que dans la toile, ce taureau symbolise la cruauté. Mais il semble que l'image soit ambiguë, car il était fasciné par la tauromachie. C'est ce que tu iras déclamer ce soir dans le salon, devant Jeanne qui observera tes moindres faits et gestes, et Chérine qui aurait tant à partager avec toi ? Et le cheval angoissé, l'absence de couleur, la tête coupée, l'enfant mort qui gît dans les bras de sa mère, tu feras le tour de tout ce qui caractérise le tableau. Puis, le climax de ton discours sera que le personnage de droite qui a les bras levés pour se protéger des bombes tombant du ciel, a une attitude semblable au personnage central du *Trois mai 1808* de Goya, qui te fascine littéralement. Dans les deux cas, on parle d'actes de barbarie. Après, auras-tu réglé le sort du monde ? Ton côté dandy refait surface.

Un peu d'*Aqua Allegoria* à la rose sous le veston, il coupe avec précision deux petits poils jugés inesthétiques qui se ballottent depuis deux ou trois jours à l'entrée de sa narine droite. Il est avant tout esthète pour lui-même, depuis que l'œuvre d'art tant aimée a disparue… Mais depuis quelques jours, il a décidé de ne plus se raser. Quand il discourait avec Florence, elle avait tant à dire elle-même et cela était si particulier qu'il se taisait, ébahi et amoureux. Il descend l'escalier et Jeanne frétille dans le salon, avec son long plumeau d'autruche.

« Driss et Micheline seront ici demain. Ils passeront la semaine avec nous.

— Comment ?

— Je les ai appelés pour la bouffe de chez vous !

— Jeanne, je veux être seul !

— Non, je refuse que vous soyez dans le désert ! Driss est un bon cuisinier !

— Oui, je sais, il y en aura partout dans la cuisine !

— Et aussi dans le congélateur.

— Quand j'étais petit, il y avait chez nous, à Cherchell, des melons grands comme des ballons de foot et des artichauts pleins de jus ! »

Il est déjà rêveur et Jeanne sait que ce sera bon pour lui.

« Et les olives ? Parlez-moi de votre oncle... »

Elle sait quoi lui dire pour qu'il délaisse un peu ses tirades pathétiques.

« J'en ai déjà parlé.

— Comment c'était dans ses grands jardins d'oliviers ?

— Il faisait chaud et ça sentait bon. Il aimait que ses olives soient bien grasses.

— Grosses ou grasses ?

— C'était des olives bien charnues et remplies d'huile. J'aimais aider au lavage des olives. Ensuite, elles étaient réduites en une pulpe très fine et l'huile était extraite. Je disais alors à ma mère en rentrant, que j'avais bu chez oncle Nouredine du jus d'olive !

— Du jus d'olive !

— Je suis très attaché à l'huile d'olive. Pour moi, c'est presque du lait maternel. C'est le lait de ma terre natale.

— Bien, moi, c'est le sirop d'érable.

— Ah, ça, je n'en doute pas ! »

Il parle avec Jeanne. Mais en même temps, il pense qu'il vomira dès demain, dans les toilettes, tous les plats parfumés de Driss. Car il s'est fait une promesse. Il s'est promis d'être au pain sec et à la vodka et Driss, il le sait, va le forcer à manger. Ça ne sera pas facile de résister à ces odeurs de dattes, de miel, de menthe et de coriandre qui pourraient bien le transporter. Mais il est maintenant entré dans un camp de concentration. Il a revêtu son habit rayé de prisonnier et il n'a pas l'intention de reculer. Qui pourra le libérer ?

« Il m'a demandé de préparer du *ras-el-nout*.

— Du *ras-el-hanout*, Jeanne. C'est « hanout » et non « nout », et il faut prononcer le « ha » en reculant la racine de la langue.

— Ras-el-hanout ! Comment on fait pour se racler la gorge comme ça, des centaines de fois par jour ? Les arabes ont toujours leurs amygdales ?

— Ils ont des amygdales en très bonne santé ! »

Il a la main sur la télécommande. Elle prend la manette. Hum, Jeanne, aura-t-on à l'instant une guerre de territoire ? Elle ne lui laisse pas le temps de réagir.

« Chérine a appelé. Il y aura du nouveau dans le Vieux-Montréal.

— Du nouveau… ?

— L'Italienne… celle qui était sur le dos de la tortue arrivera dans une semaine.

— Encore l'histoire de la tortue ! Comment voulez-vous que je sois sain d'esprit !

— Francesca et Clara vont ouvrir une boutique ici, dans le Vieux-Montréal.

— Où ? Place Jacques-Cartier ?

— Je ne sais pas… il faudra les aider à trouver un local.

— Donc, si je comprends bien, pendant que je faisais ma toilette, tu as appelé Driss, tu as parlé à Chérine et…

— … et j'ai appelé Édouard qui vous attend pour un massage aux pierres chaudes.

— Ouf… tu es comme Florence à la puissance dix !

— Dans une demi-heure ! Et pouvez-vous acheter du macis moulu pour le ras-el-hanout ?

— Ce n'est pas nécessaire de postillonner, Jeanne.

— Excusez-moi ! Elle rit. Mais au moins, je n'ai pas craché un morceau d'amygdale. De toute façon, je n'en ai plus, on me les a enlevées à cinq ans, pour rien.

— Bien, moi, je les ai encore et si tu continues, je sens que je vais me claquer une amygdalite.

— Qu'est-ce que c'est, le macis ?

— C'est l'écorce de la noix de muscade qui est moulue. Et le restant de la recette ?

— J'ai tout ce qui est sur la liste de Driss. Je l'ai gardée dans mon livre de recette. Elle sort la liste : cardamome, poivre noir, clous de girofle, bâton de cannelle, muscade râpée, macis que je n'ai pas, piment moulu, curcuma moulu, gingembre en poudre, piment rouge en poudre.

— En arabe, ras-el-hanout signifie le meilleur du marché. C'est-à-dire le meilleur des épices qu'un commerçant peut offrir.

— Vous n'auriez pas pu le dire plus tôt ! Pourquoi faire si compliqué quand on peut faire simple ?

— Jeanne, j'aime tes expressions colorées.

— Chez vous, ce sont les épices qui sont colorées. Édouard vous attend dans une demi-heure !

— Si je comprends bien, tu ne me laisses pas le temps de penser.

— Exactement... parce que vous êtes trop dramatique.

— Trop ? Je ne pense pas.

— En tout cas, allez-y ! Je dois faire le ménage et ce soir, puisque c'est mercredi, j'irai à la boutique comme à toutes les semaines d'ailleurs, chasser la poussière. »

Neil a soudain la nausée.

« Je vais prendre encore de l'huile d'olive.

— Du jus d'olive !

— Oui, c'est ça, du jus d'olive ! »

Il en avale encore quelques cuillérées. Il attrape au passage des mignonnettes de vodka. Il collectionne depuis quelques années ces petites bouteilles d'alcools forts dont il fait la cueillette dans les avions, grâce à la gentillesse des hôtesses.

« Vous buvez trop, ça vous perdra !

— Comment ça, me perdra ? Je suis déjà perdu…

— Comment, déjà perdu ? Étiez-vous le bébé de Florence ? Avez-vous deux ans ? »

Elle ne peut faire autrement que de le secouer de toute la force de ses pétales. Que faire de plus ?

Il la regarde, éberlué.

« Ce soir, je ne mangerai pas. Ne me force pas.

— Vous boirez ?

— Oui, mon rikiki ! et un toast, oui… du pain sec.

— Je pourrais remplir un grand biberon de votre foutu rikiki ! Vous pourriez en boire toute la nuit !

— Jeanne, ça suffit !

— D'accord, détruisez-vous ! De toute façon, Driss arrive demain. »

Sur ce, il quitte sans chapeau et oublie ses gants… de tempête. Il quitte dans le froid. Il est heureux de se geler les narines, les mains et les pieds. Il est franchement difficile à suivre. Ça prendra bientôt des brancardiers. Édouard l'attend heureusement de « mains fermes ». C'est bien le fils de sa mère et il ne le ratera pas. Il sait discourir et veut aller plus loin que les réflexions de salon. Il fait froid et Neil a l'impression d'être entouré de têtes de squelettes. Ça sent les os d'humains victimes des folies meurtrières. Pourquoi tue-t-on ? Pourquoi aime-t-on les guerres ? Pourquoi meurt-on ? Pourquoi tout est-il si éphémère ? Il vit beaucoup de révolte et s'il croit aux dons et aux signes, il n'a pas vécu d'instants de révélation. Il n'a pas été transporté par une conviction profonde quant à la nature intrinsèque de la vie. Il pense à Étienne, le fils de Clara, ce jeune photographe pour qui l'univers est comparable aux grenouilles qu'il disséquait dans ses cours de bio. Il voulait et veut encore connaître ce qui se cache *sous la peau de la grenouille* et Florence y est maintenant! Il va certainement se pointer bientôt, après son séjour en Afghanistan pour CNN, avec d'autres questions. Mais Florence ne sera pas là pour y répondre. Il sera sans doute déçu, car son ami Neil a perdu la boussole. Qui répondra à ses questions? Étienne est un grand explorateur, une sorte d'Indiana Jones existentiel. Pour lui, Florence était mystérieuse et fascinante comme une caverne d'Ali Baba. Il était émerveillé, comme Neil d'ailleurs, par tout ce qu'elle disait. Quand elle parlait des *femmes-reflets* qui ne vivent que par les yeux des autres, quand elle se demandait en parlant des femmes prostituées si, dans ce cas, l'escargot a deux carapaces… Il attend d'ailleurs impatiemment son livre posthume sur les *êtres escargots*. Comment pouvait-elle voir toutes ces choses? Elle avait répondu à sa question sur l'utilité de l'hymen, qui n'est pas une serrure, mais une protection avant que le pH vaginal ne soit suffisamment hydraté et acide grâce à l'action des oestrogènes, par la théorie de l'évolution de Darwin. La première étape du développement de l'humanité ayant été aquatique. Il y a très peu d'hymens chez les mammifères, exception faite des mammifères marins. Elle lui avait parlé de Teilhard de Chardin, ce prêtre géologue passionné d'archéologie qui, lors de longs séjours en Asie Orientale, était parti à la recherche de fossiles. Ayant découvert les traces d'un homme préhistorique dans une région désertique de la Chine, l'Ordos, ses découvertes le mirent en contact avec la structure génétique de l'humanité et la véracité de la théorie de l'évolution de Darwin. Mais, lui avait-elle expliqué, l'évolutionnisme de Darwin n'exclut pas le créationnisme qui a eu lieu dans une autre dimension, elle en était persuadée. Ce qui choque les tenants de la création du monde, de la création de l'homme, c'est d'affirmer que l'homme descend du singe! Étienne était vif et il pointait toujours vers elle la lumière de sa lampe-tempête, comme s'il était sans cesse à la recherche de pierres précieuses dans les mines esseulées.

« On soutient que la femme et l'homme ont été créés dans le paradis terrestre et, donc, penser qu'ils descendent du singe constitue alors une insulte. De là, l'idée du chaînon manquant. »

Étienne argumentait avec passion.

« Alors donc, si on croit à la théorie de Darwin, on risque de conclure faussement que l'homme n'a pas d'âme.

— C'est ça. On est toujours pris avec ce chaînon manquant. D'après moi aussi, les deux théories n'ont pas à s'opposer, mais à se compléter. »

Neil a en mémoire toutes leurs conversations. S'il avait la fougue d'Étienne, s'il était comme lui un chercheur face à toutes ces grandes questions, aurait-il perdu la boussole ? Étienne va donc rappliquer, c'est sûr, car il sait que Florence veut trouver la réponse. Elle ne pourra résister à cette ardente aspiration. Il répliquera avec des photos, des reportages, un projet de film peut-être. Neil a l'impression d'être comme une cigale entourée de fourmis.

Dans cette recherche, Pamplelune disait être de l'équipe des savants britanniques du livre de Vercors, *Les animaux dénaturés*, ayant quitté pour la Nouvelle-Guinée en 1950, à la recherche du fameux chaînon manquant entre l'homme et l'animal. Ils rencontrent par hasard des quadrumanes, sorte de singes, qu'ils considèrent comme intermédiaires entre l'homme et l'animal puisqu'ils vivent dans des cavernes et enterrent leurs morts. Ils les appelleront *Tropis*. Puis, un homme fait un enfant à une « femelle » singe et tue l'enfant, forçant alors la justice britannique à se prononcer : *Est-ce un homme ou un animal ?* Après moult interrogations une ligne est tracée, démarquant le caractère humain de ces quadrumanes. Ils enterrent leurs morts… démontrant ainsi une interrogation métaphysique, une distanciation de leurs corps à l'état brut, du monde des pulsions et des instincts, ce que ne peut faire l'animal. Et plus encore, la femme du juge aura cette réflexion percutante : « Pour s'interroger, il faut être deux, celui qui interroge et celui qu'on interroge. L'animal fait un avec la nature, l'homme fait deux ». Pour certains, cet autre, ce deuxième, est le cerveau, pour d'autres c'est l'intériorité. Et l'intériorité est une conscience particulière encore bien présente chez les victimes de mort cérébrale à qui on enlève les organes pour les transplanter. C'est l'âme !

Il lui arrivait cependant qu'une intuition lumineuse le traverse. Il a ressenti que la peinture sur soie de Uemura Shôen porte la mémoire de la carbonisation des êtres et il a raison. Mais tu aimerais tant, Neil, avoir des intuitions plus flamboyantes encore. Tu aimes la beauté et l'art, mais certains jours, au fond de toi-même, tu te sens si peu artistique.

« Je suis l'ami des artistes, mais je ne suis pas un artiste. Qui suis-je ? »

Il marmonne alors qu'il stationne sa voiture devant la clinique d'Édouard. Eh bien, je dirais, moi, Neil, que tu es un esthète chevalier. Tu aimes l'art et le considère comme une valeur essentielle et tu as un côté chevaleresque et protecteur. Mais de là à devenir héroïque, à porter à bout de bras diverses causes… Là, tes épaules ont ployé. Tu joues entre l'être et le paraître. L'intuition est une perception particulière. Le chimiste allemand Kekulé Von Stradonitz s'est endormi un soir devant sa cheminée, en 1865. Il a vu en rêve des serpents qui dansaient. Et, quand l'un d'eux se mordit la queue, il comprit soudain que les molécules de certains composés organiques forment elles aussi des anneaux fermés… comme la queue des serpents. Cette intuition marqua les débuts de la chimie moderne. Elle était flamboyante ! La nuit t'appelle, enfant du désert. Des rêves porteurs ne demandent qu'à t'éblouir, t'enfiévrer, t'exalter. Seras-tu au rendez-vous de la prémonition ?

IV

La neige est douce. Elle tombe en petites perles nostalgiques.
Avant de sortir de la voiture, il écoute un CD de musique
algérienne. Il pense à ses parents. Il se ballotte entre deux deuils,
celui de Pamplelune et de ses parents, sirotant une petite bouteille de cet alcool qui le délivre… l'espace d'un triste climax.
Dans les campagnes glacées, lors de la dernière guerre en Russie,
ça devait couler à flot, pense-t-il. Comment tenir le coup ?
L'œuvre d'art si magnifique est disparue. L'esthète est sans voix.
A-t-elle fui ? Était-elle trop passionnée ? Elle voulait à tout prix
percer les mystères de l'univers. Faut-il absolument tout
connaître ? Et Édouard qui l'attend… Il ne lui fera pas de quar-
tier. C'est sûr. Et de plus, il est en retard. À moins… qu'il ne se
livre plus encore et lui parle de tous ces morts qui le hantent. La
guerre en Algérie a commencé, il n'avait que quatre ans. Durant
cinq ans, donc de l'âge de quatre ans à l'âge de neuf ans, on lui
a annoncé à de multiples reprises le décès d'un membre de sa
famille, proche ou éloignée, ou encore d'un ami de la famille. Il
avait compris qu'un gros conflit opposait le nationalisme algé-
rien à la république coloniale. Ses parents le disaient sur tous les
toits. Il avait essayé de banaliser la mort, mais n'y était jamais
arrivé. En un instant, on passe de vie à trépas et l'œil se glace
pour toujours. *Parlez-moi ! Expliquez-moi !* Il avait été un enfant
terrorisé. Heureusement, à neuf ans, la famille quitta pour s'installer à Paris. L'odeur ferreuse et salée du sang s'estompa peu à

peu. Mais cela laisse des traces… Le 18 mars 1962, à la signature des accords d'Évian, prit fin la tragédie algérienne. Le pays eut son indépendance et Neil, une crainte à vie face à la mort qui, souvent, ne prévient pas. L'adolescence aidant, il déposa tout ça au fond d'un puits si profond que nul ne pouvait se douter de ce qui s'y cachait. Il avait presque réussi à oublier. Ce dont il parle, c'est qu'à sept ans, ses ailes artistiques se sont déployées, dans un musée à Tipaza, et qu'à neuf ans, il a décidé de consacrer sa vie à la beauté. Ça, oui, il le dit. Par instinct de survie ou parce qu'il ne pouvait d'aucune façon résister à cet éblouissement ? Qui sait ? La force de la beauté, depuis ce temps, le sustente et Florence était d'une beauté si gracieuse. Il aurait voulu peindre son visage, sculpter son corps. Il se contentait, démuni, de substituer son image à celles des femmes peintes sur les toiles des grands maîtres. Il ne pouvait y résister et cela le comblait de joie. Rien de plus facile à faire. Il connaît si bien les toiles de Rembrandt, de Klimt, de Raphaël, de Botticelli. S'il avait pris le temps de dessiner ne serait-ce que de petites esquisses et, par la suite, de les peindre, sans doute serait-il aujourd'hui devenu très habile.

Neil, le temps passe. La neige envahit les trottoirs et Édouard va bientôt s'impatienter. Tu as vidé la petite bouteille de rikiki. Allez !

Une triste cigale se déplace au plein cœur de l'hiver, sans chapeau, sans gants et… sans boussole. Ses soupirs sont aussi fumants que les locomotives d'autrefois, dans les montagnes de l'Oural. La vodka est un voile lourd et omnipuissant. Il avance et n'a plus ses yeux de mouche. Il ne remarque pas qu'il est suivi. Pourtant, près de lui, des pas craquent dans la neige. Il n'entend rien. Il ouvre la porte et pénètre dans le hall d'entrée de la clinique de massothérapie d'Édouard. Il referme bien la porte derrière lui. Il enlève son manteau et, machinalement, comme s'il souffrait d'une terrible démangeaison, il vide une poche à l'intérieur de son veston, sans raison. Il y trouve un stylo, un paquet de gomme à mâcher et une feuille bien pliée et, sur cette feuille… l'écriture de Florence! «Pamplelune, arrête de me harceler», se dit-il en lui-même, prêt à éclater en mille poussières. Que peut-on dire de plus quand on a déjà le cœur en cendres. «*Qu'est-ce que je dois comprendre*, chuchote-t-il maintenant, hein, qu'est-ce que je dois comprendre? Je dois m'insurger contre les crimes d'honneur? Je poserai peut-être envers moi-même le crime du déshonneur. Alors, *basta*!» Il s'assoit sur une petite chaise et lit le texte, la tête entre les jambes. Elle avait sûrement écrit ça lors d'un voyage et le lui avait donné pour le rapporter à la maison.

Crimes d'honneur

L'origine de ce droit que se donnent les familles, remonte au code d'Hammourabi et aux lois assyriennes édictées en 1200 av. J.-C., qui font de la virginité d'une femme la propriété de la famille entière. On tue la femme dépossédée de son hymen alors que l'homme qui l'a lacéré n'a aucun châtiment. Ce qui compte, c'est la chair et non l'amour, si bien que les jeunes filles en détresse demandent une intervention chirurgicale permettant qu'on reconstruise leur hymen, sinon c'est la violence physique, l'exclusion sociale ou la mort. Je pense au sexe qu'on décore… comme une deuxième tête. En Afrique centrale, on peint souvent les petites lèvres. Dans les îles du Pacifique, on tatoue les petites lèvres ou l'entrée du vagin. En Tanzanie et au Mozambique, on pratique de petites scarifications à l'aide de lames ou de cendres chaudes. À l'échelle du globe cependant, on se préoccupe beaucoup de raser cette araignée, comme un résidu d'animalité… C'est ce que suggérait déjà au Moyen Âge un des auteurs du «Roman de la rose»… Le vagin où pénètre l'homme accueilli est la porte mystérieuse, la vallée des roses, l'antre, la grotte, la petite fleur, l'abricot, le yoni, le bonda, etc., selon les pays. Mais ce vagin n'est rien sans la femme. C'est elle qui accueille, enveloppe, réconforte et humidifie. Sexe violé… sexe décoré… sexe torturé… aujourd'hui encore, 130 millions de femmes dans le monde ont des organes génitaux mutilés et, chaque année, près de 2 millions de femmes subissent l'excision et l'infibulation. »

« Et moi, j'ai le cœur mutilé… Et alors…
— Salut !
— Salut Édouard ! »
Il lui donne la main et range le tout rapidement, ni vu ni connu. Il enlève ses bottes.
« Jeanne m'a appelé.
— Désolé.
— Ça ne va pas ?
— Bof… qu'est-ce qui va ou qui ne va pas… les sensations certains jours se confondent.
— Je ne suis pas là pour te juger. »
Édouard l'invite à s'installer sur la table de massage. Il le laisse seul quelques instants. Les pierres de basalte issues du ventre de la terre sont déjà chaudes. Bientôt, il les déposera sous et sur son corps. On dit que les pierres volcaniques portent en elles l'histoire de la terre et qu'il arrive que le corps entre en résonance avec certaines de ces mémoires, mais cela est rare. Édouard a de plus placé toutes ses pierres froides au congélateur. Il sait que Neil carbure maintenant à la vodka. Le basalte chaud risque d'affaiblir un corps livré aux alcools forts. Il devra placer au bon moment, sur son visage et certains points de son corps, les pierres marines, les pierres de marbre et quelques pierres de jade conductrices de froid. Il espère au moins qu'il ne perdra pas connaissance.
Le voilà qui commence ! Avec Édouard, c'est du véritable *foot* verbal.

« As-tu suivi le procès de Slobodan Milosevic, Édouard ?

— Oui, bien sûr, par le Tribunal pénal international. Enfin ! Il a ordonné 8 000 exécutions ! Mais… ce qui m'a peiné dernièrement, c'est le décès de Michaël Milon, un champion de karaté français, à 30 ans. Tu te rends compte !

— Ne me dis pas de quoi ! Qui aurait pensé que ta mère nous quitterait le 13 septembre 2001, puis Georges Harrison le 29 novembre. Je ne suis pas sûr que je vais m'en remettre, tu sais. J'aimerais perdre la mémoire.

— Pourquoi ?

— Pour arrêter de souffrir.

— On n'oublie pas Florence, Neil !

— Non, je sais. Alors parlons de la Palestine. La résolution 1397 du Conseil de sécurité de l'ONU vient de reconnaître l'existence d'un état palestinien.

— Leurs terres le criaient déjà depuis longtemps !

— Et on vient de publier l'atlas de la contamination en France, par les retombées de Tchernobyl. J'entends Florence s'insurger contre l'énergie atomique ! Comme beaucoup d'autres femmes en Russie, au Japon, aux États-Unis, en Allemagne, en France, elle s'insurgeait contre les tests nucléaires, contre la construction de nouvelles centrales, contre l'enfouissement de leurs déchets.

— Oui, et écoute bien, Neil, parce qu'elle a encore beaucoup de choses à te dire.

— Il faudrait que j'écoute ses réflexions vingt-quatre heures sur vingt-quatre. Moi… je veux entendre des mots d'amour.

— Dans son cas, l'un ne va pas sans l'autre… je veux dire, l'amour et les réflexions.

— Ouf, les pierres sont chaudes !

— Au début du massage, ça surprend toujours. J'ai bien huilé celles avec lesquelles je te masse. Ton corps va s'habituer. Ne t'inquiète pas. Ce sera comme d'habitude.

— J'ai l'âme à l'envers. Écoute-moi bien. Je n'entends plus rien. Et même que j'en suis rendu à me demander si j'ai une âme. Alors je bois et je réussis de cette façon à être au congélateur pendant quelques heures.

— Mais, Neil, tout ce qui gèle, dégèle.

— Je suis anéanti. Il faut que je m'anesthésie. Les pierres sont vraiment chaudes ! J'ai le vertige…

— Calme-toi, respire profondément.

— Je vais placer plusieurs pierres froides sur ton front, ton cou, tes poignets.

— Dépêche-toi !

— Oui… oui… Tout est là, dans le petit congélateur.

— Justement, ils l'ont placée dans un congélateur, avant de faire l'autopsie.

— Ils n'ont pas placé Florence au congélateur, Neil. Ils ont placé son corps au congélateur. C'est très différent.

— Tu es sûr ?

— Qu'est-ce qui t'arrive ?

— Finalement, je devrais faire partie du réseau international des *Brights* qui portent un regard naturaliste sur le monde, exempt de toute référence surnaturelle ou mystique… Les pierres froides me font du bien. C'est toujours bon d'avoir la tête froide. Des hommes et des femmes se lèvent pour réclamer un monde sans religion… parce que des prêtres ont abusé de leur entourage qu'ils ont mené par le bout du nez… parce que des fanatiques tuent et se font exploser… parce que des gourous ont poussé des communautés au suicide

— Mais le problème, au fond, est-ce vraiment les religions ou ce que les hommes en font ?

— Il y a eu tellement de déviations. Trop souvent, on agit par tradition. On transmet un culte sans réflexion.

— Selon moi, Neil, il ne faut pas confondre spiritualité et religion. La religion est souvent basée sur la peur, la spiritualité, sur l'éveil intérieur. Avec ma mère, nous allions sur le bord des lacs regarder les couchers de soleil, quand j'étais enfant et… j'étais en extase devant toute cette beauté. Elle me disait : « La vie est sacrée, il faut apprendre à découvrir son langage ». Nous parlions du Créateur des mondes et je disais qu'il était comme le chiffre un. Ma mère approuvait et elle m'expliquait qu'on peut aller à sa rencontre dans notre cœur, ébahi devant la Création comme devant la toile d'un grand maître…

— Déjà, elle avait l'instinct des musées…

— Je voulais savoir de quoi avait l'air ce grand Artiste. « Il ne faut absolument pas chercher à se le représenter en image. Il faut ressentir la Force qui émane de lui et, *lui,* Édouard, n'est pas le bon terme », me disait-elle. Le Créateur est un être sans manteau. Comment alors percevoir sa forme ? On le représente par un œil.

— Florence et les yeux…

— L'œil… c'est la communication sans parole. C'est aussi le symbole de la connaissance intuitive. C'est le regard qui vient de l'intérieur. Cet œil dépose aussi la Lumière sur le monde.

— La Lumière… Que la lumière soit !

— Il y a beaucoup plus que tu ne peux penser, Neil, dans ces mots… L'œil de l'âme voit le sens caché des êtres et des choses. Selon moi, la représentation symbolique de l'œil du Créateur est une véritable clé. L'œil voit, il révèle. Il nous dit qu'il n'y a pas de mystères. Tout se tient, s'interpénètre. Il nous invite à la révélation.

— Étienne, sors de ce corps !…

— Neil, ce que je te dis est très sérieux. Je t'ouvre mon âme, alors s'il te plaît reçois au moins ce que j'étale devant toi. Oui, Étienne est fasciné par les phénomènes et je le suis aussi. Je te souhaite de devenir aussi fasciné par les phénomènes que nous le sommes.

— Je me le souhaite aussi. Tu parles des yeux. Savais-tu que les Grecs crevaient les yeux des prisonniers babyloniens pour qu'ils ne puissent pas revenir au combat ? Plusieurs chevaliers du temps des Croisades ont eu les yeux crevés et ont été bien malgré eux à l'origine, dit-on, du premier hôpital ophtalmologique qui a eu pignon sur rue en Europe.

— Non, je ne savais pas, mais avant tout, souviens-toi que je te parle de l'œil, ce grand symbole qui représente la Lumière de l'Être... Ma mère disait « l'Être Créateur » et non Dieu, car ce mot employé maintenant à toutes les sauces a perdu malheureusement pour plusieurs de sa force vibratoire. Il n'a plus de résonance.

— Comme les *Brights*, je veux rejeter les religions parce qu'elles sont dogmatiques. On nous dit comment prier et croire. Il y a là un pouvoir que je n'aime pas.

— La rigidité est souvent mauvaise conseillère. Il faut surfer, mon ami, sur les vagues des pensées ! En dehors des structures établies, la petite voix s'interroge et s'émerveille devant la beauté du monde.

— Oui, c'est ça, la beauté du monde.

— Neil, tu as cheminé dans la beauté du monde et... tu nous as tous ébahis... alors ne lâche pas.

— Non, mais la froideur m'attire. Ma sensibilité est en train de me tuer. J'ai le goût d'avoir la tête froide.

— Après tout ce que tu as vécu avec Florence ?

— Avec les *Brights*, on parle du regard éclatant et brillant de la science et de la raison. C'est tout à fait dans la continuité du siècle des Lumières.

— Pénétrer dans la connaissance de l'invisible n'est pas aisé pour le cerveau, dont la perception est limitée à nos cinq sens. Depuis un siècle, plusieurs scientifiques ont abordé l'étude de la mort sous un angle nouveau et on a ramené à la vie beaucoup de personnes ayant vécu une mort clinique. Elles ont témoigné.

— Durant la guerre en Algérie, j'étais très jeune. Il y a eu tellement de morts autour de moi que je les ai tous occultés, et quand mes parents sont morts en 1982, dans une échauffourée en Algérie… Mon père était médecin pour l'OMS.

— Oui, je sais.

— J'étais habitué à ce qu'il soit, avec ma mère, fréquemment en voyage. J'ai occulté de nouveau. Je n'ai pas vécu leur décès. J'ai réagi intérieurement comme s'ils étaient de façon permanente en voyage. Mais depuis le décès de mon amour, ça ne va plus. Comprends-tu ? Je vomis des cadavres. Je marche sur des têtes de morts…

— Pense aux enfants du camp de concentration de Majdanek. Dans le baraquement où ils ont passé leur dernière nuit, et ils étaient des milliers, beaucoup d'entre eux ont dessiné sur les murs, à la craie, avec un morceau de pierre ou même avec leurs ongles, l'image d'un papillon.

— Oui, c'est ça, il faut que je grave maintenant comme un enfant, avec mes ongles. Il faut que je retourne en arrière.

— Peut-être. Il n'y a pas de honte à le faire !

— Pourquoi ces enfants avaient-ils gravé des papillons ?

— Là, il faut faire un parallèle de nature mystique entre la vie et la mort. Parce qu'ils avaient compris intuitivement que la mort est une métamorphose et qu'à ce moment, seul le cocon est détruit, pas le papillon. Ils étaient plus *brights* que les *Brights*, non ?

— La personne qui me ferait du bien, c'est Éloïse !

— Va la rencontrer, parle avec elle. Elle n'a peut-être que dix ans, mais Florence a toujours pensé qu'elle *verrait* un jour. Elle a peut-être commencé à voyager dans les images, elle fait de si belles peintures. Et tu bois trop, Neil…

— Je sais, mais je ne suis pas près d'arrêter. Je n'arrêterai pas tant que je vomirai des cadavres.

— Et tu en as combien à vomir comme ça ?

— Une bonne vingtaine…

— Alors retourne dans ton enfance. Pleure chaque mort et fais la paix avec chaque décès.

— Mais pourquoi meure-t-on ?

— Pourquoi les fleurs fanent-elles ?

— Elles fanent parce qu'elles ont libéré leur beauté.

— Il y a des saisons pour les fleurs comme pour les humains, mais leur cycle est plus court.

— Donc, je ne serai jamais dans le réseau des *Brights*, c'est justement la beauté des fleurs. Florence disait que le hasard ne peut être à ce point artistique et poétique et ça, je le crois. Elle est maintenant *sous la peau de la grenouille*, dans l'arrière-pays, pour connaître d'où viennent les modèles de ce qui est !

— Elle aurait certainement pu savoir tout ça en restant quand même parmi nous.

— Peut-être, mais là vois-tu, je donne un sens à son décès.

— D'accord. Alors détends-toi s'il te plaît, ne parle plus. Écoute un peu la musique celtique. »

Il place un CD.

« Puis il y a tellement de sortes d'oiseaux et de fourmis… et on sait maintenant que notre planète, depuis cinq milliards d'années, a su assimiler sa propre matière pour façonner l'écorce terrestre, à la manière d'un arbre métamorphosant son tronc avant de produire ses feuilles et ses fruits.

— Là, tu me rassures. Tu es moins psychiatrique ! Sois plus philosophique ! Aujourd'hui, vois-tu, c'est ça le problème. Dans les grandes écoles, on a occulté la philosophie qui favorisait l'épreuve de la remise en question fondamentale. On devrait pouvoir vivre, peu importe notre race et notre religion, l'expérience de l'ébranlement philosophique qui décape les idées et les croyances reçues, les remet en question et les confronte, quitte à y revenir par la suite. Tu devrais faire un Socrate de toi-même.

— C'est-à-dire ? »

Neil repense à cette mission confiée en quelque sorte par Florence qui… lui pèse si lourd sur les épaules. Être un guerrier existentiel et défendre de multiples causes. Ouf! s'y sent-il vraiment appelé?

« Socrate était persuadé d'avoir une vocation, celle d'être philosophe. Il disait être plus en mesure de servir son pays par l'enseignement de la philosophie aux Athéniens et l'invitation qu'il leur faisait d'examiner et de prendre soin de leur intériorité. Pour cette raison, il ne s'est pas intéressé à la politique. »

Neil rit, car il connaît bien les réflexions de Socrate au sujet de la politique.

« Ah, tu me touches, Édouard! J'aime parler avec toi. Là, vois-tu, Florence me parlerait de l'art et du pays de l'inspiration. Beaucoup d'artistes ont été touchés et nous ont livré des œuvres remarquables. Ça dépasse bien sûr la technique.

— *Je vois*, dit l'aveugle!

— Prends la technique du verre millefiori. Il est travaillé avec des baguettes de verre aux motifs différents, sous l'effet de la chaleur qui les fusionne. On obtient alors une baguette aux mille coloris. On étire cette baguette à la chaleur, puis l'artiste la modèle avec des pinces. L'art me réconcilie avec la vie! J'entends encore Florence me parler des fils tissés par nos pensées et nos gestes, à chaque jour, sur le métier de la vie. Elle les voyait si vibrants, avec de multiples coloris, ou encore si sombres… La vie est un verre millefiori!… Florence, es-tu là? »

Il se surprend lui-même à faire cette affirmation. Une grande nostalgie s'empare de lui.

« Édouard, dis-moi, je suis toujours surpris de t'entendre appeler ta mère par son prénom.

— C'est qu'elle n'était pas seulement ma mère, elle était mon amie. Elle était… elle est. »

Il n'en dit rien, mais elle est souvent dans ses rêves. Un rêve d'il y a à peine deux nuits concernait Neil. Pourrait-on dire un cauchemar? Il criait au fond de l'eau. Elle avait entendu le cri silencieux de son désespoir. Plongeant pour le sauver, elle avait constaté qu'il était retenu par des mains squelettiques. Édouard s'était éveillé en sueur, sans savoir si elle avait pu le sauver. Il fait donc facilement un lien avec tous ces cadavres qui le hantent.

« Détends-toi maintenant s'il te plaît. Tiens, bois un grand verre d'eau. Par la suite, il faudra en boire deux autres, pour normaliser ta tension artérielle. Viens me voir plus souvent, Neil. Je pense que ça te fait du bien.

— Oui, je reviendrai. Je suis loin d'avoir gagné la bataille, crois-moi. Pour l'instant, j'ai l'impression de vivre dans un cimetière.

— Vaut mieux en tout cas avoir l'impression d'y vivre que d'y mourir.

— Mais ce n'est pas un endroit à fréquenter.

— Je dirais que… c'est un endroit à apprivoiser. Chut !… Ne parle plus.

— D'accord, je vais penser à l'intérieur.

— Non, même pas… Silence total ! »

Il a l'intuition de lui faire entendre *The Butterfly Lovers*, interprété au violon par Takako Nishizaki. Il voudrait que Neil pleure sa peine d'amour. Sans doute pleurerait-il avec lui.

« Ne dis rien et écoute. »

Neil est d'accord. Au moins il est un peu docile. Il a, l'espace d'un instant, le cœur hors de l'eau… Édouard lui parle doucement, sur un ton de confidence.

« Selon moi, le XVIIIe siècle a été le siècle d'une lumière. Celle de la raison, de la science et du respect de l'humanité. Mais il ne résume pas toute la vision que l'on peut avoir, dans la compréhension du mystère de la vie. On a voulu réexaminer et remettre en question toutes les idées et valeurs reçues et explorer de nouveaux concepts. On a nié le passé et cru en la supériorité du temps présent. Mais les temps ont changé, Neil. À l'époque, Diderot a proposé la première théorie athée d'un monde qui se développe par lui-même. Qu'il s'affranchisse de l'église, je veux bien, mais d'où vient cette matière première avec laquelle il se développe et… la trame de l'évolution de toute matière et de l'humanité? Il faut aller plus loin que les apparences. La physique elle-même a vécu une véritable révolution. On croyait que tout était statique, or rien ne l'est. La table sur laquelle tu es couché est constituée d'atomes. Et on sait maintenant que chaque atome a son réseau d'électrons et, de plus, une particule sub-atomique invisible qui, semble-t-il, agit en tant que modèle. La représentation mécaniste du monde étoffée par Newton au siècle des Lumières ne tient plus la route – en tout cas pas toute la route – pas plus que celle de Descartes. On assiste au développement d'une vision plus écologique, plus dynamique, plus ouverte, plus spirituelle, plus organique, semblable au Tao chinois. On parle même de la notion d'une étoffe cosmique qui émerge de la physique atomique moderne. On parle d'entrelacement et d'interdépendance des phénomènes.

— Tout se fond comme les coups de pinceau sur une toile. »

Neil émerge tranquillement de son silence. Édouard a la voix si vibrante. Il l'écoute attentivement.

« Florence a essayé de comprendre le mystère de la vie. On peut suivre plusieurs voies pour y arriver : la voie scientifique… mais il y en a d'autres… la voie des poètes, des peintres, des musiciens, des enfants avec leur candeur si merveilleuse, celle des clowns, des danseurs, des chamanes, des visionnaires, des psychologues et parapsychologues, des personnes aux perceptions extrasensorielles. Il y a aussi la voie de l'amour. Jean Rostand que tu connais, homme de science et athée notoire, argumentait un jour avec mère Térésa sur l'irrationalité de la foi. Elle lui avait répondu : « En tout cas, je crois à l'amour ». On dit qu'il en est resté bouche bée. Ces voies se complètent toutes. C'est en tout cas la conviction du physicien Fritjof Capra et c'est aussi la mienne.

— D'accord, touché. Et la voie de Pamplelune dans tout ça?

— Ballerine sur un fil de soie… pour moi, c'est un destin particulier… une âme artistique qui saisit la vie de façon symbolique. Les symboles sont en quelque sorte le langage de la face cachée ou plus intériorisée de l'univers. Il y a les idéogrammes chez les Chinois et les Japonais, qui expriment un état, une notion. Les symboles sont un peu analogues. Mais attention, elle ne voit pas que des symboles, Neil. Elle voit sous les apparences, la vie qui s'agite au-delà des masques, au-delà du silence. Des mains invisibles ont fait, devant elle, tomber des rideaux, des étoffes mystérieuses, et elles en font certainement tomber encore.

— Pourquoi ?

— Elle le voulait tant !

— Cela est-il suffisant ?

— Non, sans doute. Que dire de plus… c'est la magie de Florence. Continue de te laisser porter. Arrête de décrocher !

— Je ne veux pas décrocher, mais je suis en colère ! Le Suisse, on est d'accord, elle nous l'a dit, sous sa carapace de pigeon dégueulasse au ventre proéminent, était un nain ! Elle me l'a dit le jour même de l'agression : « C'est un nain masqué ! Sa conscience est atrophiée ! » Ma femme a été agressée par un nain portant un masque et personne ne le sait ! J'entends ceux à qui je n'ai pu faire part de ce qu'elle a découvert. Quelle situation ridicule ! Je me suis senti tellement impuissant et je le suis encore. Pour moi, il est la mort intérieure. Le mensonge devenu mode de vie. Pourquoi y a-t-il un moment précis où une réaction trouve sa définition ? Je dis bien une réaction et non une action ! Là, je suis en présence d'un mystère…

— Je te répondrai avec la vision des neuf alignements de « *Donjon et Dragon* ». Je connais très bien ce jeu de rôles pour y avoir joué pendant de nombreuses années. C'est aussi une voie d'interprétation. Le Suisse, le nain masqué, était selon ces alignements, un *Chaotique Mauvais*, donc le mal incarné. Il frappe, il tue. Il aime la violence, le sang, le chaos, la destruction. C'est un barbare sans nom !

— Il l'a frappée de plein fouet ! »

Il s'assoit brusquement et plusieurs pierres volcaniques percutent bruyamment le plancher de bois.

« Neil, attention, les pierres !

— Oh, désolé ! Pourquoi l'homme aime-t-il tant la violence, les affrontements, la guerre ?

— Comment le Marquis de Sade a-t-il pu développer son horrible vision du monde, devenue aujourd'hui le sadisme ? Selon *« Donjon et Dragon »* c'est le *Neutre Mauvais*, le mal est sa raison de vivre. Comment Nicolas Machiavel a-t-il pu en arriver à une pensée si cynique, dépourvue d'idéal, de tout sens moral et d'honnêteté ? C'est le *Loyal Mauvais*, vil, fourbe, sournois. Il manipule, arrange les choses à sa manière, complote dans le but de faire le mal. Quand on parle aujourd'hui d'idées machiavéliques, on sait à quoi s'attendre.

— En tout cas, pour moi, tout ça est du côté des laideurs de ce monde. C'est l'anti-gracieux de Umberto Boccioni. C'est le destin des monstres. Raphaël a peint saint Michel terrassant le démon. Je devrais regarder plus souvent une reproduction de cette toile.

— Ça, c'est le *Loyal Bon*, écrasant la représentation symbolique du *Chaotique Mauvais*.

— Comment éviter que le destin qu'ils ont choisi ne nous éclabousse ? L'effet domino de l'agression de Florence a fait de moi un cyclope. Je ne vois plus qu'avec un œil.

— Es-tu devenu carrément un *Neutre* ?

— Bientôt l'ogre du Parc des Monstres de Bomarzo va m'avaler.

— Parce que tu le veux bien.

— Je n'ai plus la force de résister.

— C'est ce que je disais, tu es devenu *Neutre*. Tu te fous du bien ou du mal.

— Non, je ne m'en fous pas! Je suis révolté!

— Alors, attention de ne pas le devenir et… et même pire encore. Il y a le *Chaotique Neutre* qui te regarde du coin de l'œil. Il accorde beaucoup d'importance à sa liberté. Il fait ce qu'il veut quand il veut. Si quelqu'un meurt au mauvais moment, d'après moi, il entrera dans une colère terrible. Reste calme s'il te plaît. Laisse au moins l'effet des pierres chaudes…

— … et froides… très froides… Mais tu m'insultes?

— Non, je te réponds selon la logique de « Donjon et Dragon ». Laisse l'effet des pierres agir sur toi.

— D'accord. Écoute, il y a ce soir au cinéma Beaubien, un film sur les malheurs du Tibet. Viendrais-tu avec moi?

— Oui… à défaut des *malheurs de Sophie*…

— Après, on pourrait manger une bouchée et continuer de discuter.

— Tout près, il y a un restaurant vietnamien.

— Je n'aime pas manger viet.

— Je sais, mais à cette heure-là il faudra t'en contenter, sinon ce sera un *Big Mac*.

— Bon, allons-y pour le viet. »

Belle soirée en perspective… Des pas craqueront-ils encore tout près de toi dans la neige nostalgique? Verras-tu ce qui s'agite au-delà de ton désespoir? Quelle question, Neil: « Pourquoi l'homme aime-t-il la violence, la guerre, les affrontements? » Une interrogation avait hanté la conscience de Florence. Elle admirait les artistes et se demandait de quel monde est issue l'inspiration. Elle avait cherché au-delà de ce qui est perceptible, le pays de la noblesse. Elle cherchait le fil d'Ariane et les traces laissées comme autant de points de repère évocateurs du chemin à suivre, pour y parvenir. Elle avait découvert, dans l'arrière-pays, des lianes reliant à diverses centrales de formes-pensées. Certaines étaient lumineuses, d'autre sépulcrales. Elle avait cherché les haricots magiques, mais elle avait finalement compris qu'ils n'avaient rien d'alchimiques. Ils étaient en quelque sorte les semences posées dans le jardin d'une vie. Tôt ou tard, elles portent fruit, ces semences, et il arrive que la récolte soit amère. Des conflits sans nom enveniment alors les relations humaines et dégénèrent en bagarres, agressions, prises d'otages, rapts, attentats à l'explosif, viols, détournements d'avions, meurtres. Il faut aussi compter la violence verbale, l'extorsion de fonds par intimidation de plus jeunes ou de plus faibles, etc. Florence était très préoccupée par les divers courants d'influences auquel est exposé un enfant, un adolescent, un adulte, au cours de sa vie, et la façon dont il réagit ou se prémunit en leur présence. Pourquoi un jour ouvre-t-on son cœur à la corruption, à la malhonnêteté, à la dépravation, à la méchanceté? «L'homme est un loup pour l'homme», dit-on, mais faut-il souhaiter ne vivre qu'entre brebis? Cela n'est pas nécessairement la solution, car il faut développer sa vigilance, son libre arbitre. Il faut s'éveiller à l'*effet domino* des gestes et des réflexions.

Édouard est resté pensif. Dans sa voiture, l'haleine bien fumante, il relance Neil sur sa triste question.

«Je ne crois pas que l'homme aime la guerre, mais pour certains, elle exacerbe l'impression d'être en vie et si on dit que les gens qui font la guerre, les agressifs, ont du caractère, personnellement je ne crois pas qu'ils en aient parce qu'ils n'arrivent pas à contenir leur impulsivité. Et la contenir, c'est avoir du caractère! La guerre est séduisante, elle semble être la solution à tout problème. C'est une sorte de roulette russe! Mais elle ne peut, comme par magie, donner un monde nouveau. C'est pourtant ce qu'à chaque fois on prétend. Tout est noir et tout redeviendra blanc. Alors qu'on sait très bien que ce n'est pas le cas.

— C'est au fond, finalement, toujours les ego qui se combattent.

— Oui, mais ce mot est utilisé à tout bout de champ. Il a trop d'ego, donc je ne l'utilise plus.

— Est-ce que l'instinct de guerre fait partie de la nature humaine ?

— L'instinct de lutte, oui, mais selon moi, pas l'instinct de guerre ! Il faudra adopter d'autres comportements sociaux. Depuis Hiroshima, si on continue avec des armes de la sorte, on ne passera pas notre examen final. C'est une grande menace d'extermination !

— La guerre est tellement présente tout au long de l'histoire ! »

Neil commence de nouveau à être hors de lui.

« Oui, mais il faut enseigner la paix active, la prévention des conflits. L'esclavage est disparu il y a à peine cent cinquante ans et pourtant, on ne pensait pas qu'un jour on y arriverait.

— Ce qui me décourage, c'est la torture, le massacre froid. Les animaux ne torturent pas. Ils tuent pour leur survie. Comment peut-on devenir aussi insensible ?

— Ma mère me disait : « Comment un enfant au cœur chaud peut-il devenir un adulte au cœur froid ? » Elle est partie avec cette question et… elle aura la réponse.

— J'en ai des frissons et quand j'ai ces frissons, ça veut dire que, oui… elle l'aura.

— Je reviens à l'instinct de lutte…

— Attention, tu pèses un peu trop sur l'accélérateur. C'est glissant !

— Oui, je pense avec tout mon corps !

— Ça va, le film commence dans une demi-heure. On sera là dans quinze minutes.

— Donc, c'est normal de lutter dans la vie. De s'efforcer d'avoir sa place au soleil, de se mesurer aux autres, mais… de façon saine. Ma mère m'a conté un jour l'histoire des carpes et des brochets et ça m'a vraiment fait réfléchir. Les éleveurs de carpes ont constaté que dans un étang d'élevage où il n'y a que des carpes, elles restent immobiles au fond de l'eau, en groupe, et tombent malades. Pour les obliger à rester en santé, donc en mouvement, ils doivent introduire des brochets, qui mangent bien sûr quelques carpes. Mais en chassant les autres carpes, les brochets contribuent à développer leur santé. »

Neil se reconnaît en tant que carpe, au fond de son étang-salon. La vie lui enverra-t-elle quelques brochets ?

« J'aimerais qu'il y ait un embargo sur les larmes, lui lance-t-il.

— Oui, moi aussi. Mais pour en arriver là, on doit être plusieurs à le souhaiter ardemment. Il faut aussi agir en conséquence dans nos propres vies. »

Et c'est là, Neil, que le bât blesse. Car tu causes et ne passes pas à l'action. En tout cas, je ne pense pas que tu mettes un embargo sur tes propres larmes. Depuis le décès d'Amira, tu as neutralisé intérieurement tout opposant au régime de terreur que tu as instauré en toi-même. L'encadrement est bien assuré par tes pensées destructrices. Tes conditions de vie sont devenues pénibles. Le travail forcé au champ de la consternation t'épuise. Dommage que Pax ne soit pas devenu une petite voix dans ta nuit. Dans le salon, certains soirs, es-tu dans un baraquement ? Quel est ton numéro de matricule ? Tu as fait marche arrière, dommage ! Tu dis que la beauté sauvera le monde. Sauvera-t-elle ton monde ? Depuis le décès de tes parents et, précisons-le, de douze membres de ta famille et de cinq amis, lors de la guerre d'Algérie, tu étais dans le grenier avec Anne Frank et là, tu en es sorti. Anne écrivait dans le grenier, mais toi, l'as-tu fait ? Non, tu as parlé. Puis, au camp de Bergen-Belsen, a-t-elle écrit ? Peut-être sur du papier hygiénique. Ce fut sans doute sa façon de continuer de célébrer l'intériorité. Anne a relativement bien supporté les conditions de vie du camp, mais par la suite, elle a attrapé le typhus, qui l'a emportée. Mais elle fut si courageuse. Elle aurait tant voulu survivre. Elle serait sans doute devenu écrivaine.

Toutes ces disparitions ont piraté ton enfance. À la seule pensée de regarder, de saluer, de faire tes adieux à chacun de ces macchabées, tu deviens affolé. Zaka et Ziad, les jumeaux enrôlés dans le Front de libération national, enterrés vivants, la tête dépassant, recouverte de miel. Ils ont agonisé pendant plusieurs heures, le visage mangé par les abeilles et les mouches. Quand tu t'insurges contre la torture, cette image est si oppressante que tes larmes collent dans tes yeux. Bassel, ton oncle, est mort au bout de son sang. Fahil, son frère, est mort, tiré à bout portant. Nizar, Omer et Raga se sont enrôlés dans l'ALN, la branche armée du FLN et y ont laissé leurs peaux. Khatib, Abbas, Thobet, ont été déchiquetés par des grenades. Nader et Soad ont disparu. Peut-être étaient-ils trop rebelles? On les a sans doute étranglés. Vive l'oncle Nouredine, avec ses olives grasses et charnues! Tipani s'est suicidé. Nadim a perdu la raison, puis il a été emporté par une grave infection intestinale. Latif a été pendu et les deux autres, Youssof et Omar B., les deux frères de ta grand-mère ont dit qu'ils se seraient noyés, à moins qu'ils aient été étouffés sous l'eau. Réussiras-tu à vomir tout cela? Les eaux sont boueuses et sentent tellement les détritus!

« Tiens, ici il y a une place.

— Le film a été fait avec une caméra cachée. Il paraît qu'ils nous fouillent avant qu'on entre dans la salle.

— Sérieux?

— Oui. Ils craignent des représailles envers ceux qui sont interviewés. Ils s'assurent que personne n'ait de caméra. Depuis l'invasion et l'occupation du Tibet par la Chine au début des années cinquante, ils vivent dans la crainte. Leur langue, leur religion, leur culture, leur identité sont menacées. Le 17 mars, j'ai pensé au Dalaï-Lama. À la même date en 1959, il a fui et traversé la frontière de l'Inde pour s'y réfugier.

— Insurrection contre la tutelle chinoise avortée… on passe à un autre appel… leur rêve, c'est l'indépendance… mais pour y arriver, ça prend plus que des machines à prières.

— Dis-moi… dans ton « *Donjon et Dragon* », tu m'as parlé du *Loyal Bon* qui défend la loi et lutte contre le mal. Et les autres… les autres bons ?

— Tiens, ça t'intéresse ?

— Pourquoi pas…

— Il y a le *Neutre Bon*, le *Chaotique Bon*, le *Loyal Neutre* et le *Neutre*…

— … que je suis, semble-t-il.

— Que tu pourrais être.

— Je suis entre les deux.

— C'est toi qui le dis.

— Et comment est le *Chaotique Bon* ?

— Lui, il fait ce qu'il veut quand il veut, dans la mesure où il ne fait pas mal aux autres.

— Et quelle est la différence avec le *Chaotique Neutre*… « qui me regarde du coin de l'œil » ?

— Lui, c'est la liberté avant tout. Il fait ce qu'il veut quand il veut et tout doit aller dans le sens de sa volonté.

— J'aurais donc un côté chaotique.

— À toi de faire ta réflexion, Neil. »

Leurs pas crissent sur la neige. Ils ne le savent pas, mais ils ont été suivis. Pourquoi s'intéresse-t-on à tes allers et venues, Nil ? Oui, je t'appelle du nom que tu avais jusqu'à l'âge de seize ans, Nil, *vallée de la rivière,* en grec. La rivière est ressourçante. Elle apporte la vie aux plantes et aux animaux, mais elle peut aussi être ruissellement de larmes. Tu as vécu au cœur de la coriandre et des abricotiers. Te souviens-tu du bonheur que tu avais à cueillir ces fruits chauds et juteux sous le soleil ? À coup sûr, tu te rappelleras que tu craignais d'être piqué par les scorpions. La mémoire des peurs et des douleurs n'est souvent pas longue à ressurgir et là, il faut craindre la centrale gigantesque et tenta-culaire du détachement du moment présent. L'envie est si grande, souvent, de se camoufler sous des plâtres de craintes et de s'expatrier hors de la vie. On s'exile alors, par tout ce qui insensibilise.

Édouard n'a pas fini de discourir sur la guerre et Neil pense à Florence qui lui parlait de l'existence d'un fossé – ce qu'on appelle le *gender gap* –, entre les hommes et les femmes, sur la nécessité de recourir à la violence militaire pour trancher un conflit ; les femmes s'y opposent nettement plus souvent que les hommes. À la Conférence internationale des femmes, à Copenhague, disait-elle, l'affirmation avait été retentissante. « La paix ne peut exister sans la justice et la militarisation d'une nation n'est d'aucune façon une garantie de sécurité et de paix. » En Israël, des femmes en noir s'étaient déjà affichées dans les rues pour réclamer la paix, avec des femmes du camp opposé. Pourquoi détruire et tuer ? On sera à coup sûr perdants, dans les deux cas.

« Ce qu'il faut craindre, c'est la pensée mythique ou le mode mythique des perceptions. Là, on entre dans une sorte de mythe et les nuances de gris n'existent plus.

— Bien sûr, on diabolise l'ennemi, qu'il soit une nation, un groupe, un groupuscule, un agitateur. Ce qui nous donne le droit de le faire mourir de faim, de le torturer ou de l'exterminer ! C'est comme ça qu'on enrôle les enfants soldats ! »

Oui, tu as raison, *Vallée-de-la-Rivière*, mais jusqu'à quel âge est-on enfant ? Le protocole facultatif à la Convention internationale des droits de l'enfant considère que tout combattant âgé de moins de dix-huit ans est un enfant soldat. Mais n'y a-t-il pas aussi les enfants soldats de l'hyper-sexualisation ? Ceux de la mode ? Ceux de la performance ? On pourrait en discourir longtemps. Les enfants ne devraient pas être impliqués dans les conflits armés, mais ils le sont toujours, d'un côté ou de l'autre. Toi par exemple, tu es un blessé de guerre, mais ta blessure est si profonde qu'on ne sait quelle chirurgie tu devrais subir et quel pansement allégerait ta douleur. Tu en es donc rendu à être ton propre chirurgien et le risque est bien présent que tu ne meures au bout de ton sang. Es-tu semblable à du verre brisé ? Peut-être pas… mais fissuré et recollé par ton amour pour les arts et la beauté, par tes ailes artistiques déployées tôt dans ta vie, à l'âge de sept ans, dis-tu. Tu as suivi de près, traumatisé devant la télé, l'entrée du régime de terreur de Pol Pot au Cambodge. Avril 1975, tu avais vingt-cinq ans. Tu te cachais sous ton déguisement de dandy. Plus tard, tu as épousé un mannequin. Cette femme a porté à son paroxysme l'esthétisme sous lequel croupissait le démembrement de ton cœur d'enfant. Heureusement par contre, elle t'a fait découvrir New York et ses musées merveilleux. Souviens-toi comme tu as tressailli, lorsque tes yeux convulsés ont aperçu des adolescents de quatorze à seize ans, porteurs d'une des utopies les plus meurtrières du xxᵉ siècle, embrigadés, reliés par mille fils tentaculaires à la centrale du détachement du moment présent, insensibilisés. Les chefs révolutionnaires maoïstes khmers s'étaient emparés de leurs forces vives. De 1975 à 1979, ces quatre années de génocide ont coûté la vie à 1,7 millions de Cambodgiens. Combien de leurs compatriotes souffrent encore de stress post-traumatique, de dépression, d'anxiété et de perte d'identité ? Des familles entières ont été massacrées par les enfants du pays. L'ancien régime, leur disait-on, avait été soutenu par les impérialistes américains. Il fallait de plus, tuer les intellectuels, les penseurs. Les gens de la terre, le peuple des campagnes était du côté de la blancheur. Il fallait donc tuer ceux qui étaient du côté de la noirceur. On les avait bien ficelés. Tu as perdu quatre cousins âgés de douze à seize ans, lors de la guerre pour l'indépendance de l'Algérie. Ils avaient appuyé le Front de libération nationale, soutenus par la famille. Sont-ils des héros ou des forces vives qu'on a injustement vampirisées ? Ne vampirise-t-on pas de la sorte, dès l'enfance, les futurs terroristes ? Au Moyen Âge, l'éducation des chevaliers commençait vers neuf-dix ans, parfois même à sept ans, avec un entraînement militaire. Vers douze ans, l'enfant devenait écuyer d'un chevalier et était alors confronté à la violence des combats. Vers dix-huit ans, il devenait chevalier… Durant la Seconde Guerre mondiale, les jeunesses hitlériennes, constituées bien sûr d'enfants soldats, furent utilisées pour lutter contre la progression des alliés, lors de la prise de Berlin. Lors de la guerre civile au Sri-Lanka, des fillettes ont été utilisées comme kamikazes. Je voudrais dire « forces vives, protégez-vous ! » mais vous avez besoin d'être protégées.

Édouard et Neil ont effectivement été fouillés avant d'entrer dans la salle où sera projeté le film sur les malheurs du Tibet. La voiture qui les a filés reviendra sans doute. Neil veut constater de visu les horreurs de l'oppression. Il s'assoit sans que la faim ne le tenaille. Il n'a pas le goût de « manger viet » après le ciné. Est-ce à cause de cet atroce jeu de forces entre les communistes asiatiques, dont a été victime le Cambodge ? Les Vietnamiens ont gagné. Mais il a sur le cœur ce reportage où en fiers libérateurs, ils ont, sans respect pour les 14 200 victimes martyrisées, laissé les journalistes photographier tous les recoins où le sang séché criait à l'homicide d'un peuple. Mais quel lien y a-t-il avec les rouleaux végétariens ? Aucun. Il mangera du bout des lèvres parce qu'il porte maintenant son numéro de matricule.

Y a-t-il des poches d'air sous tes ruines ? J'aimerais déposer des fleurs autour de ton cœur et allumer pendant des jours des dizaines de bougies dans ton salon. « Peut-on survivre sans eau pendant cinq jours ? » s'est-on demandé le seize septembre, après l'attentat sur les tours jumelles. À ce jour, au dernier décompte, New York pleurait cinq mille quatre cent vingt-deux disparus. Peut-on survivre dans un désert intérieur où l'on n'a pas rencontré, comme Saint-Exupéry, *Le Petit Prince* qui demande qu'on lui dessine un mouton, mais plutôt un nain masqué qui déchire tout papier sur lequel un croquis de vie pourrait de nouveau être ébauché ? Florence aimait tant les étoiles. Souviens-toi de cette photo d'un panneau de porte syrien du XIVᵉ siècle, que tu avais déniché dans une revue : une étoile à douze branches, sculptée, qui se prolonge à l'infini. Les incrustations nacrées l'avaient littéralement transportée ! Où sont tes couleurs chatoyantes ? Aurais-tu éteint la lampe de l'émerveillement ?

Jeanne, de son côté, a préparé une petite soupe de lentilles, au cas où monsieur Neil aurait faim. De la soupe et du pain, cela convient bien pour un blessé de l'amour. Mais elle n'a pas eu de ses nouvelles. Elle ira tel qu'entendu « chasser la poussière » dans la boutique. Le mercredi soir, elle y est toujours fidèle. Madame Simons, responsable de la boutique, tient à ce que tout soit impeccable et monsieur Neil est très craintif au sujet des bactéries dans les toilettes, comme beaucoup de natifs des pays chauds. Mais elle a une idée. Si elle entrait personnellement en communication avec Florence, elle lui ferait part des fissures sous les dalles du présent. Car il y a urgence ! Le coureur de musées bat de l'aile. Il lui a montré une reproduction de *La Belle et la Bête* de Franck Bazetta, lui parlant de la bête, du nain qui l'a agressée. Il a dit : « Il est si puissant que je n'ai pu rien faire, et pire encore, je me suis endormi la nuit où elle est morte. Si j'avais été éveillé, j'aurais pu sans doute la réanimer ou en tout cas appeler immédiatement le 911. J'aurais dû ouvrir totalement mon cœur et traverser avec elle la porte des hiboux, quitter momentanément mon corps et voyager avec elle dans cette autre dimension. Je serais mort avec elle ou revenu avec elle. Jeanne, arrache mon cœur et fais-le brûler ! » Il a refermé le livre magnifique des arts et des civilisations de l'Islam. Il ne regarde plus les rubis. Ce qui trône maintenant dans la chambre sur le lit orphelin est tout autre. C'est le dictionnaire de la laideur. Il est ouvert sur son oreiller et ce qu'on y voit depuis une semaine est une reproduction que Jeanne ose à peine regarder : *Autoportrait avec la mort jouant du violon* de Arnold Böcklin. L'homme est beau, la peine a figé ses yeux. Derrière lui, un squelette joue du

violon. Elle l'a montrée à Chérine qui, très inquiète, a appelé sa
mère. Sur la toile, l'homme a l'oreille gauche tournée vers le
squelette. Il écoute attentivement, assombri. Mais l'oreille droite
est en quête d'autres mélopées. Il faudra le retenir, le toucher, le
réconforter avec le violon de l'amour filial et celui des jardins de
Bagdad. La mère de Chérine est totalement disposée à prêter
main-forte pour sauver Neil, le père biologique de son enfant[*].
Elle jouera du violon pour lui, jour et nuit, s'il le faut. Touria
Yamani, née Sylvie D'Astous, tu entreras maintenant en scène.
Il te sera difficile de jouer du violon dans le salon, totalement
voilée. Ces sessions de violon te ramèneront peut-être plus que
tu ne le penses vers l'Occident. Quel regard auras-tu maintenant
sur tes voiles ?

« La tunique japonaise ! »

Jeanne est seule dans la maison. Elle ne se gêne pas pour parler
à voix haute. Après avoir chassé la poussière, elle ouvrira son
cœur dans la boutique, devant la peinture sur soie de la pièce
bleutée. Elle entrera en communication avec Pamplelune ! Elle
a donc décidé d'emporter avec elle la tunique japonaise de
Florence. Elle est bleue, ample et les manches donnent d'impression d'ailes déployées. Tous ses vêtements sont encore bien en
place dans la penderie. Elle n'a qu'à faire son choix. Elle la portera par-dessus ses pantalons, avec ce long foulard bleu qui donnait par moment à Amira cet air à la Isadora Duncan. Les
parfums Guerlain abandonnés depuis des mois dans la chambre,
ne répandent plus leurs effluves…

« *Pamplelune, Shalimar… L'instant* ? L'instant ! »

Voilà celui qu'elle choisit, sans doute pour l'instant magique
où leurs âmes s'épancheront, afin qu'elle livre la triste nouvelle.
Ce parfum, dit-on, est symbole d'innocence. Il est frais et ambré.
Il transporte à tout coup celle qui le porte et celui qui le respire,

---

[*] *Les yeux de Florence* : « Les couleurs de l'ombre ».

grâce à cet alliage unique de magnolia de Chine, de jasmin sambac, de fleurs d'oranger et d'ylang-ylang, cette fleur tropicale. Florence lui a tant parlé des parfums et de leur histoire, lui expliquant qu'ils ont joué un rôle dans toutes les civilisations. Ils transportaient les prières des hommes ou encore séduisaient, exacerbaient les passions. Les Grecs les utilisaient pour rendre hommage à leurs guerriers morts. Dans la Rome antique, ils devinrent parfums d'ambiance. On les ajoutait aux bains, ils étaient utilisés lors des massages et des soins de peau. Mais l'art du parfum a beaucoup progressé grâce aux Arabes. Pendant plusieurs siècles, ils en ont été les maîtres incontestés et Neil est le digne porteur de cette tradition. Quand il déposait sous son veston quelques gouttes d'*Aqua Allégoria* à la rose, elle rêvait et elle se revoyait enfant, regardant son livre des contes des Mille et Une nuits, devant cette image d'une ville inconnue pour elle, dans la Perse antique, où une huile de rose était déposée dans de petits diffuseurs ornés de pierres précieuses.

Jeanne part donc, sa naïveté sous le bras. Rien ne l'arrête. Elle a pris exemple sur Florence. La force du fleuve est en elle, elle l'a respiré pendant tant d'années à Rimouski! Rimouski est un nom micmac qui signifie «terre à l'orignal» ou encore «terre au chien». Elle en est très fière, d'autant plus que Florence a des ancêtres micmacs. Elle est un diamant brut, une *Bécassine d'Amérique*! Si vous avez lu durant votre enfance les aventures de ce personnage réconfortant des bandes dessinées, vous aurez une idée du genre de personnalité! Elle en a bien pour une demi-heure en voiture ou peut-être plus, car des boulettes de flocons givrés ont envahi les rues. Peu importe, elle prépare son coup et apprivoisera la soie mystérieuse. La voilà qui pense aux vers à soie, toute admirative devant ces bestioles et la patience de celles et ceux qui tissent le tissu précieux. Ses réflexions la surprennent. «Nous sommes des vers à soie», constate-t-elle en pensant à la force des pensées. Pamplelune lui a tant dit qu'elles ont de puissantes vibrations ! Du temps qu'elle voyait, elle lui lisait des articles sur l'effet positif de la prière sur des patients aux services de soins coronariens. Elle lui avait même expliqué que depuis plus d'une vingtaine d'années, les chercheurs du laboratoire de l'université de Princeton ont démontré des liens puissants entre les intentions humaines et le comportement des machines, ce qui permet de modifier le résultat d'appareils industriels ou électroniques, indépendamment de l'endroit et du moment des expériences, et cela même, lorsque les personnes sont à des milliers de kilomètres de distance. Mais ceci a peu d'importance, comparativement à l'influence des pensées sur les personnes et ceux qui les entourent.

Elle arrive à la boutique presque en transe. Elle manie si bien la vadrouille, le balai, le porte-poussière et le plumeau qu'elle enchanterait ceux qui peinent à nettoyer les parquets. Un bouquet d'odeurs citronnées embaume maintenant la boutique. Dans la salle de toilette par contre, une odeur d'orange fraîchement pressée est hebdomadairement signe que la chasse aux bactéries a été victorieusement effectuée.

Elle chante, va aux toilettes et en ressort parfumée de *L'Instant* de Guerlain, vêtue de la tunique japonaise bleue qui lui arrive à la hauteur des cuisses, ce qui ma foi lui va bien, avec son pantalon noir et le long foulard de soie bleutée. Elle ouvre la porte de la pièce bleue. Son coeur est devenu la demeure des papillons. Elle allume les lampes aux ampoules azurées, sort un appareil à CD de son sac à malices. Elle fera le tout sur fond musical : Leonard Cohen, Florence l'aimait tant. Sûre d'elle, elle se place devant la peinture sur soie. Dans sa délinquance avancée, elle lui touche. Le visage aux yeux clos lui livrera-t-il les secrets de l'arrière-pays ? Elle touche délicatement la longue chevelure d'ébène nouée qui s'écoule comme une cascade de jais, jusqu'aux pieds de la Japonaise énigmatique. L'amalgame fleuri du parfum de Guerlain la transporte, ses doigts tapotent doucement les couleurs. Elle voudrait danser, enveloppée d'un kimono. La voilà qui repense à ses amours. Celui du bas du fleuve de ses dix-huit ans… Son déracinement quelques années plus tard, alors qu'elle décide de quitter pour Montréal. La ville était bien grande et les gens si différents. L'adaptation fut longue et difficile. Elle trouva par contre rapidement du travail dans des maisons privées où , pendant des années, elle fut gouvernante, s'occupant des enfants et de l'entretien ménager. Ce, jusqu'au jour où le voisin d'en haut lui fit un enfant à l'aube de ses quarante ans. Horrible et jolie nouvelle. Elle n'en revenait pas. Neuf mois plus tard, l'enfant se pointa le bout du nez. Un garçon aux yeux bleus. Mais son père biologique ne voulut jamais le reconnaître. Pendant des années, il joua l'étranger. Déçue, elle quitta cette famille dont elle avait été la nounou pendant plus d'une dizaine d'années, l'étranger obstiné la faisant trop souffrir. Deux ans plus tard, elle rencontra un alcoolique repenti avec qui elle vécut pendant plusieurs années. Il fut un bon père pour son fils. Après son décès, elle fit de nouveau l'entretien de maisons privées et on lui confia à l'occasion la garde d'enfants. C'est alors qu'elle rencontra monsieur Neil, une journée ensoleillée d'été, sur la place Jacques-Cartier, alors qu'elle mangeait une glace à la vanille, totalement fascinée par un spectacle de mimes. Pour lui par contre, le spectacle c'était Jeanne, sa glace et sa naïveté évidente qui sentait si bon la vanille. Elle mimait malgré elle, totalement absorbée, les émotions à fleur de joues.

Elle touche aux yeux clos sur la toile. Il lui semble tout à coup que ce sont les siens, fermés à l'amour pour toujours. Jeanne n'a pas vécu le grand amour. À soixante-cinq ans, elle n'est pas dupe, il est peut-être un peu tard pour rencontrer. Elle est toute frémissante et son cœur est transporté par les papillons qui s'y sont déposés depuis qu'elle a franchi la porte de la pièce bleutée. Elle aurait aimé rencontrer un homme de la nature, un homme des bois, tendre et aimant qui l'aurait soulevée de terre et portée à bout de bras dans les vents, sur la plage du fleuve. Il aurait aimé sa naïveté, son ingénuité et sa façon de s'exprimer. Car Jeanne dit ce qu'elle pense et… elle pense ce qu'elle dit. Le CD roule encore et Leonard chante Suzanne. La musique lui fait l'effet d'une spirale. En cet instant, plus rien n'est statique. Le passé, le présent et le futur se confondent. Elle veut entrer en liaison et avertir Florence, mais elle est transportée par toutes ses pensées d'amour. Elle rêve toute éveillée et si bien qu'il lui semble qu'un rêve vient vers elle. Elle sursaute, un visage étonnant transperce la toile. Il transperce, mais ne transperce pas… Elle est comme au cinéma, mais ce n'est pas un film. Elle voit, la soie a éveillé en elle, une sorte de regard qu'elle ne connaissait pas. Un homme est devant elle…

« Ah ! »

Elle est subjuguée. L'image est très étonnante et je la regarde aussi. Que fait-il au travers de la soie, au travers ou dans, peu importe ? Le magnolia et le jasmin du parfum lui portent sans doute chance ou ont éveillé en elle une vibration inhabituelle. Sur quelle longueur d'onde est-il ? Il la regarde et lui sourit. Il a les yeux bruns et le visage peint. Elle pense immédiatement à la belle représentation du laid à laquelle Neil a fait allusion devant Irène Delanoë, du journal *Le Monde*, parlant des fétiches et des masques d'autres civilisations. Mais devant elle, il y a un véritable sourire et des yeux perçants qui la regardent et, dans ces yeux, une sorte d'amour sauvage.

« Florence ? Pax ? »

Elle aimerait avoir du renfort, mais elle devra faire face. On dirait que sa peau est comme les peintures des grottes de Lascaux. Il recule un peu. Son corps est totalement peint d'oranger, de blanc, d'ocre. Il lui tend les bras.

« Quoi ? Qu'est-ce que j'ai fait ? D'où venez-vous ? Qu'est-ce qui m'arrive ? Je dois rencontrer Florence. C'est urgent… croyez-moi… »

Elle est médusée. Elle n'ose regarder ailleurs de peur de perdre cette liaison étonnante. Elle n'a jamais eu ce regard et voilà que pour une fois que ça lui arrive, elle voit un primitif. Il semble avoir son âge. Il lui fait signe de le suivre.

«Non! Je ne peux pas… je ne vous connais pas… euh… il faudra faire connaissance…»

Leonard vient de terminer son tour de chant. Elle ne sait que faire. Tout à coup, le bris strident d'une vitre qui éclate ramène les papillons de son cœur dans leurs cocons. Elle a comme un vertige. La lampe Gallé, ça y est, quelqu'un veut la voler! Sera-t-elle prisonnière dans la forteresse des antiquités? Elle entend des pas. On vient vers la pièce bleutée. Elle a à peine le temps de se cacher derrière le divan.

«Ici, Gustave, voilà!

— Ma belle Uemura, ta toile vaut de l'or sur le marché noir!»

Jeanne ose à peine respirer.

«Quand vous l'aurez détachée, je vais la rouler et la placer dans la couverture.»

Un trio de cambrioleurs, deux hommes et une femme.

«Et en prime, un système d'alarme qui n'est pas en fonction.»

Que faire? Elle n'a pas de cellulaire et de toute façon, on l'entendrait. Elle voudrait manger ses pétales, tellement elle rage face à son impuissance. Et… cet homme qui lui tendait les bras… peut-être l'attend-il au bord d'un fleuve? Non, c'est un messager de l'arrière-pays qui devait sans doute la mener vers Florence. Comment a-t-elle pu être aussi idiote! Les cambrioleurs n'ont fait ni un ni deux, la peinture sur soie est déjà dans la couverture. Ils quittent la pièce. Comment ont-il pu savoir que cette toile était ici? Et comment pourra-t-elle de nouveau entrer en communication avec l'homme-Picasso? Non, trop c'est trop! Elle fait un avec une dose infinie de courage, saisit sa vadrouille qui est dans les toilettes et, le regard exorbité, les cheveux ébouriffés, se met à crier. Épouvantail sur deux pattes, elle donne des coups de vadrouille. Elle crie aussi fort qu'une *Castafiore à l'ongle arraché*!

« Au nom de la loi, je vous arrête ! Au nom de la loi, je vous arrête ! »

La femme trébuche, un des hommes perd sa tuque. Surpris, ils s'enfuient, laissant sur le plancher leur butin. Elle met la porte sous clé. Le haut de la vitre a volé en éclats. Elle active le système d'alarme, sachant qu'il sortira immédiatement de ses gonds. Elle appuie sur le bouton de panique relié au poste de police.

« De l'or sur le marché noir ! Je vais vous en faire, moi, de l'or sur le marché noir ! J'ai oublié de regarder le numéro de plaque… Tant pis… j'ai au moins sauvé la toile. »

Elle marche de long en large et se tient la tête.

L'*Instant de Guerlain… instant d'amour et de folie… Jeanne, on aurait pu te tirer dessus, mais on ne l'a pas fait.* Elle ramène la couverture dans la pièce bleue. *Jeanne, tu ne devrais pas, tu y déposes tes empreintes digitales…* Elle ouvre la couverture et reprend la toile.

« Toi… tu t'en viens dans ma chambre. »

Elle appelle Neil sur son cellulaire. La police arrive au même moment. Il est au restaurant avec Édouard. Il s'apprêtait à manger sa première bouchée de rouleau. Il ne la mangera pas, c'est sûr. Avec cette nouvelle de la tentative de vol, elle lui serait bien restée au travers de la gorge.

« C'est Jeanne. On a essayé de voler la peinture sur soie. La police vient juste d'arriver…

— Oui, je faisais le ménage. En fait, je venais de terminer. J'ai juste eu le temps de me cacher… derrière le divan, dans la pièce bleue… Je vous les passe. Je veux apporter la toile dans ma chambre… Parce que c'est là qu'elle sera en sécurité… Non, dans ma chambre… Je sais de quoi je parle… Il faut me laisser faire… Oui, d'accord… Dans combien de temps serez-vous ici ?… Une vitrerie, d'accord… Où est le calepin ?… C'est bon, un policier veut vous parler. »

Neil est aux abois. Édouard pense aux acolytes du Suisse, mais non, ils l'ont dénoncé… ou encore c'est le général de Myanmar qui n'a pas encore fini de digérer sa rancœur.

Les policiers font leur travail. On devra prendre les empreintes sur la toile, ainsi que celles de Jeanne pour les différencier. On viendra bientôt remplacer la vitre de la porte d'entrée. Jeanne sue à grosses gouttes. Elle n'avait plus de chaleur de ménopause, mais voilà que, sous le choc, le dragon s'est éveillé, mais aussi son instinct de lionne. Ne touchez pas à cette soie, une œuvre d'art y repose et ses pores ont capté des tremblements et des convulsions ! Elle peut témoigner, si nous sommes à l'écoute de ses messages ! Et ce soir, Jeanne, tu as été emportée par le magnolia et le jasmin. Tu as rêvé d'amour et un homme au regard perçant, le corps peint tel un tableau de Picasso, est venu vers toi. Tu ne savais que faire, mais tu es restée devant lui, subjuguée. Et je sais ce que tu feras dans ta chambre. Tu protègeras la toile, bien sûr, mais tu tenteras de nouveau d'entrer en communication avec lui. Te mènera-t-il vers Florence ? Tu n'en sais rien, mais tes pensées sont comme des lucioles. Elle percevra certainement l'urgence de la situation. Au fond de toi, certains jours, tu te dis qu'elle sait tout cela, mais il arrive aussi que tu en doutes, car tu sais qu'elle est très prise par tout ce qu'elle veut découvrir et dénoncer. Demain, Driss sera là avec Micheline. Il neigera des grains de couscous dans la cuisine. Neil rangera-t-il le dictionnaire de la laideur ? Au point où il en est, tu en doutes. Dans une semaine, Justina sera là. La tortue ne t'a pas fait faux bond. Remets ta tête sous l'oreiller, retourne dans la forêt des lilas. Peut-être en sauras-tu plus sur cet homme, sorte de trait d'union entre la nature et la civilisation. Il ne manque qu'Étienne avec son tourbillon de questions pour que tu souhaites partir en vacances. Mais tu ne prends jamais de vacances. C'est sans doute pour ça que le rêve vient vers toi. Mais un jour, tu craqueras peut-être et t'enfuiras sur le chemin de Compostelle…

Deuxième partie

L'AGARTHA

V

De son côté, Florence a fait de multiples prises de conscience. Plusieurs rideaux sont tombés. Non pour clore un acte comme on le constate aux soirs de théâtre, mais pour dévoiler ce qu'elle doit maintenant connaître. Pourquoi Ogawa fut-il si surpris lorsqu'elle enleva le voile qui la protégeait lors du séjour au pays des ombres ? Pourquoi s'est-il exclamé *Oujo Chica*... Princesse Biche ? Sur le coup, elle n'a pas compris. « Je te reconnais, Oujo, je sais que c'est toi ! » « Comment peux-tu me reconnaître ? » « Je reconnais ton regard et ta beauté, ta dignité. » « Comment ? ». C'est alors qu'il lui expliqua patiemment qu'à deux pas d'Hiroshima, il y a une île, l'île de Miyajima. Lorsqu'ils étaient enfants, ils vivaient sur cette île. Leurs parents élevaient des faons et des biches vivant en liberté. Toutes les semaines, beaucoup de visiteurs y venaient par bateau, ce qui est encore le cas aujourd'hui. Mais maintenant, les enfants qui visitent cette île de rêve se demandent si les taches sur la peau de ces animaux ont été causées par la bombe sur Hiroshima. « Ton prénom était Chica, Biche, et nous t'appelions tous Princesse Biche. Nous parlions aux animaux et tu disais que très haut, au-delà des étoiles, était un espace de lumière où la noirceur n'avait jamais existé. Un jour, tu as vu des petits êtres ailés danser autour des fleurs. J'étais avec toi, nous étions toujours ensemble. Tu m'as dit : « N'en parle à personne, c'est un secret. » Je n'en ai jamais parlé. À onze ans, tu as commencé à écrire des poèmes. Mais ce que

tu écrivais n'était pas toujours en accord avec la religion shintoïste. Un soir, un homme est venu sur l'île, il t'a poignardée en
plein cœur et jetée dans le puits. Je t'aimais, Biche, et mon cœur
ne t'a jamais oubliée. Ce drame a fait de moi un tragédien du
théâtre nô. Toute ma vie, j'ai excellé dans la tragédie, je n'avais
plus le cœur à rire. Florence savait en elle-même qu'il disait vrai
et les souvenirs de l'île ont alors refait surface. La luminosité
autour d'Ogawa est devenue momentanément très intense parce
qu'il l'avait retrouvée. Mais elle a été fort secouée et s'est par la
suite retirée dans un jardin. Kinu a invité Ogawa à entendre les
chants des oiseaux. Comment vivre avec tout cela? Les mains
invisibles la transportèrent alors dans un endroit éloigné, au-delà
du lieu où Ogawa avait suscité la réminiscence de ses souvenirs.
Le vent lui dit alors que le mûrissement se fait d'une vie à l'autre
et que le temps était venu pour elle de savoir que, depuis plusieurs vies déjà, elle était poursuivie par les *nains de conscience*.
Elle était sidérée. Pourquoi? Elle avait bien vu que le Suisse était
un nain masqué. Mais que cette poursuite dure depuis plusieurs
vies! Était-ce toujours le même? Non. Mais elle apprit que ces
nabots croupissent dans un espace où l'on ne peut faire autrement que d'être transi, car on l'est déjà en soi-même. Au-delà
d'une muraille de glace qui les isole du reste du monde, ils sont
d'une froideur extrême. *Nains de conscience*, cela dit tout. Le
Suisse était donc là. «Je veux m'y rendre pour comprendre et
avertir, dénoncer.» Les mains invisibles l'invitèrent à regagner
de nouveau les jardins à perte de vues, là où les fleurs de la paix
s'épanouissent. Elle y avait déjà vécu une expérience mémorable
une nuit, lorsqu'elle était aux Grands Thermes de La Bourboule.
En appelant le sommeil, elle avait demandé, elle qui a une véritable fascination pour les fleurs, de voir les jardins dont parlent
les anciens dans les livres de sagesse.

C'est ainsi qu'elle avait accédé à un espace mirifique où les
fleurs ne fanent jamais. À partir de la Roche des Fées surplom-

bant la vallée de la haute Dordogne, ayant traversé la porte énigmatique, elle avait vu la ville des contes qui sommeillait, car c'est
ainsi qu'on la surnomme. Des cordes superbes et brillantes pen-
daient là, au-dessus d'elle, des lianes magnifiques. Elle avait alors
réalisé que la candeur déployée depuis quelques années dans
cette cité devenue artistique, avait permis une percée fabuleuse
dans l'invisible, dessinant une sorte de canal par lequel les lianes
éthérées avaient pu gagner un espace à proximité de la matérialité. Le vent lui avait alors dit : « Plusieurs canaux se sont refermés,
inutilisés... beaucoup d'intelligence et peu de sensibilité ». Mais
elle voulait tant voir les fleurs du ciel. Elle eut alors accès aux
vastes jardins où elle vit les modèles des fleurs qu'elle aimait tant
sentir et toucher et... elle découvrit les fleurs de la paix, qui
n'avaient jamais poussé sur terre. Elle en cueillit une et celle-ci
se colla sur son corps vermeil, comme magnétisée, se confondant
à sa propre substance. Dès lors, elle ressentit une filiation encore
plus profonde avec l'humanisme et la non-violence. La fleur
incrustée devint ardente et c'est ainsi qu'elle vit et entendit plus
tard, à Genève, les larmes séchées sur la face cachée de Gaïa. « Ils
sont des millions, avait-elle crié à Neil, ils ont besoin d'aide ! ».
Dès lors, elle avait porté un deuil si accablant ! Plus tard, à Paris,
dans la petite suite Hemingway, à côté du Café de Flore, ayant
de nouveau traversé cette porte, elle était allée à la rencontre des
meurtris. Ainsi, elle avait rencontré Pax, avait détaché un pétale
de la fleur et l'avait posé sur le stigmate aryen. Mais pour ce nouveau voyage, elle devait retourner dans le jardin, accompagnée
cependant de Kinu et Ogawa. Ils auraient tous besoin d'un grand
renfort de pacification. Mais elle sut plus encore. Elle sut que
Neil, esthète au plus profond de lui-même, avait été le peintre
Raphaël. Raffaello Sanzio, né à Urbin, en Italie, à la fin du xv^e
siècle et mort en 1520, à Rome, dans la fleur de l'âge, à 37 ans,
peintre et architecte italien de la Renaissance, de là sans doute
son grand amour pour les meubles de la Renaissance, la peinture

et les musées. Il avait commencé à peindre à 17 ans et il rencontra, durant la troisième partie de sa vie, son grand amour, *La Fornarina*, surnommée ainsi car elle est la fille du boulanger. Le portrait mystérieux de cette femme secrète qui deviendra sa muse est peint en 1519. Il sera retrouvé en 1520, à sa mort, dans son atelier, dissimulé aux regards par des volets de bois. Le nettoyage révélera plus tard une petite bague à l'annuaire gauche où, disait-on, passe la veine du cœur. On dit que son perfectionnisme l'épuisait. Il savait peindre mieux que quiconque la beauté suprême et la grâce et… il a peint tant de toiles… La malaria et une vie sexuelle intense avec la femme qu'il aimait profondément ont eu raison de sa santé fragile. Et… Florence était cette *Fornarina*. Il mourut prématurément. Il eut tant de peine à la quitter. Pendant des années, elle se recueillit devant ses toiles, espérant ne faire qu'un avec son âme. Puis, elle s'occupa des enfants abandonnés, leur apprit à écrire, demandant pour eux aux passants de la nourriture. Avec le temps, dans les hauts lieux, on commença à craindre que ces jeunes ne deviennent des têtes fortes et ne s'insurgent contre le pouvoir établi, à la lumière de la Renaissance, car Florence les instruisait. On l'accusa d'avoir des pouvoirs maléfiques. Un *nain-bourreau* lui transperça le cœur dans le silence d'une prison. Vu de l'extérieur, personne n'était en mesure de savoir qu'il était un nain de conscience, mais il en était bien un. Florence se souvient alors qu'en route pour Genève, ils s'étaient arrêtés un soir de pluie à quelques kilomètres de là, à St-Julien. Neil fut alors, le temps de se doucher et d'éteindre la télé, magnétisé par l'odeur capiteuse de Roseraie imprégnée dans ses chairs. Madame Édith, alors qu'elle était au Grand Therme, avait versé en guise de cadeau, une petite bouteille d'huile de rose damascène dans son bain. Il disait qu'elle était son musée imaginaire et, ce soir-là, la regardant, il a vu la beauté féminine étalée sur toile et sur bois, par divers peintres au cours des siècles. Elle se déshabilla et elle devint pour lui, *La*

Fornarina de Raphaël… Ses cheveux noirs remontés, retenus par un fichu doré et bleuté, assise les seins nus, portant la main à son sein gauche, heureuse de lui faire constater que grâce à l'eau thermale et à la boue volcanique, il était redevenu laiteux comme une tendre porcelaine. Elle avait ressenti un flot si intense d'énergie parcourir ses veines lorsqu'il lui avait fait cette confidence et il eut alors le regard si pénétrant. Comment pouvait-elle se douter qu'il avait été Raphaël, une des figures les plus emblématiques de la Renaissance italienne et elle… son amour, *La Fornarina*? Elle compris alors plus encore sa colère, son désespoir, suite à son décès. Il l'avait quittée prématurément, brûlé par la recherche de la perfection dans son art et par la malaria. Il la retrouve quelques siècles plus tard et c'est elle qui le quitte prématurément. Elle a cherché sa présence si longtemps à l'époque, dans ses toiles et ses murales, il cherchera certainement la sienne, peut-être au Musée des beaux-arts, dans la collection permanente. Où et quand, elle n'en sait rien. Elle s'apprête à partir avec ses compagnons. Elle devra avec eux traverser la zone désertique et lutter contre les blizzards, à l'approche de la muraille de glace. Ces vents traversent les voyageurs dont l'intériorité n'est pas habitée. Avant de retourner dans les vastes jardins, elle veut connaître la réalité non visible et souvent omnipotente à laquelle on se lie insidieusement dès l'enfance. Elle sait que la vision pourrait être étonnante et jusqu'à quel point il est vital de s'abreuver aux mandalas. Justina recevra ainsi en intuition les notions qu'elle déversera sur les ailes du vent. Elle devra parler, pour aider. Florence demande aux mains invisibles de déciller ses yeux, afin qu'elle scrute l'enfance. Que sont ces pollens déposés sur les pistils des fleurs du printemps? Jeanne parlerait alors des *petits flots*. Elle aime cette expression gaspésienne qui associe les enfants aux petits mouvements de l'eau dans cette incommensurable marée humaine. Mais… petit mouvement deviendra grand. Il faut donc être attentif… scrutateur. Car les fils qui se tissent sont au départ ténus. Ils posent l'ancre en toute clandestinité. Un sombre tricot peut prendre forme, au fil des ans. Il devient manteau et quelquefois carapace. L'escargot découvert est déjà bien ancien et porteur de multiples ballots qui l'alourdissent. La tristesse semble alors sans remède, sans planche de salut. Mais elle tremble maintenant devant le mensonge, venin de la crainte d'être victime de violence verbale ou physique. C'est un pollen qui peut être déposé sur le pistil de l'âme, à cause d'une autorité excessive déployée à la maison ou à l'école, sans oublier les gangs de rues. Mais le mensonge représente aussi la facilité. Il est le paravent de la paresse, de la rêverie, des désirs malhonnêtes. Voler s'apprend souvent très tôt. Les doigts se déploient. Au début, certes, avec quelques palpitations car la conscience interpelle, du fond de son cachot. Mais un somnifère est déversé chaque jour dans le jus de pomme de l'honnêteté. On veut se montrer fort, on joue au dur, au mur de bois. On verse du ciment sur le respect et la bonté. On vampirise l'argent, les biens, l'amitié, l'amour. On passe pardessus, on se familiarise avec l'immersion. On apprend à respirer avec une paille. Les profondeurs fréquentées ne sont pas celles de la réflexion. Elles sont celles de la dissolution. La veste pareballes est bidon. On est atteint au plus profond de soi-même et les sables sont mouvants. Quel courage il faudra pour en ressortir! C'est là que le jeu des fils entre en scène. À quelle centrale est-on relié? Fille ou garçon, le métier à tisser ne cesse de fonctionner et déjà, bébé, on ressent l'amour, l'indifférence ou la colère, dans les bras qui nous accueillent. On peut être entraîné à voler, mais… pourquoi se laisse-t-on entraîner? Pourquoi débranche-t-on l'alarme qui pourtant chez certains est si stridente? Arrive-t-il que l'on naisse avec un regard qui ne sait être nacré? Est-on en affinité avec le milieu qui nous accueille ou encore un électron libre qui sera rejeté? On rêve en couleurs. On multiplie les châteaux en Espagne, sans prendre le temps de danser le flamenco! L'égoïsme, le je-m'en-foutisme lié à l'orgueil et au détachement du moment présent, font des ravages. On apprend tôt à ne plus être à l'écoute d'un œil mouillé ou d'une main tendue. Pourtant, sous la brume, l'attente est là. Les naufragés flottent sur le radeau de l'espoir, en attente d'une considération. Mais on apprend aussi très tôt la lutte des classes et on s'y cantonne. À cela, souvent, une vision des castes s'ajoute, comme la numérotation dans les cellules d'une prison. Où se logera-t-on, dans l'escalier en colimaçon ? « Vous êtes la crème de la société », dit-on aux étudiants en médecine, aux avocats, aux comptables. On recherche des forts en math. Tout n'est-il qu'algèbre ou géométrie ? Les chiffres ont par contre aussi leur noblesse. Je ne voudrais pas insulter pi : 3,1416. Soyez des rectangles, des carrés ! Attention aux cercles, ils rallient, relient. Ils dérangent. Et les spirales… elles font peur… car elles élèvent, changent l'angle de vision. Certains apprennent tôt à ne pas être différents. Si les spirales sont en lien avec les mandalas, bonheur et joie ! Si elles sont en lien avec les centrales sépulcrales, il y aura destruction et révolution, sans crier gare ! Et le vent lui dit : « Les castes ne doivent pas être supérieures ou inférieures. Elles sont appelées à se compléter, non à se dominer. » Voilà pourquoi toutes les *Bécassine* de ce monde, en autant qu'elles soient authentiques, sont aussi importantes que les têtes dirigeantes des multinationales ou des gouvernements. On apprend aussi à être défaitistes, négatifs, dépressifs. On regarde et on imite, jusqu'à ce qu'on choisisse consciemment de continuer ou de se détacher.

Il y a aussi les simulations… les attitudes factices. Pourquoi ? Parce qu'on recherche de l'amour, de l'attention qu'on ne nous a pas donné… dans l'enfance. Je vous en dis plus encore… On simule une maladie. On veut être malade. On consulte souvent, mimant l'affection. On évoque à l'urgence de fortes douleurs thoraciques ou abdominales. On y entre en criant. On sait même, dans certains cas, provoquer la perte de connaissance. Pourrait-on dire alors que le puits de l'amour est sans fond ? On vagabonde ainsi d'un hôpital à l'autre, d'un pays à un autre et… on fugue lorsqu'on est démasqué. Certains vont jusqu'à falsifier leurs souvenirs et se donner des exploits imaginaires. D'autres aiment les prélèvements de sang! Ils en font de multiples dons, sous des identités différentes. Ils se coupent sous la langue, se lacèrent le vagin ou les hémorroïdes. On veut saigner et devenir anémique. On verse dans l'autodestruction! On appelle la pitié, non la compassion. On recherche la pâleur, le teint de porcelaine, la fragilité qui dit «prenez-moi dans vos bras!» Il faudrait sans doute le faire et bercer, longtemps bercer, pour détacher ces fils trop bien tissés. Beaucoup de grands-parents auraient ce don qui se perd dans la nuit… de l'isolement.

On apprend aussi le mépris, qui plus tard se métamorphosera en haine, la méchanceté gratuite, la jalousie, l'agressivité, la rancune, le pouvoir de la colère, la manipulation, le racisme, la domination, etc. La cour d'école est un vaste vivier pour ces attitudes-poison. On rit des gros, des malhabiles, de ceux qui sentent la transpiration, des petits, des gênés, de ceux qui ont les oreilles décollées. Au lieu de rassembler, tendre la main, sourire, réconforter, on allume les feux de Bengale sur le grand biscuit de la dérision. Où sont les exemples de considération, d'accueil, de don de soi, de positivisme, de créativité, de courage, de prise en charge, d'humilité, d'authenticité, d'honnêteté, d'écoute, de générosité, d'amour, de respect, de transparence, d'amour de l'art, d'ouverture à l'intuitif et au ressenti? Silence, on tourne! On vous observe. Mais que faire lorsqu'à l'adolescence, le tsunami de l'instinct grégaire s'abat sur les êtres pollinisés? Les brochets sont dans la marre, les carpes devront apprivoiser les courants de l'existence! Et l'amour inconditionnel dans tout ça? Cultivez-le, portez-le à bout de bras tant que vous sentirez en celui ou celle qui culbute et se débat, une étincelle de bonne volonté! Dévoilez les couleurs de vos fils et des lianes que vous avez apprivoisés. *Florence a une bonne pensée pour Gail dont le fils a été aspiré par la mafia. On dit d'abord « a été aspiré », mais vient un temps où l'on dit « a choisi d'être aspiré ».*

Partout, les courants sont forts, avec les médias qui en remettent ; violence et sexe à outrance. La cote d'écoute a sa propre viande et quand on choisit d'aller dans le sens inverse du courant, il faut autant d'énergie qu'un saumon en rut ! L'art et la nature sont pourtant de merveilleux boucliers, mais il ne faut, semble-t-il, pas trop les utiliser. Et le silence… à quel âge découvre-t-on qu'il est habité, qu'il réconforte, qu'il recentre ? Pour certains, sa découverte est tardive et parfois même inexistante, car il a été envahi par les cris et les aboiements. Certains le fuient, car il rappelle à l'ordre et arrache les pans de rideau ! L'âme se meurt, elle s'atrophie, elle deviendra peut-être naine. Elle meurt de soif ! Quelle notion, quelle vision des choses pourra l'abreuver ? Il y a les rideaux de l'intimité, ceux des événements, ceux de la gloire. Il y a les opaques et les translucides, ceux qu'on alourdit avec des pièces de métal et ceux qui volent au vent. Mais il y a ceux qui révèlent l'état des choses, lorsqu'on ose les soulever. L'enfant qui aime le silence est un futur monarque. Il dansera dans son royaume sans avoir besoin de s'asseoir sur un trône. Celui qui l'aime… et non pas celui qui s'y plonge pour fuir ou comploter… Florence est si touchée par les enfants. Elle les a tant aimés, accompagnés.

Quel âge avait-elle lorsqu'on transperça son cœur sur l'île de Miyajima ? La question fuse et Ogawa la regarde, retenant une peine immense. Elle était jeune, évidemment, elle n'avait que douze ans. Lorsqu'on sortit son cadavre du puits, il ferma les yeux. Il confia son corps aux Kamis, formes divinisées des éléments naturels, célébrés par la religion shintoïste. Toutes les femmes de l'île pleuraient ! Sa mère était consternée. Son père l'enveloppa dans une toile. Quelques jours plus tard, l'île fut secouée par un tremblement, ce qu'il interpréta comme un sanglot, un adieu.

« Oujo, te souviens-tu de moi ?

— Le souvenir de l'île revient vers moi. Il y avait beaucoup de cerisiers en fleurs… Oui, je te revois, Ogawa, mais mon souvenir est celui d'une enfant. C'est la douleur effroyable de la dague qui m'a transpercée, qui m'envahit, et le souvenir de ces yeux haineux. On m'a rejetée à cause de ma poésie ! Je voudrais retrouver ce que j'ai écrit !

— J'ai mémorisé plusieurs de tes poèmes, car je savais qu'ils viendraient tout détruire et brûler. Ils dorment au fond de moi.

— Regarde-moi… »

Il la regarde et une vision s'empare d'elle. Le vent lui parle et elle comprend jusqu'à quel point, depuis tant de vies, son chemin a été difficile, mais aussi merveilleux. Elle a été poursuivie, entre autres, parce qu'elle porte un secret. Elle a été sage-femme. Elle ne sait dans quels pays ou à quelles époques, mais elle a aidé pendant plusieurs heures deux femmes à accoucher et ces naissances l'ont transformée à tout jamais. Elle a perçu le futur de ces nouveaux-nés, leurs chemins de vie et ce qu'ils devaient accomplir. Des géants devaient les accompagner. Mais elle a oublié et il est inutile pour l'instant qu'elle s'en souvienne. Cependant le souvenir, même muet, influe sans arrêt sur le vibrato de son âme et, où qu'elle aille, elle donne le ton. Elle porte en elle un diapason et on se plaît à s'accorder à sa note enchantée. Sinon on la jalouse, on la combat. Elle fut aussi témoin de la découverte des Runes, à partir des sons de la nature et des émotions heureuses ou gémissantes, à l'ère de la préhistoire. Elle a reçu des enseignements de sagesse à des époques cruciales du développement de l'humanité, mais par la suite, lorsqu'elle tenta dans d'autres vies d'apporter ces notions et de les déposer dans les consciences, on a transpercé son cœur ! Ce n'était pas toujours au même âge, bien sûr, mais… il n'est pas surprenant, sachant tout cela, qu'elle soit née avec un cœur plus petit que la moyenne. Une mémoire assassine s'y était sans doute logée. Puis, il s'est éteint prématurément, une forte fièvre ayant fait suite à un petit infarctus qui s'était manifesté à l'été 2000, alors qu'elle s'était déguisée en femme voilée. Elle portait le haïk de la mère de Yamina, terrassée par une crise cardiaque l'année précédente. En le portant, elle ressentit l'âge très mûr de sa mère et, dès lors, voulut racheter du temps. Puis, elle s'était retrouvée dans un petit restaurant chinois, boulevard Masséna et, comme la réalité outrepasse souvent la fiction, un groupe d'Asiatiques était entré en riant et *la bête* était avec eux. Le Suisse ! « Le bonheur d'être voilée ! » se dit-elle alors, les mains moites et le front glacé. Il fut finalement arrêté, mais ces émotions si fortes eurent raison d'elle en quelques instants et elle perdit connaissance. Ce n'est qu'après son décès qu'on constata qu'elle avait fait cet infarctus. Elle en saura peut-être plus encore dans l'antre des nabots, au-delà de la muraille de glace.

Elle regarde Ogawa et Kinu.

« Voilà pourquoi j'ai tant aimé le Japon. Son architecture, ses jardins, son esthétique particulière, sa nourriture traditionnelle et la force légendaire des samouraïs. Je l'ai quitté prématurément. Et cette bombe sur Hiroshima, si près des biches et de mes parents...

— Nous sommes tous morts deux semaines après l'explosion. J'avais quarante-cinq ans. Nous avons quitté l'île, ta famille et la mienne. Nous vivions à Hiroshima, près de la zone où la bombe a été larguée.

— Arrête, je ne veux plus rien entendre... Sais-tu où ils sont ?

— Je n'en sais rien. Dans le pays des ombres, je les ai beaucoup réconfortés. Un jour, ils sont partis et mes parents les ont suivis. »

Kinu est pensive.

« Elle est morte à douze ans... Quel âge aviez-vous lors de son décès ?

— J'avais quinze ans.

— Vous êtes donc né en 1900 et Oujo Chica en 1903. Et… qu'y avait-il de si dangereux dans ces poèmes ? »

Florence est très attentive, comme si sa tête était à nouveau sur le bûcher.

« Il y avait l'amour de la nature et un dialogue d'une grande beauté, avec les Kamis des montagnes, des rivières, des arbres et des fleurs… et une révolte.

— Une révolte ? Contre quoi ? Florence est sur la défensive.

— Tu avais su qu'après la révolution impériale de 1868, le gouvernement avait injecté des éléments du naturalisme dans le shintoïsme populaire célébrant les Kamis, en faisant dès lors une religion d'État. Les prêtres légitimaient donc les dirigeants du pays. Tu parlais aux Kamis, Oujo. Tu les voyais et tu m'avais fait jurer de ne pas en parler. J'ai toujours respecté ma promesse. Aussi…

— Aussi, quoi ?

— Tu ne comprenais pas que de grands hommes deviennent Kamis après leur mort, comme Sugawara Michizane.

— Si on entend par Kamis, non seulement les entités de la nature, mais aussi les âmes, je comprends. Mais… qui est Sugawara Michizane ?

— Un grand érudit qui a été vénéré pendant onze siècles après sa mort, dans 3 500 sanctuaires, par des étudiants se préparant aux examens.

— Là par contre, Je ne comprends toujours pas. On peut être admiratifs, mais de là à vénérer ! »

Kinu regarda Florence.

« Tu étais tout simplement en avant de ton temps. En 1945, après la capitulation du Japon, cette religion a été démantelée, laissant tout shinto libre de suivre sa propre voie. On la considère maintenant plutôt comme une philosophie.

— Qu'est-ce qu'être en avant de son temps ? Précéder les prises de conscience, dire tout haut ce que d'autres pensent tout bas, voir plus loin que l'horizon ? Peu importe, j'ai eu six fois le cœur transpercé par une dague acérée ! »

Ogawa veut la prendre dans ses bras, mais le moment est malvenu.

« Un prêtre à la solde de l'État t'a assassinée avec un *tanto*. Les samouraïs en ont beaucoup porté. »

Elle est figée et ses yeux sont presque translucides. Des images défilent devant elle.

« Les nains cachaient souvent l'arme dans une de leur botte. Ils l'ont toujours choisie légère, souvent à lame triangulaire. La blessure devait être profonde… mortelle. Les nains de conscience… ils empoisonnent notre monde. Trop de mères tissent encore des ponts avec ces tristes avortons. Qu'ils restent pétrifiés dans leurs glaces !… à Rome, au XVIe siècle et sur l'île des biches… et où encore… quand ?

— Si tu dois le savoir, cette connaissance viendra vers toi… J'aimerais un jour entrer en communication avec les Kamis…

— Si tu as à le vivre, ils viendront vers toi, Ogawa.

— Je propose une pause florale. Nous sommes entourés de si beaux jardins.

Kinu tente de l'apaiser.

— Je revois les fleurs de l'île… les fleurs de cerisiers… *hanami*…

Hanami signifie « regarder les fleurs ». C'est la coutume traditionnelle japonaise d'apprécier les fleurs et, à l'époque, cette tradition avait encore tout son sens.

— Il y avait aussi les fleurs d'abricotiers, les fleurs de pruniers…

— Au mois d'août, les fleurs de lotus. »

Ogawa aimerait tant renouer avec elle.

« À l'automne, les chrysanthèmes.

— Il y avait aussi des belettes et des sangliers…

— … des visons, des ours bruns et… le habu.

— Oui, le habu… le serpent venimeux. »

Kinu est momentanément aspirée par ses souvenirs. Elle a tant aimé le Festival des cerisiers en fleurs. C'était pour elle, à chaque printemps, une véritable célébration. Elle aimait alors s'incliner devant le mont Fuji, dans la ville de Numazu. Elle honorait la présence des Kamis, dans cette montagne sacrée dont l'ascension avait été interdite aux femmes jusqu'en 1872. Elle avait beaucoup voyagé à l'intérieur du pays, avant de le quitter pour New York, après avoir été conservatrice du Musée national de Tokyo pendant plus de trente ans. Elle avait un petit circuit bien à elle. Izumo, la ville des poissons et des figues, où se trouve un des plus anciens et des plus importants sanctuaires shintos du Japon. Takayama, avec le parc Shiroyama où les ruines d'un château du XVIe siècle attirent les touristes. Ise et sa célèbre université où l'on étudie le shintoïsme. Son sanctuaire est unique. On dit qu'il a abrité le miroir secret de l'Empereur du Japon. Atami qui signifie mer chaude, où l'on retrouve une partie de la collection d'art de Mokichi Okada, philosophe et artiste dont les concepts matérialistes ont été fortement ébranlés par de nombreuses épreuves. Il s'est ouvert et a ressenti la réalité de l'arrière-pays de l'existence. Florence, de son côté, est bouleversée par toutes ces révélations. Mais, ballerine sur ton fil de soie, tu accueilles et te ressaisies, je le sais. Car… sous le parfum des cerisiers en fleurs, il y a Khin Nyunt qui, toutes les nuits, est au chevet de Neil qui ne se porte certainement pas mieux. Il y a aussi Étienne qui attend tant de réponses, Justina et ses yeux *galiléens*, Éloïse qui peint et perçoit de plus en plus sous les masques. Il y a Édouard… Ton vécu dans l'arrière-pays prend forme dans ses rêves. Outre la massothérapie, il aspire à devenir comédien. Il y travaille ardemment. Un jour, qui n'est peut-être pas si loin, il incarnera les personnages de tes pièces de théâtre. Tu les as écrites croyant fermement qu'elles peuvent soigner, interpeller.

Kinu et Ogawa ne semblent pas avoir été ébranlés par cette cascade de vies étalées sous leurs yeux. Le bouddhisme bien présent au Japon les a depuis longtemps familiarisés avec cette notion. Étienne l'avait d'ailleurs déjà interrogée à ce sujet. Elle lui avait expliqué que, au IIIe siècle de notre ère, le théologien Origène parlait de l'existence de l'âme avant la naissance et de la multiplicité des incarnations sur terre. Mais tout particulièrement en Palestine, on s'affrontait dans les monastères au sujet de ses enseignements. Certains pensaient que cette croyance pouvait rendre paresseux. Ainsi donc, pour rétablir la paix, l'empereur Justinien 1er condamna cet enseignement et fit pression pour que le Concile de Constantinople le condamne à son tour en 553. Ce précieux savoir s'était donc par la suite réfugié dans la clandestinité. Certains l'approuvent, d'autres s'y opposent. Une chose est certaine, cette croyance aux vies multiples est partagée par 300 millions de bouddhistes et 500 millions d'Hindous. Les Indiens d'Amérique et plusieurs peuplades africaines y souscrivent également. Depuis le concile de Constantinople, les enseignements judéo-chrétiens ont banni cette notion voulant qu'un être humain ait la possibilité de se parfaire grâce à plusieurs séjours terrestres. Pourtant, on dit qu'au moins le tiers des chrétiens y souscrit. Et plusieurs autres ne demandent qu'à y croire, ce qui ajouterait à la logique du séjour sur terre... au sens profond de ce précieux périple. On parle de vies multiples, en tant qu'humain bien sûr et non en tant qu'animal, pierre ou insecte. Toute personne y croyant risqua donc, dès la tenue de ce concile, d'être frappée d'excommunication. « Mais nous avons pourtant un besoin vital de comprendre ! lui disait Étienne. Le problème vient-il du fait que beaucoup de matérialistes nient l'existence de l'âme, pourtant immergée dans le corps comme un scaphandrier dans un scaphandre ? Et comment peut-on avoir son bac ou sa maîtrise après une seule année passée à l'école de la vie ? » Et à Neil, il avait posé carrément la question : « Est-ce que les musulmans sont libres de croire à la réincarnation ? » Comme il est de père musulman et de mère chrétienne et qu'on discutait dans la famille de cette question, il a entendu son père expliquer que contrairement à la chrétienté, l'Islam, n'ayant pas de concile, ne peut interdire aux musulmans de croire en la réincarnation. Ils peuvent alors y croire, sans que ce soit considéré comme une hérésie. Étienne avait tant de questions qui étourdissaient sa famille et son cercle d'amis. Jeanne dit de lui qu'il n'est pas reposant. Mais c'est ce qu'elle aime justement.

Je voudrais vous parler d'une histoire tout à fait exceptionnelle au sujet des vies multiples. Peut-être êtes-vous impatients de savoir ce que Jeanne a pu dire aux policiers ou encore les questions qu'ils lui ont posées, suite à ce vol raté dans la boutique ? Mais cette histoire de Marry Sutton, rapportée par Étienne, est vraiment exceptionnelle. C'est un chercheur, ne l'oublions pas, et sa quête est si touchante.

Le 24 octobre 1933, Mary Sutton, une jeune Irlandaise de 35 ans, meurt suite à de graves problèmes de santé, peu après la naissance de son huitième enfant. Elle décède donc, abandonnant bien malgré elle ses huit enfants à un père alcoolique et violent. Elle aurait tant voulu être auprès d'eux, les envelopper de son amour et les protéger. Vingt et un ans plus tard, en Angleterre, une petite fille, Jenny, naît dans une famille aux prises avec des problèmes semblables à ceux de la famille Sutton. La petite Jenny a des réminiscences. Les images de la vie d'une jeune femme, Mary, remontent à la surface, au point où elle revit les derniers moments de Mary et de son impuissance face à son tragique destin. Elle est révoltée, angoissée, la mort la sépare à tout jamais de ses enfants. Jenny a l'intuition qu'elle a été cette Mary. Elle décide donc de se livrer à une recherche et de retrouver ses enfants. Qu'étaient-ils devenus? Dans un atlas scolaire, elle retrouve la ville où elle a vécu, Malahide, en Irlande. Elle s'y rend avec le croquis qu'elle a fait de la maison d'autrefois et s'enquiert auprès des habitants des lieux pour retrouver les adresses de ses enfants d'alors. Le plus vieux, Sony, qui à l'époque avait treize ans, a maintenant – cinquante-huit ans plus tard – soixante et onze ans. Elle réussit à le retrouver et ils se reconnaissent des souvenirs communs que seuls une mère et son enfant peuvent partager. Il identifie sa mère, Mary, sous les traits de Jenny Cockell. Par la suite, elle rencontrera ses autres enfants. Deux de ses filles seront d'abord persuadées que leur mère s'adresse à elle par l'entremise de Jenny. Puis elles comprendront, après avoir été au début choquées, qu'elle s'est réincarnée. Tout le cheminement de Jenny a été raconté dans le livre Yesterday's Children et ce livre a inspiré un film produit à Hollywood avec Jane Seymour. Elle croyait que tous les gens se souviennent de leurs vies passées, mais n'en parlent pas. Il a été difficile pour elle d'accepter que la plupart des gens ne s'en souviennent pas. Cela est sans doute nécessaire.

Jeanne, de son côté, a argumenté avec les policiers. Elle a carrément refusé de leur remettre la pièce à conviction sur laquelle ils voulaient recueillir les empreintes digitales. « J'emmène la Japonaise chez moi, pour des raisons personnelles ! » leur a-t-elle dit. Mais eux devaient savoir pourquoi. Les raisons personnelles inconnues n'ont aucun poids dans le cadre d'une enquête.

« Venez chercher les empreintes dans ma chambre.

— Jeanne, tu es bien entêtée. »

Neil est déconcerté.

« C'est mon droit !

— Oui, c'est ton droit, mais on dirait que tu ne veux plus te séparer de cette peinture.

— C'est ça, je ne veux plus.

— Est-ce à cause de la tortue ?

— Ne riez pas de la tortue !

— Je ne ris pas de la tortue, je te questionne.

— La tortue n'a rien à voir dans cette histoire.

— Alors qu'est-ce qui a à voir ?

— Vous ne pouvez pas comprendre.

— Ah bon… depuis quand ?

— Depuis ce soir !

— Est-ce que le bleu te monte à la tête ?

— Non et je n'ai pas les bleus… Ne me forcez pas ! Je ne vous ai pas forcé à manger, alors ne me forcez pas à changer d'idée !

— Bon, alors si je comprends bien, quand ce n'est pas Florence, c'est toi… et, j'y pense… qu'est-ce que tu fais avec son foulard, sa tunique japonaise… et depuis quand te parfumes-tu avec *L'Instant* de Guerlain ?

— J'ai essayé de communiquer avec elle.

— Et alors ?

— Je n'ai pas réussi.

— Moi non plus !

— Mais je vais réussir, alors laissez-moi emporter la peinture dans ma chambre. »

Il se tourne vers les policiers

« Écoutez, je suis l'héritier de cette œuvre, je vous expliquerai. Jeanne est ma gouvernante. Alors si vous voulez bien nous accompagner à mon domicile, vous pourrez ainsi protéger l'œuvre le temps que nous rentrions à la maison. Là-bas, vous aurez tout le temps de repérer les empreintes. J'ai tous les documents notariés. »

Sur ce, ils sont partis, sans Neil qui est resté sur place, le temps que le vitrier fasse son travail. Rue Marlowe, ils ont butiné la soie, en quête d'un nectar particulier. Ils ont aussi récolté les empreintes de Jeanne. Après leur avoir tout dit ce qu'elle savait et leur avoir donné la description du sombre trio, ils sont partis… mais non sans avoir pris connaissance des documents que Neil leur a permis de consulter. Est-ce par l'entremise de Jeanne, qui eut accès à un tiroir fermé à clé dans le secrétaire de la chambre désertée? Sans doute. Elle a ensuite sorti un escabeau et vissé des crochets au plafond. Rien ne l'arrête. Elle veut retrouver le primitif. Dès que Chérine est rentrée, après une soirée passée au chevet de Mélodie Schmidt, la jeune femme aux cheveux bleus, à l'Hôpital de Montréal pour enfants, elle l'a harcelée de ses descriptions énigmatiques.

« Chérine!

— Tu es bien essoufflée!

— Ce soir, à la boutique, un vol n'a pas eu lieu.

— Comment, un vol n'a pas eu lieu? »

La voilà qui raconte et s'énerve, jouant avec le foulard bleuté de Florence. Elle l'envoie de temps à autre derrière son épaule droite… comme un relent de Pamplelune. Chérine la regarde et n'en croit pas ses yeux. Pourquoi ce déguisement? Elle lui explique la raison de sa mascarade et mime. Ses gestes parlent de ses souhaits et de ses pensées devant la toile suspendue. Puis elle s'arrête.

« Écoute bien ce que je vais t'expliquer. Dans la pièce bleue, je suis allée… au cinéma, on aurait dit… mais ce n'était pas un film!

— Un vol qui n'en était pas un… un film qui n'est pas du cinéma…

— J'ai rêvé toute éveillée, j'ai vu un visage dans la toile. Oui, comme un film, sans en être un. J'ai vu un *homme-Picasso*.

— Un *homme-Picasso*? Comme un casse-tête lorsqu'on mélange les morceaux? Ce soir, c'était très intense à l'hôpital. J'ai parlé avec le Dr Borsuk des idées de Florence sur les tendances suicidaires. J'ai retrouvé quelques-uns de ses textes. Il en a lui aussi. Je suis épuisée.

— Ton père a parlé à Irène Delanoë, lors de son entrevue, de la belle représentation du laid, des fétiches et des masques d'autres civilisations.

— Et alors?

— C'était pas tout à fait ça, mais c'était un primitif, beau... »

Chérine n'ose parler. Elle pense que Jeanne a quelques fantaisies.

« Son corps était habillé de couleurs : de l'orange, du blanc, du marron. Un côté de son visage est orange et l'autre, blanc. Du côté orange, il y a des petites étoiles blanches. Il s'est reculé et j'ai vu que tout son corps était recouvert d'une sorte de peinture abstraite. Ça ressemblait au dessin sur une des cravates de monsieur Neil. Il m'a souri et m'a fait signe de le rejoindre.

— Tu as déjà vu cette image dans une revue?

— Dans une revue, non, jamais.

— D'après moi, c'est un *homme-tableau*. Mais qu'est-ce qu'il faisait là?

— J'ai peut-être mal compris. Grâce à lui, j'aurais pu rencontrer Florence.

— Jeanne... »

Chérine est bien polie, mais ce soir, elle trouve que Jeanne a l'imagination coquine.

« Je vais en parler à mon père.

— Ne lui dis pas... qu'il était nu. »

Mais Neil ne rentre pas. Chérine décide finalement, épuisée, de poser sa tête sur l'oreiller. Il ne rentre pas car il est allé dans un bar, rue St-Paul, près de la boutique. Question sans doute d'étirer quelque peu l'élastique avant l'arrivée de Driss, qui a un certain ascendant sur lui. Il ne sait pas comment il composera avec tout ça, compte tenu qu'il s'enfonce maintenant plus que jamais dans le désespoir et tente de se noyer dans la vodka.

Deux heures du matin, il met enfin la clé dans la serrure, après l'avoir cherchée pendant deux longues minutes. Jeanne l'a entendu rentrer. Elle se lance carrément sur lui. Sa robe de nuit est aussi épaisse qu'une couverture, une espèce de fourrure synthétique qu'on voudrait lui ordonner de jeter. Elle lui raconte toute l'aventure. Il doit savoir pourquoi elle a tant insisté devant les policiers, pourquoi elle voulait avoir à tout prix cette peinture dans sa chambre ! Il se demande s'il a la berlue, mais il sait que Jeanne dit vrai. Elle n'est pas menteuse. L'histoire n'a effectivement rien à voir avec la tortue, mais cet homme cherche peut-être l'âme sœur ? Est-il mort ou vif ? Personne pour l'instant ne le sait.

« Il faudra que j'écoute encore Leonard chanter *Suzanne*. »

Elle veut le revoir et quand elle veut, c'est sérieux.

Jeanne la pivoine, cette nuit, tu sauras ce qu'est un Surma, car Neil connaît les *hommes-tableaux*. Pour lui, ils sont du côté de la beauté. Ils peignent leur corps, comme le fait la nature quand elle décore certains animaux, fleurs ou insectes. Dans leurs folles inventions esthétiques, ils utilisent quelquefois des feuilles, des plumes et des fragments d'ivoire. Ils sont de prodigieux décorateurs du corps, à l'instinct esthétique étonnant. Ils sont toutefois polygames et pas toujours très pacifiques avec leurs voisins du sud. Ils habitent la basse vallée de l'Omo, en Éthiopie. Là où, dit-on, il y a trois millions d'années, les australopithèques se sont faits hommes. Comment se sont-ils faits hommes ? La question revient encore avec son chaînon manquant et Florence veut trouver ce chaînon. T'apporte-t-il, pour elle, une réponse ? Est-il le sage d'un des sous-groupes de cette tribu ou encore une âme esseulée ? Va te coucher. Demain, dans la cuisine, Driss fera éclater les tomates. Il laissera des feuilles de coriandre sur le chemin du petit poucet. Reviendra-t-il à la maison ? Rentrera-t-il au bercail comme un enfant prodigue ? Rien n'est sûr, car ce n'est pas lui qui aura déposé les feuilles de coriandre sur le chemin du retour. Driss serait prêt, dans le cas d'un éventuel retour de Ghozali – *Neil la Gazelle* – à tuer l'agneau gras. Neil, ressaisis-toi !

Oui, Florence veut trouver et rien ne l'en empêchera. Avec Kinu et Ogawa, elle est allée au jardin, écouter les sons des fleurs en boutons. Les sons sont magnifiques et se marient aux parfums, selon les variétés. Celles qui ont ouvert leurs corolles résonnent à leurs oreilles telles d'étonnantes boîtes à musique. Avant de quitter pour le désert et les glaces, elle doit suivre le conseil du vent, retourner dans les jardins qui s'étalent à perte de vue et cueillir plusieurs fleurs de la paix en bouquet. L'instant est crucial, car un tel bouquet la liera plus encore à l'humanisme et elle percevra encore plus profondément. Les pierres sont précieuses dans les mines de ce qui est… Ces vastes jardins enveloppés de silence sont à l'écart. Mais leur silence est habité. Elle invite ses amis à la suivre. Elle circule avec précaution entre ces fleurs si particulières et de nouveau, comme ce fut le cas la première fois, à peine les a-t-elle dans les mains qu'elles se confondent à sa propre substance. Ogawa est attirée par une rose vermeille. Il la détache de sa tige et les pétales, du premier au dernier, ne font plus qu'un avec lui. Kinu choisit une fleur de lotus dans un étang parfumé. Cette fleur n'est pas qu'un simple nénuphar, elle étale sa corolle au-dessus de l'eau. Elle a toujours été pour elle le symbole du courage à poursuivre sa route, à tenir le cap malgré les courants forts et dévastateurs. En 1951, l'une des trois graines d'un lotus vieux de 2000 ans, découvert dans la région de Kemigawa au Japon, avait fleuri. Kinu avait vu cette fleur et respiré son parfum si subtil. Le lotus représente aussi le détachement, puisqu'il émerge de l'eau sans se mouiller. Elle considérait avoir été un bébé lotus, ayant été arrachée à ses parents en 1923, par un terrible tremblement de terre.

L'instant est extrême car le bouquet est constitué de six fleurs de la paix et… la paix a tant de facettes. L'humanisme et la non-violence constituent une de ces facettes. Mais il y a aussi la paix après que justice soit faite, la paix de l'esprit lorsque la connaissance éclaire la nuit de celui qui cherche… Ogawa la regarde. Il a décidé de l'accompagner et de la protéger. Il vibre plus que jamais dans l'amour inconditionnel. Kinu est une forteresse de conviction quant à la force de l'art et de la beauté pouvant sustenter tout être en perdition. Florence se sent dans un tel état de grâce, comme si le plus beau des poèmes allait naître dans son cœur ou encore allait lui être révélé. Elle se recueille. Et les mains invisibles la transportent bien au-delà du vaste jardin, sur une haute montagne où elle espère en savoir plus encore sur la création du monde. Étienne a le cœur si palpitant et elle souhaite tant elle-même connaître plus encore la nature de la Force-Lumière à l'origine de tout ce qui est. On célèbre les créateurs des œuvres artistiques, mais on aspire maintenant à séparer l'Artiste suprême de son œuvre. Même la philosophie tend à abandonner les questions fondamentales, comme celle de l'existence de Dieu. Pourtant, cette question a tenu en haleine les plus grands esprits. Einstein lui-même a affirmé que « le sentiment religieux cosmique est le motif le plus puissant et le plus noble de la recherche scientifique ». Elle ressent que cette Force-Lumière, cet Amour à l'état pur est d'une puissance inouïe ! Je dis bien « elle ressent », car cette notion est aussi abstraite pour le cerveau que celles de l'infini et de l'éternité. Elle comprend plus encore ce qu'elle avait pressenti. Teilhard de Chardin était d'accord avec la théorie de Darwin sur l'évolutionnisme. Celui-ci avait eu sur les îles Galapagos, une intuition flamboyante sur l'évolution des espèces. Il avait alors fait le croquis d'un arbre généalogique où les animaux et les humains partagent un ancêtre commun. En observant la forme du corps des espèces animales conservées sous forme de fossiles, il les avait comparés aux animaux vivant à son époque. Il avait alors constaté l'évolution des espèces qui s'était échelonnée sur des milliers d'années. Le vent lui parle et elle perçoit la nature du chaînon manquant. Les corps ont évolué. Ils ont été, pour les animaux et les humains, le réceptacle des âmes. L'évolution des animaux est arrivée à un stade supérieur avec les grands singes, et arriva une période bien précise où, dans le corps de ces grands singes ayant atteint leur plus haut degré d'évolution sur terre, s'incarnèrent non plus des âmes de singes, mais des esprits humains, créés par la Force-Lumière, par la puissance de son Irradiation. Ces corps d'animaux évoluèrent alors différemment, mûs par un nouveau noyau. Leur larynx s'allongea, ils émirent des sons qui se muèrent en voyelles, en consonnes et en mots. Ils se redressèrent et marchèrent debout. Ils s'exprimèrent par divers dessins, développèrent l'art, l'écriture... et la guerre. Le tout sur des milliers d'années où ils apprirent, avec le temps, à se personnaliser. Ainsi, le pronom « je » émergea de leur conscience d'être.

De son côté, Jeanne, avec son vouloir si candide, s'est enfuie dans la forêt des lilas, la tête sous l'oreiller et les chaussettes aux pieds. Verra-t-elle la tortue et ce primitif étonnant de la vallée de l'Omo où, il y a trois millions d'années, les australopithèques se sont faits hommes ? Il a sans doute un message. La tortue n'est pas en vue, mais elle avance aussi lentement que ce respectable reptile, à l'affût de tout bruit insolite. Il se passe certainement quelque chose. La forêt est muette, mais elle persévère. Elle a compris que souvent le mystère tarde à se révéler. Soudain, il est là, devant elle. « Ah, ne me faites pas peur ! » Il lui tend encore les bras. Son corps est peint des mêmes coloris. Il allume une torche et la fait entrer dans une grotte. Ce n'est pas la grotte de Lascaux, c'est peut-être... la grotte de la tortue. Entrent-ils sans permission ? Il lui fait découvrir d'étranges dessins sur les murs.

« Des singes ? Oui, je vois des singes et... des humains. »

Une cascade d'animaux est dessinée devant elle. Des animaux qu'elle n'arrive pas à identifier, à sa gauche, sont clairement dessinés.

« Conda... conda...

— Conda quoi ?… Ah… c'est la grotte de la tortue et vous allez me garder prisonnière contre mon gré !

Mais non, Jeanne, calme-toi, regarde au moins ce qu'il te montre.

— Petit singe… deviendra grand… et ensuite, il y a des humains. Ils sont tous à la queue leu leu… comme une famille d'éléphants.

— Conda… conda…

— Ah, est-ce que c'est un concours ? Est-ce que je vais gagner un prix ?

Bon, voilà que tu ouvres les yeux, chère Pivoine. Au-dessus des grands singes, il y a comme des tracés plus délicats, comme des modèles de singes.

— Où sont leurs pattes ?

Elles sont à l'intérieur, Jeanne, à l'intérieur des singes qui sont dessous. Il te montre des âmes animales. Le voilà qui fait des signes désespérés. Va-t-il s'impatienter ? Il sautille.

— Conda… conda…

— Les concours, c'est pas mon fort. Excusez-moi ! Les singes… d'accord, c'est l'évolution… deviennent des humains. L'homme descend du singe…

Sois un peu perspicace, Jeanne. Au-dessus des humains, il y a…

— Oh, un instant ! Ici, il y a un grand singe… je sais que c'est un primate, et au dessus, il y a la forme d'un corps humain, c'est un tracé très délicat… les jambes sont dans le singe. Il est en train d'entrer dans le singe. C'est un modèle qui vient d'ailleurs. Ensuite, le singe à côté, le vrai, le poilu, devient presque un humain et les modèles qui entrent dans les humains par la suite, sont tous humains.

— Le chaînon manquant !!!

— Qui a crié ? Ne criez pas si fort, la forêt est tout de même fragile !

Mais les sons se sont répercutés en un écho si puissant que tu te retrouves tout à coup éjectée de ton rêve, assise par terre, l'oreiller entre les jambes. C'est moi qui ai crié, Jeanne. Je n'ai pu me retenir, désolée !

— Je suis somnambule ! »

Mais non, tu ne l'es pas. Va boire de l'eau et recouche-toi, sinon, dans deux minutes, Driss sera dans ta chambre, prêt à te préparer une infusion de fleur d'oranger. Et si ce n'est pas la fleur d'oranger, ce sera un mélange de safran et de miel, pour exciter tes glandes salivaires et favoriser la digestion, ou encore une pincée de muscade. En peu de temps, tu auras l'impression d'être à Agadir, dans un marché d'épices. Quand Driss s'en mêle, on ne sait pas quand il décrochera. Laisse le rêve se déposer en toi. Tu en parleras à Chérine et Justina.

Elle marmonne.

« Qui a crié : « C'est le chaînon manquant ! » ? Un peu plus et j'allais devenir sourde ! Je n'ai même pas rencontré la tortue… heureusement d'ailleurs… C'était sa grotte, j'en suis certaine. »

Elle va aux toilettes, boit de l'eau…

« Conda… conda… qu'est-ce que… Qu'est-ce que c'est ?… Je ne parle pas surma… et c'est peut-être même pas surma. Mais ce rêve est très important, alors j'écris tout et je dessine la BD de la grotte. »

Elle sort un vieux calepin où elle note ses rêves depuis des années.

* * *

Florence a l'impression d'être au cœur d'un immense mandala, tant l'énergie qui l'habite la transporte intérieurement. Reviendra-t-elle sur cette montagne ? Elle dépose sur les ailes du vent cette révélation si merveilleuse, pour Étienne. Photographe de l'univers, tu te délecteras de ce savoir, comme les abeilles du nectar des fleurs. Tu as souffert en Afghanistan en tant que *black and white eye* de

CNN. Tu as filmé. Chaque jour, tu t'es dépassé pour révéler le quotidien des Afghans et aider l'Occident dans ses réflexions et son éventuelle prise de conscience. Tu as ainsi bien perçu qu'il existe des musulmans horrifiés des crimes terroristes des islamistes extrémistes et que cette guerre sainte est comparable à celle qu'a menée la chrétienté au temps des croisades. Les deux portent en elles le même totalitarisme messianique. Neil est bien d'accord avec l'analyse que tu en fais et Pax admire ton sang-froid. Mais... tu concoctes un projet de film. Quel sera ton sujet?

Ogawa recherche des âmes aidantes. Il en a tant rencontrées dans le pays des ombres. Il apprend que certaines sont en mission dans la zone désertique, afin d'y semer l'amour. Mais ces semences ne portent pas toujours fruits. Puis, il y a la muraille de glace. Avant d'y arriver, il faut craindre les blizzards. Ces vents puissants sont à l'image des nains de conscience. Ils frigorifient, insensibilisent. Qui oserait s'y rendre? Florence, bien sûr, accompagnée de ses amis. Dans le jardin, ils ont tous été fortifiés. Elle voudrait au moins faire en sorte que ces consciences délavées ne s'incarnent plus sur terre pour le plus grand malheur des hommes. Elle tarde à revenir, elle s'abreuve aux flots d'énergie qui la traversent. Il lui semble tout à coup être si loin de Neil, envahi par tant de papillons noirs. Elle est triste, extrêmement triste. Depuis son décès elle n'a pas revu Pax. Sans doute est-il très occupé à tenter d'éveiller les grands de ce monde. Il aspire à combattre l'orgueil. C'est là un travail de tous les instants! Il arrache les yeux du coeur, cet orgueil-condescendance, cet orgueil-puissance! Il soulève les despotes, extrapole des théories forteresses, glorifie les sauveurs au ventre vide. Ils sont légions en politique, en finance, en éducation, en santé, en religion. Chaque jour, Pax crève des ballons et les Pacis travaillent sans relâche pour que la vérité éclate. Les mercenaires sont pointés du doigt par des journalistes en quête de la une. Notre *Nazi au cœur contri* a compris que la nourriture de l'orgueil est faite de pierre et non de pain. La centrale de l'orgueil est atrocement tentaculaire. Surveillez ce qui traîne au pied du lit des enfants, après une nuit de rêves ou encore après un moment de silence où les pensées se sont déposées sur un petit oreiller. Attention aux fils verdâtres annonciateurs de vision superficielle et de *pur égoïsme en construction*. Il y a tant de chantiers où les travailleurs n'ont ni casque, ni truelle. Pax, toi qui as sculpté avec orgueil et cruauté toute une génération, au point où elle en porte des stigmates aryens, tu es maintenant touché par la candeur de l'enfance. Tu veux la protéger, l'inspirer et l'aider à déployer ses ailes. « Ne devenez pas des rochers de dureté ! » cries-tu maintenant à tout cœur qui veut l'entendre. Y a-t-il pire poison que celui de l'orgueil ? La route sera longue, Florence, l'espace menant à la muraille de glace est si vaste ! Abreuve-toi à la beauté des paysages qui t'entourent, car tu devras pour un long moment, vivre avec ces souvenirs. Les suicidés t'ont souvent interpellée. Tu rencontreras sûrement là-bas des êtres ayant attenté à leurs jours. Tu n'as jamais été indifférente à la souffrance de ceux qui décident de mettre la clé dans la porte. Ce geste est-il la résultante de la froideur et de l'abandon, de mauvaises énergies amalgamées dans les centrales sépulcrales auxquelles on se relie, un soir de mauvaise lune ? On s'y ficelle solidement, porté par l'insensibilité des êtres qui nous entourent. Beaucoup sont en lien avec le geste de quelques-uns… et n'oublions pas qu'il arrive que certains médicaments aux effets secondaires ravageurs puissent être pointés du doigt. Ils désinhibent la tendance suicidaire et sont un facteur déterminant dans la triste décision, pour certains, de mettre fin à leurs jours. Mais tu penses aussi à Khin Nyunt. Dans le silence de la nuit, tu as maintes fois appelé Neil. Trop souvent, il ne vint pas à ta rencontre, le corps abattu par l'alcool. Quand tu revis, dans l'arrière-pays, ton petit protégé de l'Hôpital de Montréal pour enfants, décédé d'une leucémie, il avait tant gagné en maturité que tu lui demandas d'être à son chevet. L'idée était de tenter de panser cette profonde blessure de la perte de Pamplelune, par des mots ayant la douceur d'un baume. Mais il eut tôt fait de découvrir des squelettes pleurant et criant, accrochés au cou de ton bien-aimé. Il resta en retrait, observant ce macabre tableau, et les démons rampant à ses pieds, il les combattit du mieux qu'il put.

* * *

Kinu t'accueille à nouveau… La reine des musées te parle de la beauté des maisons qu'elle a visitées pendant ton absence. Le temps a passé, si l'on peut parler de temps… plutôt de moments, d'instants. Elle a vu de magnifiques œuvres d'art. Il y a ici beaucoup d'artistes. Et toi, tu as compris plus encore ce que recèle l'œuvre magnifique de la création… dans la grandeur de sa simplicité… Khin… ses pensées sont voyageuses. Elles n'apportent pas de bonnes nouvelles. Neil combat des décès anciens. Il sombre dans l'alcoolisme. Il se noie dans la vodka et tout à côté, Jeanne se débat. Mais Chérine est si fidèle et Justina voit maintenant sous les apparences. Édouard quant à lui, tente d'arroser le désert intérieur du *guerrier existentiel* qui se tient bien loin du cheval qui devrait le transporter, soit sa volonté. Est-ce si difficile de faire preuve de détermination, d'avoir de l'élan pour les bonnes causes? Neil, tu tentes de vomir les morts qui te hantent, mais tu le fais sans réflexion, sans intériorisation. Et dès que tu vois Zaka et Ziad, les jumeaux enrôlés dans le Front de libération national, enterrés vivants, la tête dépassant, recouverte de miel, tu es pris d'une telle nausée! Tu n'as alors plus que de la bile dans l'estomac. Ils ont agonisé pendant des heures, le visage mangé par des abeilles et des mouches. Ainsi ont fini tes amis d'enfance. Ainsi s'est installée en toi la révolte, que tu as tôt fait d'enfouir dans le médaillon de l'esthétisme. Tu tenais à ce médaillon! Il était un écran entre tes obscurs tourments et le monde. Avec les années, tu as appris de plus en plus à t'en départir, car c'était une cage dorée. Maintenant, ton désespoir est si grand et ton attitude si chaotique que tu appelles la mort à grands coups d'actions suicidaires. La vodka, quel bonheur est à toutes les saveurs, penses-tu ? Le matin, tu l'amalgames au jus d'orange ou au cassis. Par la suite, tu la verses jusqu'au soir dans des verres congelés. Tu t'es amouraché de ce frimas qui s'y dépose, rappelant à coup sûr les engelures du cœur. Tu es, je le sais, à la recherche de champignons vénéneux. Je ne t'enverrais pas seul en forêt, car tu aurais tôt fait de renifler l'amanite vireuse et le cortinaire des montagnes. Tu deviendrais amoureux de la grande ciguë.

Du début d'avril à la fin de juin de cette année 2002, on ne peut imaginer tout ce qui va se passer dans la vie de Neil et de ceux qui l'entourent, jusqu'à ce six juillet, donc trois mois plus tard, où il se retrouvera à l'aéroport en fauteuil roulant, épuisé, accompagné d'Édouard et de Justina. Il a alors en tête une idée saugrenue : se rendre en Italie, à Florence (Firenze), aux Offices de Florence. Là, il est persuadé qu'Amira lui tendra la main, lors d'un instant magique où elle se révèlera à lui. Il avait fait part de sa folle intention à la journaliste Irène Delanoë, lors d'une entrevue pour le journal *Le Monde*, quelque temps auparavant. Cela se fera à travers la beauté et la grâce d'une œuvre sublime de Sandro Botticelli, peinte au xve siècle, sur panneau de bois. Pamplelune avait été littéralement transportée par les lignes et les couleurs de la toile. Le décor du *Printemps* est une prairie semi-circulaire où les fleurs règnent en souveraines : œillets, pâquerettes, iris, pervenches, tussilages, myosotis, etc. Il avait fait ressurgir son amour pour le tissu vivant des fleurs. Il y avait aussi des fruits d'or. Botticelli a représenté le jardin de Vénus où, à l'époque de la Renaissance, une femme amoureuse incarne la déesse de l'amour et du mariage. Elle est entourée de personnages mythologiques.

Mais avant d'aller plus loin, je veux vous parler de ce printemps étonnant, haut en couleurs humaines, durant lequel tant d'émotions et d'événements ont déferlé. Souvenez-vous que Jeanne avait appelé Driss et Micheline, craignant pour la santé de Ghozali.

Driss s'est donc pointé rapidement, se disant qu'il ferait pendant une semaine de la bouffe aux saveurs du pays. Mais si le couscous a roulé dans la cuisine, si le miel a collé dans les ramequins, si le safran a taché les comptoirs au grand dam de Jeanne, les choses se sont passées tout autrement que ce à quoi on aurait pu s'attendre. Driss arrivait en sauveur, mais au matin de ce premier jour, Neil n'était pas là. Une petite note avait été laissée sur le comptoir : « Je suis chez Éloïse. Ne me dérangez pas. » Cela ne s'adressait pas seulement à Jeanne, qu'il tutoie, mais à tous ceux qui auraient été tentés de l'appeler. Nous sommes au lendemain du vol qui n'a pas eu lieu à la boutique, grâce au caractère bouillonnant de notre chère Bécassine à certains moments. Après avoir fait part à Neil de sa rencontre dans la pièce bleue avec un primitif, Jeanne a décrit les trois cambrioleurs. Il a donc envoyé un courriel à Étienne en Afghanistan, craignant que la femme ne soit celle qui avait fait office de taupe à Milan, dans les ateliers de couture des jumelles romanichelles. Avait-elle récidivé, manipulée une seconde fois par un cœur bien froid ? Que lui avait-il offert pour l'amadouer ? De l'argent, du sexe… ? Ou peut-être était-elle tout simplement terrorisée…

C'est un samedi et Éloïse a toute sa journée pour papi Neilou. C'est ainsi qu'elle appelle Neil, depuis que l'ex-mari de Florence a démissionné de sa *grand-paternité* peu de temps après le divorce. Depuis dix ans déjà, celui-ci ne voit aucun de ses petits-enfants. Neil aime les enfants. Il aime leur candeur et leur spontanéité et Éloïse le fait craquer avec ses petits mots bien à elle, son don pour le dessin et la peinture, son intérêt pour tout ce qui est amérindien et pour les contes des *Mille et une nuits*, tout comme sa grand-mère Amira. Le conte fétiche de Florence est d'ailleurs dans sa chambre, *Blondine, Bonne-Biche et Beau-Minon*, ouvert à la page de la rose emprisonnée. Éloïse avait ouvert les yeux très grands dans le cimetière lorsque le cercueil de mamie entrait dans les profondeurs de la terre, mais personne n'avait remarqué qu'elle était dans un inhabituel étonnement. Elle avait vu sa grand-mère, debout dans l'herbe, habillée d'une longue robe de voiles roses. Elle la regardait et lui avait dit : « N'oublie pas » et lui avait fait signe par la suite de garder le silence. Quelques semaines plus tard, elle avait reçu une lettre, suite au dépouillement du testament.

Ma chère Éloïse,

Quand tu liras cette lettre, je serai partie pour l'arrière-pays dont je t'ai souvent parlé et dont nous parlent les traditions amérindiennes : le pays des ancêtres. Mais je n'y serai pas qu'en tant que souvenir, j'y serai pour continuer d'aider, pour trouver des réponses aux grands mystères de la vie. Je tourbillonnerai comme un oiseau dans un grand vent. N'oublie pas la tradition amérindienne du cercle. La terre a des rondeurs, le vent aussi à certains moments. Le nid des oiseaux est rond. La lune décrit un cercle autour de la terre et la terre un cercle autour du soleil. Les tipis étaient ronds et disposés en cercle, formant le nid des nids. L'anneau sacré garantissait pour les Amérindiens, le pouvoir, en autant qu'il restait intact. Au centre, n'oublie pas qu'il n'y a, comme je te l'ai déjà expliqué, que l'arbre en floraison. Tu es cet arbre en fleurs qui donnera des fruits. De l'est vient la joie et la lumière, du sud la chaleur, de l'ouest la pluie et du nord, avec le froid et les grands vents, la force et l'endurance. L'arbre ne peut donner de bons fruits s'il n'a pas de force et d'endurance ! Sois forte et n'oublie pas la petite voix intérieure qui donne accès à la vérité.

Veille sur papi Neilou. Si j'ai dû quitter avant lui pour l'arrière-pays, je crains que le cercle autour de lui ne soit alors plus intact et que la maladie ne le ronge. Si tu vois un jour ce que d'autres ne voient pas, remercie le ciel et aide ceux qui seront sur ta route.

N'oublie pas...
Mamie Florence

Pour Neil, Éloïse est une perle si nacrée! Chez elle à Mascouche, chez sa maman, son lit est au centre de la pièce et tout autour est disposé en cercle. Ainsi, elle se voit elle-même comme un arbre en floraison. Elle s'intéresse aux étoiles de mer, pour leur beauté, et aux escargots. Mais ce qui la fascine, ce sont les *êtres-escargots*, surtout depuis que mamie lui a parlé de toutes ces variétés humaines. Quand elle en avait l'occasion, elle lui expliquait tant de choses… peut-être pour la préparer.

Cette *enfant-éponge* d'une grande sensibilité a été initiée très jeune à l'art du dessin, au Musée des beaux-arts, les fins de semaine. On dit du dessin qu'il est le fondement même de toute démarche artistique. Déjà, par le dessin, on s'entraîne à voir le monde d'une manière différente, en déposant le monde solide des êtres et des objets sur une surface à deux dimensions. Des crayons à mine, elle est passée aux crayons de couleurs, puis aux pastels. Elle a su apprivoiser l'aquarelle et les pâtes d'huile. Éventuellement, ce sera le fusain. Quand elle entre chez DeSerres, magasin de matériel d'artiste, elle est dans un autre monde. Elle touche à la texture des papiers. Papi Neilou lui a bien expliqué ce qu'est le grain du papier et que le choix du papier peut influencer l'aspect du trait, mais ne doit en rien affecter la qualité du dessin. Car il ne faut jamais oublier que beaucoup de dessins de maîtres comme Rembrandt, Raphaël ou Michel-Ange ont été faits à une époque où le papier était une denrée rare et le choix très limité, avait-il précisé. Elle aime beaucoup le crayon graphite, qui a différents degrés de dureté, et elle s'amuse souvent à déposer sur le papier, des petites hachures uniformes ou groupées. Les murs de sa chambre sont abondamment tapissés de ses toiles et de ses dessins. Quand elle va aux cours d'aquarelle, elle a l'impression, devant tous ces pigments, d'être devant une véritable malle aux trésors. C'est difficile quelquefois de choisir entre un bleu cobalt turquoise et un cobalt clair. Pour ce qui est des huiles, elle a *sué* lors de ses premières leçons. La matière est plus voluptueuse et le séchage plus lent. Elle a réalisé de jolies poires rouges et de beaux feuillages. L'été, ne la cherchez pas! Elle est soit à l'école du musée ou dans un camp de jeunes artistes peintres. C'est là d'ailleurs qu'elle a connu son amie Yaara, une jeune Israélienne. Elles sont depuis devenues inséparables.

Éloïse a été très affectée par la tragédie du World Trade. Elle a lu les messages de plusieurs enfants sur Internet et dans plusieurs revues. Et le décès de mamie est en lien, pense-t-elle, un peu en tout cas, avec cette tragédie. Elle a lu l'opinion de Louis, de Aïcha, de Paolo et de Solal. Solal a quatre ans, il parle des pirates de l'air. Paolo, lui, dit qu'il n'y a pas de bateaux dans le ciel. Peu importe, tout est en cendres maintenant.

« Sais-tu ce que veux dire Yaara ?
— Oui, rayon de miel.
— C'est exact.
— Toi qui aime tant le miel !
— Mais de ce temps-ci, je n'ai pas beaucoup d'appétit.
— Pourquoi… tu es triste ?
— Oui.
— Si tu es toujours triste, ton arbre ne fleurira plus.
Neil soupire.
— C'est vrai, mais de ce temps-ci, j'aime la pluie.
— Danses-tu sous la pluie ?
— Non. »

Éloïse sait très bien, à lui voir la tête, qu'il ne danse pas sous la pluie. Il pleure sous la pluie. Elle pense à la lettre de mamie.

« Que feras-tu si une araignée est dans ton ventre ?
— Dans mon ventre… si j'ai une araignée dans mon ventre… je ne la nourrit pas… je veux qu'elle meure… Ne t'inquiète pas, Éloïse, ça va aller. »

Elle le regarde avec un doute dans les yeux.

« Fais attention, elle a huit pattes, des crochets et du venin. Et… elle vient d'une région chaude.

— Peu importe d'où elle vient !

— Non, papi, ne dis pas « peu importe ». Elle vient d'une région chaude et… elle est au chaud dans ton ventre. Tu dois la chasser ! Elle est noire et poilue !

— Qu'est-ce que tu racontes ?

— Je ne l'aime pas… je la déteste ! Elle te fera maigrir. Elle mangera ton corps !

— Éloïse, je n'ai pas d'araignée dans mon ventre !

— C'est tout comme ! »

Neil a des frissons. Il la prend un court instant dans ses bras, juste assez pour entendre son cœur palpiter. Ce qui lui rappelle les premiers jours de sa vie, alors que quelques heures à peine après sa naissance on avait dû la transporter d'urgence au département de cardiologie de l'Hôpital de Montréal pour enfants, où on avait diagnostiqué une tétralogie de Fallot. L'artère pulmonaire était rétrécie, le ventricule droit était augmenté de volume, l'aorte n'était pas normalement positionnée. Elle avait trois petits trous au cœur. Au début, on ne savait si elle allait survivre. Son fils, Émmanuel, était inconsolable. On l'avait finalement opérée avec succès, à peine âgée de quatre jours. Florence, sont-ce des répercussions en échos de tous ces coups de dagues, non seulement sur ton cœur, mais aussi sur celui d'Éloïse ? Neil ne sait pas… il ne trouve plus de mots pour calmer cette émotion encore si vive. Il voudrait aussi que cette *araignée* passe incognito. Elle lui donne un petit dessin d'oiseau qu'elle a griffonné pendant qu'il lui parlait. Il a de jolis coloris.

« C'est un cadeau. Tu en fais une boulette et tu la donnes à manger à l'Araignée.

— D'accord… c'est bon… je préparerai la boulette. »

Dans cette boulette, il y a toute la candeur et l'espérance de l'enfance et Neil le sait.

Il repart, la boulette dans la poche, la tristesse sous le bras et la vodka à portée de main. Il est dix-huit heures. Il s'arrête dans un bar. Il engloutit trois coupes de rikiki bien remplies, décorées de pelotes de melon. Il aime bien la recette d'Hemingway.

Il entre enfin. Driss se jette carrément sur lui.

« Non, mais tu parles d'une façon d'accueillir ses amis ! « J'suis pas là, ne me dérangez pas » !

— J'étais chez Éloïse. Elle demeure à Mascouche. C'est loin !

— Je sais, mais quand même, c'est pas trop invitant pour les amis.

— Désolé.

— J'ai préparé un couscous de roi, avec safran et pois chiches.

— Bonsoir, Micheline !

— Neil, qu'est-ce qui se passe, ça ne va pas ?

— J'ai une araignée dans le ventre.

— Une quoi ?

— Je suis rongé de l'intérieur… Éloïse m'a donné un dessin d'oiseau… elle m'a dit d'en faire une boulette… Je dois la donner à l'Araignée… C'est une sorte d'antidote. »

Il titube. Il est bien sûr rentré en taxi. Au bar, on commence à connaître ses habitudes.

« Ce matin, vous êtes parti très tôt. Vous n'avez pas mangé ! »

Jeanne voudrait le prendre en défaut.

« Oui, deux toasts. Je suis allé à la boutique pour expliquer à madame Simons tout ce qui s'est passé hier soir. »

Mais il ne dit pas qu'il est arrivé bien avant elle, pour flatter ses meubles de la Renaissance, ses assiettes de collection ainsi que les lampes Gallé. Il leur a crié son amour, leur rappelant que maintenant ils sont devenus ses parents et ses enfants… son unique famille, quoi !

« Voulez-vous un café ?

— D'accord.

— Je n'ai pas pu vous parler de mon rêve…

— Du rêve ?

— De la nuit passée.

— Oh… une autre fois, Jeanne… une autre fois. »

Jeanne a mis les couverts depuis un bon moment. Driss sert des assiettes plantureuses. Les odeurs de l'amitié sont au rendez-vous. Mais il est un ouragan tous azimuts. La tempête de sable s'élève et cela durera ainsi pendant trois mois, ce qui n'était pas prévu.

« Écoute, j'ai parlé avec Édouard. Je te comprends. Mais la guerre en Algérie est terminée, mon ami. C'était il y a bien longtemps. »

Micheline prend tout de même la défense de Neil.

« Mais Driss, personne de ta famille n'était dans le FLN et aucun de tes amis !

— Non, forcément, je vivais au Maroc. »

Neil mange. Il est silencieux. Il se dit qu'après le repas, il ira vomir à l'étage. Pourtant l'oiseau en boulette est là et aucune cage ne le retient prisonnier. Non, surtout pas d'antidote, destruction… destruction… voilà l'essentiel de ses pensées. Il fait ce qu'il veut quand il veut. C'est la révolution intérieure pour l'indépendance ! Il est de plus en plus chaotique. Jeanne n'a pas de chance avec son rêve, même si elle sait qu'il est le plus beau et le plus important qu'elle ait fait de toute sa vie. Elle doit se taire car cela déplairait sans doute à la tortue. Neil a reçu un courriel d'Étienne. Il semble que la taupe soit de retour, car la description de la femme parmi les cambrioleurs correspond bien à celle de Sylvia. Étienne sera de toute façon là bientôt, il a trois semaines de vacances. Driss et Micheline sont fatigués. Jeanne pense à la grotte de son rêve. Neil a le champ libre. Il s'enferme dans les toilettes… plante deux doigts dans sa gorge…

Le lendemain, Justina arriva enfin à l'aéroport Trudeau. Chérine était là pour l'accueillir, avec Édouard. C'est un grand bonheur, car elle en a vraiment beaucoup sur les épaules. Sur le chemin du retour, on parle bien sûr de Mélodie, qui attend avec ses tatous et ses *body piercings* que sa coquille du paraître s'entrouvre quelque peu. Elle est hospitalisée depuis deux semaines au département de psychiatrie de l'Hôpital général pour enfants, en sevrage de cocaïne, grâce au Dr Borsuk car elle a 20 ans et ne devrait pas y être. Chérine est épuisée par cette jeune femme que seule Florence, aux dires de Mélodie, pouvait sauver. Mais Justina a maintenant des *yeux galiléens* et elle est prête à aider cette enfant soldat. Oui, je dis bien enfant soldat, car il y en a de divers types. Il n'y a pas que ceux qui se promènent avec des kalachnikovs, ne l'oublions pas. Il y a ceux de la mode, ceux des sports, de la gymnastique, entraînés très jeunes à se dépasser, insensibles et drogués, ceux de la performance. Mélodie a été envoyée très tôt à la guerre de la mode, par une mère consacrée à dix-huit ans Miss France. Elle est ainsi devenue une jeune fille reflet ne vivant que pour et par les yeux des autres. Et la maigreur devait être au rendez-vous pour qu'elle puisse camper la félinité extrême, ainsi que le dos cambré, grâce à des *stylettos* argentés. Elle se plut très tôt à être un bibelot. Elle devint la figure de proue d'une maison versant dans le cuir. Puis, à onze ans, la sexualité s'empara de ses moindres gestes. Jolie, elle décida d'avoir les cheveux très courts et bleus, les yeux charbonneux, les oreilles décorées de multiples petits diamants car, jeune déjà, elle gagnait un salaire rondelet. On l'admira et on l'utilisa à outrance dans les revues et les parades de mode des grands couturiers. Elle fila ainsi, sur l'endorphine et l'adrénaline du paraître, pendant plusieurs années. Mais ce genre de carrière est de courte durée. Ce pouvait-il qu'on commence à l'oublier? Quel drame pour une jeune *femme-reflet*! Quelle tragédie, quel World Trade intérieur! Elle devint dépressive, mais il ne le fallait pas. Elle avala donc des amphétamines. Cela était aussi percutant que cinq espressos, mais son corps s'y habitua. On dut donc en augmenter la concentration, jusqu'au jour où on lui allongea une ligne de cocaïne sous le nez. Wow! Quelle marée haute doublée de vingt-cinq espressos, quelle incroyable euphorie!

Quel sourire imposteur, sous les faux cils et les lèvres «glos-sées» à l'extrême, pouvait-elle maintenant arborer sous les flashs! Mais cela coûte très cher et les *downs* sont si souffrants. Elle avait brûlé son enfance, consommé son adolescence qui ne fut d'aucune façon touchée par une belle nostalgie ou quelques questions existentielles. Autour d'elle d'ailleurs, la famille était entièrement fardée et les amis ne semblaient avoir ni racines, ni ailes. Elle était allée aux olympiades de la mode. Elle avait vendu comme une esclave sa «force de travail» pour survivre devant sa mère, *impératrice du vide*, en tant que poupée modèle. Mais en entendant Florence en entrevue à la télé puis en lisant son livre, elle avait eu une forme de révélation. Elle avait compris, comme dit le proverbe, que «la vérité est comme l'huile, elle remonte toujours à la surface». Elle voulut dès lors rejeter toute cette ombre qui l'avait envahie. Elle eut, tout à coup, l'impression de se retrouver comme Martin Luther King devant le Lincoln Memorial. En elle montait cette phrase: «*I have a dream!*» Mais dès l'instant où cette pensée émergea, elle sut qu'elle vivrait un grand rejet. Car elle s'apprêtait à changer de camp. Quelle souf-france immense allait la ravager! Certains jours, elle voulait arrêter de respirer. Pourtant, au fond d'elle-même, elle ne voulait pas mourir. Elle n'osait en parler autour d'elle, car une amie qui vivait une situation semblable l'avait fait et elle n'était plus la même, droguée aux calmants et aux antidépresseurs multico-lores. Elle souffrait, mais elle ne voulait pas perdre la capacité de ressentir ses émotions. Ainsi, au département de psychiatrie, on avait accédé à sa demande de vivre tout cela à vif, mais étant en sevrage de cocaïne, elle devait toutefois prendre un médica-ment. Heureusement pour elle, elle n'avait pas abusé de cette drogue à l'extrême. Son estomac semblait plus petit qu'une balle de ping-pong, tant elle l'avait maltraité pour avoir le corps léger. Les pubs présentent la maigreur des mannequins devenus ni plus ni moins que les portemanteaux des collections des grands couturiers. Elle en avait vu par milliers. Et le miroir était son amant; l'œil de *Big Brother* épiait les lignes de son corps qui ne devait jamais laisser transparaître quelque rondeur. On lui avait posé des prothèses mammaires salines, car la femelle doit avoir des seins fort dodus, du type melon de miel cueilli après un été resplendissant. La crainte du rejet l'avait amenée à se gaver de pâtisseries, à se saouler de crème chantilly. Le sucre n'est-il pas l'ami de l'endorphine? Elle était donc, d'anorexique, devenue certains jours, boulimique. Elle avait alors souvent les doigts dans la gorge, pour rejeter le poids de ces horribles gâteries.

Le plaisir de modeler le corps n'est-il pas universel? Neil dirait que ce désir remonte au siècle des Lumières qui a affirmé que nous avons le droit de façonner notre corps. Mais les méthodes pour y arriver ne doivent pas mettre notre santé en péril. Et si la chirurgie est utile pour certains, la tentation est souvent grande d'en abuser.

Dès le lendemain de son arrivée, Justina, après avoir loué une chambre, s'est retrouvée au chevet de Mélodie avec Chérine. Elle rencontra le Dr Borsuk, toujours si attentionné. Elle leur conta sa vie, afin de les mettre en confiance. Elle ne fit pas de cas de ses multiples tatouages et *piercing*. Mais elle lui expliqua que la perforation d'un organe n'est jamais anodine, pas plus chez les primitifs que dans nos sociétés, et que le renouveau du *piercing* est parti de la côte ouest de États-Unis, dans les années soixante-dix, sous l'impulsion d'un millionnaire excentrique et du cercle des Primitifs modernes. Que le tout a déferlé jusqu'à la haute couture, qui s'est entichée du fétichisme et de ses accessoires. Principalement du *piercing* qui séduit plus encore par son côté ornemental. Mais le problème est qu'au fond, notre société n'a plus de repères, de rites de passage ou initiatiques, et que chaque génération finalement s'en trafique, trop envahie par le matéria-lisme et le rationalisme à outrance. Les valeurs spirituelles, les symboles porteurs sont occultés. Le tatouage remonte à près de

2000 ans avant J.-C. Les Mayas, les Indiens d'Amérique, les Grecs et les Romains en furent de grands utilisateurs. On en a retrouvé sur les momies égyptiennes. Le tatouage révèle une part des non-dits et Mélodie en a trois. Une phrase à l'intérieur du poignet gauche : « Je suis une coquille vide », qu'elle s'est fait tatouer après avoir entendu Florence en entrevue, un petit violon sur l'épaule droite, une rose au-dessus du nombril. Cela était, lui explique Justina, plus que prometteur.

« La musique et les fleurs, c'est la vie, et tu as reconnu être une coquille vide.

— Mais je ne veux plus l'être !

— Je sais, mais tu as été à ce point une coquille vide que tu rejetais la nourriture, en refusant de manger ou en te faisant vomir. Tu entretenais la force de ta coquille !

— C'est vrai !

— Quand tu sortiras d'ici, va vers les vitraux des églises et des cathédrales. La lumière qui les traverse apporte un réel réconfort. Je travaille comme tu le sais, depuis quelques années, à Milan, pour la société de Vincentis. Mes patronnes – qui sont des femmes vraiment formidables et qui travaillent depuis longtemps dans le monde de la mode, pour ne pas dire dans la jungle de la mode –, sais-tu ce qu'elles faisaient et font encore quand elles constatent que des mannequins deviennent des coquilles vides ?

— Non.

— Elles les réfèrent au MFC, *Models for Christ*, qui tente de marier spiritualité et beauté. C'est un concept qui a vu le jour à Milan même, en 1982, pour venir en aide à des jeunes femmes et des jeunes hommes du milieu de la mode qui, à cause de leur présence sur les podiums des grands défilés et sur les couvertures de magazine, ont tendance à devenir anorexiques, alcooliques et toxicomanes.

— Et qui fait partie de tout ce truc ?

— Bien, des mannequins, comme je t'ai dit, des photographes, des stylistes, des agents.

— Je ne suis pas sûre que j'aimerais ça.

— Je ne te dis pas d'en faire partie, mais je t'explique que d'autres ont réagi avant toi pour lutter contre les coquilles vides, par le soutien moral et la prière. On tente de combler leur vide intérieur par certaines lectures de l'Évangile, comme les paraboles par exemple.

— Hum…

— Je ne suis pas une adepte absolue de l'Évangile, mais je veux simplement te dire que c'est une alternative d'un genre nouveau, dans le domaine de la mode, et les paraboles, c'est un langage particulier, simple et profond.

— Moi, ce qui m'intéresse, c'est *les yeux de Florence* et… les tiens maintenant.

— D'accord, mais on peut considérer les efforts d'une association comme celle-là qui tient des réunions dans quelques villes du monde.

— Bien sûr.

— Est-ce que tu tiens beaucoup à tes cheveux bleus ? Parce qu'il faudra partir à la chasse à la teinture !

— Oui, j'y tiens. Toute ma vie, j'aurai les cheveux bleus !

— D'accord.

— Non, bien non, je n'y tiens pas ! Je ne veux plus avoir les cheveux bleus et j'enlève ici, maintenant, devant toi, tous les diamants de mes oreilles. Je ne veux plus de *stylettos*. C'est fou d'avoir en permanence le dos cambré comme une femelle en chaleur ! Je veux retourner aux études. J'ai vingt ans. Je prends ma vie en main. Je reste ici au Québec. Ça me fera du bien ! J'y pense depuis quelques mois déjà. Il est temps que je passe à l'action. J'étudierai en égyptologie.

— En égyptologie ?

— Oui, on s'intéresse de plus en plus à l'Égypte ancienne. Je pourrais peut-être travailler dans les musées... »

Cette rencontre avait été très touchante et Justina était repartie confiante quant à l'avenir de Mélodie qui, en sa présence, s'était d'une certaine façon sentie liée à Florence. Mais je dois vous dire que ce tatouage sur le poignet est une phrase assassine ! Car quelques semaines après l'avoir fait tracer, elle lacérait ce poignet d'un coup de couteau à dépecer bien aiguisé. La carpe du « Salut, ma cocotte, ça va ? » avait attaqué le brochet du paraître, catapultant ses énergies trop longtemps retenues. Sous l'eau, dans un bain bien chaud où les vaisseaux sanguins se dilatent à souhait, sans hâte, en rentrant de l'aéroport Charles de Gaulle, après ce vol en provenance de Montréal où elle avait assisté aux funérailles de Florence, elle avait incisé sa funeste coquille. Elle avait oublié de verrouiller la porte et son jeune frère était entré en trombe pour se soulager d'un gigantesque pipi. L'eau était rouge et Mélodie si blanche ! Son père avait tout juste eu le temps de lui faire avec sa cravate, un garrot de fortune : première hospitalisation. Par la suite, elle en avait eu deux autres. Même lacération à chaque fois, mais juste au-dessus de la précédente, sous la douche où, disait-elle, la viande devait perdre tout son sang. Mais son père veillait, ainsi que *l'impératrice du vide*. La porte ne pouvait plus être verrouillée et le silence sous l'eau était épié. Sa mère réagissait à chaque fois de façon si hystérique et ses cris étaient si stridents qu'elle dévoilait totalement sa nature prédatrice de harpie. Bleus les cheveux, blanche la peau, rouge l'eau, Miss France se débattait devant ces coloris nationaux, mais... ce n'était pas par amour et Mélodie le savait. Autruche, tu as pondu des œufs, mais au lieu de couver les coquilles prometteuses, tu les as vidées de leurs entrailles et tu as verni très tôt leurs conches. « Voilà l'essentiel de ce qui est ! », clamais-tu, en jouant de la musette. Tu te reproches, Mélodie, de l'avoir suivie, mais tu étais jeune et attirée par l'attitude reflet. Maintenant ton poignet est aussi tatoué de ces tentatives d'expatriation. Chérine en a parlé avec toi jusqu'à l'épuisement et le Dr Borsuk a tenu cette main honteuse qui portait l'arme effilée. On a eu sur toi un regard si authentique, si vrai, si compatissant, que ton cœur s'est embrasé. La coquille s'est entrouverte. Et aujourd'hui le bois mort a flambé. La coquille a fondu dans un instant de grâce. Accepte la nourriture, elle te donnera la force de l'accomplissement. Chaque génération a vu planer les trois grandes questions : Qui sommes-nous ? D'où venons-nous ? Où allons-nous ? Mais les Y'ers… les *Why'ers*, cette génération née entre 1982 et 2000 dont tu fais partie, Mélodie, serait-elle touchée plus profondément par ce questionnement ? La sonde de la sensibilité n'est pas une génération spontanée… cela prend de l'art et de la beauté, des grands espaces, du vent, du silence, mais aussi… de la souffrance. Et qu'en est-il des autres générations ?

Il y eut la génération militaire née entre 1901 et 1924, puis la génération silencieuse née entre 1925 et 1942, qui s'est adaptée aux valeurs de la génération militaire. Puis le Baby Boomer né entre 1943 et 1964, le boom d'idéalistes. Ils ont été marqués par la marche sur la lune et de retentissants assassinats… Kennedy, Martin Luther King… Puis est venue la génération X née entre 1965 et 1981. Plutôt réactive… guerre du Golfe… on dit « X » en pensant à une croix faite sur la vie, à cause du vide dans lequel elle a baigné, sans structure religieuse, les parents Baby Boomers ayant vu leurs propres parents arracher quelques racines pieuses, lorsqu'ils étaient adolescents au beau milieu des années soixante, au temps où les Beatles rencontrèrent un sage vivant en Inde. Ceci avait fait en sorte qu'ils furent donc eux-mêmes en démarche, en recherche… souvent hors d'une structure religieuse, mais le cœur tourné vers les racines de la vérité! Les adolescents X avaient goûté aux racines ou les avaient repoussées. Et la génération Y, les Why'ers, les «pourquoi», ils font table rase du passé et des stéréotypes. Ils célèbrent, dit-on, le merveilleux, bousculant mythes et rites, mêlant époques, paillettes, baskets, kilt et strass. La génération Y se démarque pour exprimer encore une fois son identité et sa différence. Posera-t-elle les bonnes questions? Suivra sans doute la génération Z. Sera-t-elle zen, zapper ou zoom? Tout dépendra de la façon dont se construira son identité, confrontée aux apports culturels reçus dès le plus jeune âge. Puis on reviendra au A, pour une génération abattue, acrobate ou arc-en-ciel? N'oublie pas, Mélodie, que ces générations qui ont vu émerger la conscientisation et la lutte acharnée des femmes, ont cherché à quitter les cavernes du paléolithique où elles avaient depuis longtemps été claustrées. Avant la Première Guerre mondiale, l'International Council of Women (ICW) fondé en 1898, avait lutté pour l'obtention des droits économiques, familiaux et politiques des femmes. En 1954, une deuxième organisation internationale vit le jour: The International Woman Suffrage Alliance (IAW). En 1913, l'ICW et l'IAW condamnèrent la prostitution. Pendant la Première Guerre mondiale, les femmes firent passer au premier plan la lutte pour la paix. L'ICW organisa une conférence à La Haye où, en dépit de l'agressivité de leurs pays respectifs, les femmes allemandes, britanniques, austro-hongroises et italiennes se considérèrent comme des sœurs offrant leur entraide, leur sympathie et leurs propositions de paix. Puis, entre les deux guerres, chevauchant de la génération militaire à la génération silencieuse, le droit de vote fut obtenu par les femmes dans vingt et un pays. À l'ICW et à l'IAW, on se consacra beaucoup à la prévention de la guerre, mais ce fut peine perdue.

Après la deuxième grande guerre, on rendit hommage aux femmes pour leur contribution à la résistance au fascisme et aussi à la production dans le domaine de la métallurgie, de la chimie et de l'agriculture qu'elles assurèrent durant cette période. Alors, elles retournèrent au foyer, assumant leur rôle de formatrice, mais luttant contre la mort civile qui les y attendait ! La terre étant un foyer, pourquoi seraient-elles évincées de tout levier d'action et de décision ? Puis le Castor, Simone de Beauvoir se mit à gruger. Elle reprit une idée exprimée en France par Christine de Pisan au XIVe siècle et en Angleterre au XVIIe siècle par Marie Astell et au XVIIIe siècle par Mary Wollstonecraft, que les différences entre l'homme et la femme ne proviennent pas de leur nature, mais de l'éducation qu'on leur donne. Cela brouilla vraiment les cartes ! Fallait-il se féminiser et exiger que l'on écoute la différence où se masculiniser annihilant la différence entre les sexes ? Simone de Beauvoir avait quand même raison de lancer un appel à la dignité des femmes, parlant de l'importance d'exercer une profession et d'acquérir une indépendance économique. Mais ce cri n'était-il pas mu par une triste constatation ? Il n'existe pas de code d'honneur entre le chasseur et la formatrice, si bien qu'elle n'a pas le choix, elle doit avoir quelques flèches dans son carquois. Puis on commença à réclamer un salaire pour les femmes travaillant au foyer et… d'une génération à l'autre, le cancer des seins grugea de plus en plus cet organe en lien étroit avec la fonction d'identité féminine. La femme conscientisée eut les larmes aux seins, un triste regard sur la vie et sur le monde. Florence s'est acharnée à discerner les différences entre les hommes et les femmes et à célébrer leur complémentarité.

* * *

Chaque jour, Driss s'est débattu pour nourrir la bête apeurée qu'était devenu Ghozali. Tout ce qu'il prenait de plus que le pain sec et la vodka, était le vin fort en bouche regorgeant de tannins. Le reste ? Chaque jour il avait rendez-vous, midi et soir, avec l'index et l'annulaire. Il avait appris à se les planter dans la gorge, en guise d'abaisse-langue. Mais au moins, il goûtait. Driss ne se doutait de rien, car Neil choisissait bien l'heure et l'endroit. Privé de boulettes aux champignons, de poulet aux mille ails, de djaja bizaâfranc (un poulet bien safrané), d'omelette au thon, de mofleta (Étienne dit qu'elles sont à mi-chemin entre la crêpe et la pizza), sans parler de la confiture de raisins secs et d'amandes grillées, son corps immatriculé tint promesse. Il commença à perdre du poids. Escargot du *rebut* global de cette vie qui l'avait trahi, il gardait bien en main son sauf-conduit pour le camp de la tourmente.

Micheline et Jeanne avaient les mains qui sentaient les épices car Driss, dans ce domaine, a la main bienheureuse et il aime tartiner son pain de harissa, une sorte de dentifrice nord-africain à base de piment et d'huile. Dentifrice, non, mais chaque fois qu'il tord le tube, Jeanne se dit qu'il n'y a pas meilleur tueur de bactéries. Tous les soirs, le thé *menthé* est à l'honneur. Il a vraiment bon cœur. Driss et Édouard sont mis souvent à contribution pour aider Chérine qui se promène en métro et Justina qui accumule les reçus de toutes ses balades en taxi et se cherche un appartement. Finalement, Neil a fait un appel. Heureusement, quelquefois il s'éveille de son sommeil de tord-boyaux. Un ami connaissait le propriétaire d'un local à louer, rue Saint-Paul, tout près de la place Jacques-Cartier où campe sa boutique. Les jumelles romanichelles ont négocié et le tour a été joué. Quelle course, il faut inaugurer fin mai. Mais elle aura du renfort de la maison mère. Édouard est heureux de venir en aide à Justina, qui ne s'en plaint pas. « Elle a les yeux de Sophia Loren », dira-t-il à Neil un soir.

«Comment, Sophia Loren? Tu ne la connais pas, tu es trop jeune pour ça.

— Mais il y a l'Internet, mon cher ami! *Édouard a la réplique facile.* J'ai rencontré un androïde fait sur mesure pour moi.

— Un androïde?

— Qu'est-ce qui se passe, Neil, tu n'es plus perspicace?

— Hum… peut-être plus, non.»

Évidemment, quand on a les neurones qui baignent vingt-quatre heures sur vingt-quatre dans le C2H5OH, on a du sable dans l'engrenage.

Justina a donc eu droit à la promenade en traîneau à chien, à la cabane à sucre, à quelques visites des lieux historiques. Elle aime son discours et son intelligence, et lui se fond dans ses yeux galiléens d'Italie romantique. Enfin, Édouard, après deux séparations, aurais-tu trouvé l'améthyste rare?

* * *

Il y a aussi le lancement très attendu du livre posthume de Pamplelune, sur les êtres-escargots. Éloïse fut invitée à l'événement. C'est Driss qui eut pour tâche d'aller la cueillir à Mascouche après l'école. Il n'était plus question que Neil soit au volant d'un véhicule. Il fallait le protéger contre lui-même et du même coup, protéger les autres. Elle ne voulait pour rien au monde manquer ça. Dès qu'elle vit papi Neilou qui avait perdu près de huit kilos, elle lui parla de l'Araignée. D'accord, il pouvait en perdre un peu au niveau de l'abdomen, mais déjà, la peau du cou ballottait.

«Papi… la boulette, ça n'a pas fait? Tu ne lui as pas donnée?

— Éloise, ma chérie… comment vas-tu?

— Je vais bien… mais toi, non… l'Araignée fait son ravage. Tu ne lui a pas donné la boulette. Fais-lui manger l'oiseau… c'est un minuscule roselin pourpré…»

Elle a les yeux verts de l'espoir. Elle connaît la force des oiseaux. Neil soupire et la prend dans ses bras. Ses mains tremblent. Vieillir autant en quelques mois… Mais cela n'a rien à voir avec l'âge. Il y a des vieux de vingt ans. Mais… quand l'espoir se tarit, quand le drapeau est en berne et le demeure, le corps s'étiole comme un château de cartes où le pique a remplacé le trèfle, le cœur et le carreau. « Être ou ne pas être, voilà la question », disait Hamlet. Le matin, est-ce ton âme qui se lève, portant ton corps, ou ton corps qui se lève, transportant ton âme ? Voilà pour moi ce qu'est être ou ne pas être. Ces attitudes sont diamétralement opposées, te dirait la femme de tes rêves. Et « vallée de la rivière », où en es-tu maintenant ? Ton âme s'est affaissée, ton corps tire de l'aile. C'est le groupe qui te porte comme un merveilleux mandala. Ressens-tu le pouvoir de cet amour inconditionnel ?

Les êtres-escargots ne sont pas vides comme les coquilles, ils sont oppressés. Oppressés par l'autorité, par leur timidité, par leur difficulté à verbaliser. Peut-être sont-ils trop sensibles à la dissonance, à l'opposition. Ils n'ont pas l'apprivoisement facile. Mais qui n'a pas son petit côté escargot ? On peut avoir besoin quelquefois d'un paravent. Mais Florence avait été en présence, aux Grands Thermes de la La Bourboule, d'une femme-escargot totalement engluée dans une carapace, rétractée en permanence dans une lourde écale existentielle dont elle était devenue avec les années l'animal prisonnier, le mollusque sans os, sans tonus. Florence avait porté par compassion le dédoublement de cet écrin visqueux, car une gaine en apparence invisible s'était amarrée sur la table à massage où elle devait recevoir des soins. Ainsi, elle avait été amenée à saisir le vécu des âmes cuirassées. Pourquoi se cuirasse-t-on de la sorte ? Par colère, par orgueil, par susceptibilité, rancœur, égocentrisme… les raisons sont multiples autant que le sont les variétés d'êtres-escargots. Une chose est certaine, ils ont un faible pour la réclusion, la déportation, l'exil et cela se fait de façon très subtile. Sous ces gaines étouffantes sont des êtres blessés, des éponges fragiles qui pourraient libérer tant de beauté. Mais il y a aussi ceux qui veulent prospérer aux dépends des autres et qui, très tôt, apprennent à porter l'armure de ciment. L'escargot des grandes villes – l'escargot des finances ou de l'exploitation pétrolière, des tactiques de guerre ou de l'intégration de certaines découvertes scientifiques dans la vie des hommes – est un dur à cuire. Il y a aussi l'escargot-porno. Celui-là est très particulier car il porte un double écrin visqueux. Ainsi il peut vendre son corps, vendre celui des autres, se gaver d'obscénités sans que sa petite voix ne l'importune. Depuis la deuxième moitié du XXe siècle, il s'est multiplié de façon étonnante par la commercialisation de masse en de nouveaux supports de distribution : vidéos domestiques, images informatiques, magazines, abonnements illustrés. Il aime le sexe pour le sexe, la violence, la brutalité, la dégradation, l'humiliation et parfois, même, l'exploitation sexuelle des enfants. Car pour certains, la pédophilie est un terrain de prédilection. Cela cependant ne se décline pas qu'au masculin. Chaque année, des femmes, souvent des mères, agressent sexuellement et violent leurs enfants. L'escargot-porno se satisfait beaucoup sur Internet, au détriment d'une véritable relation de couple. Il est accroc à la cyberporn. Le voyeurisme pornographique est devenu l'ennemi de son intimité. Les deux tiers des avocats disent que l'Internet a dégradé les relations homme-femme et que la porno en ligne est la cause de plus de la moitié des divorces. Et toutes ces images deviennent des formes pensées envahissantes, au point où il n'arrive plus à communiquer de façon authentique, quelle pollution ! D'un côté, les coquilles vides et de l'autre, les escargots-pornos, où *cela s'arrêtera-t-il ? Pourtant les sens sont des ponts si merveilleux entre les êtres… sensualité… l'art des sens se perd et l'orgasme ne fait souvent plus qu'office d'antidépresseur dans un contexte de non-respect et de non-engagement. La sensibilité est en perte de vitesse.*

Florence avait perçu que des gaines subtiles et sournoises peuvent aussi *carapacer* le corps à certains endroits. Lorsqu'on se retient de pleurer, de parler. Lorsque la défense est à son paroxysme face à tout ce qui nous menace ou nous oppresse. Lorsqu'on est totalement dans la réaction et très peu dans l'action. Les conflits, les refoulements, les frustrations rendent alors le corps rigide au point où l'on arrive même à palper la carapace de l'escargot. On ne sait plus respirer, on rit jaune, on s'éveille en ayant la mâchoire durcie. On a cherché à mordre durant la nuit. Assailli par ces gaines, on ne sait comment se comporter et l'on est alors tenté de relâcher cette pression, cette compression, par l'alcool, les calmants, les antidépresseurs, les rages alimentaires, les jeux de hasard, la vitesse, le sexe à outrance, les achats compulsifs, etc. D'autres ne sélectionnent que les messages qui ne pourront les affecter. Ils deviennent blindés. Les *êtres-escargots* ont vraiment des nœuds dans les muscles, la digestion pénible, le sommeil fragile et la migraine florissante.

C'est bien beau de parler à ce point d'escargot, mais comment peut-on, lorsqu'on en prend conscience, se *désescargotiser*, se défaire de son état d'escargot ? Il faut faire le ménage dans ses blocages et demander de l'aide. Réapprendre à respirer, à se tourner vers les arts. Florence conseillait de s'entourer de beauté, de renouer avec la nature, la danse, la sculpture, l'aquarelle, le chant, les tissus, le don de soi, avec tout ce qui est rond. Rebâtissez-vous à l'image de la cathédrale de Gaudi, à Barcelone. Aucune ligne droite n'est perceptible. « Tout a la rondeur de la dentelle, la beauté des fleurs, la force des mandalas », avait-elle écrit. Elle aimait depuis son jeune âge, contempler la vie dans le silence de la neige. Comme Chagall qui, dans son enfance, montait au grenier et observait les toits de la ville. Par la suite, rien ne put l'arrêter. Certains jours, il eut l'impression, en peignant, que le plafond s'entrouvrait et qu'un être ailé descendait avec éclat et force, emplissant la chambre de mouvements et de nuages. Ces regards silencieux affinent les perceptions. Il en fut de même pour Rembrandt qui, lui, admirait les méandres du Rhin. Les perles qu'il peignit par la suite recélèrent l'ondoiement de ces flots.

* * *

Étienne se pointa le lendemain. Attention, Indiana Jones était en ville, avec sa puissant lampe tempête, prêt à percer n'importe quel mystère ! Jeanne sentit qu'enfin elle aurait un allié. Elle s'était retenue de parler, par respect pour la tortue, mais aussi par crainte de devoir affronter sa colère au cas où elle divulguerait, sans réflexion, cette inestimable connaissance. Étienne était habitué de voyager léger, mais cette fois-ci, il avait apporté sa guitare. Et pourquoi pas ! Si sa mère, je devrais dire ses deux mères – parce qu'il s'agit ici des jumelles romanichelles – sont des virtuoses du piano, lui, c'est la guitare, qu'il gratte depuis très longtemps. À peine arrivé, il a remarqué que Neil n'avait plus sa vivacité habituelle. Pour tout dire, il semblait en économie d'énergie. Il ne le relançait plus en italien et, à aucun moment, il ne l'entendait discourir en arabe avec Driss. Toutes les fourmis s'agitaient dans la maison. Quelle remarquable fanfare, avec Étienne, qui jouait du trombone avec ses déclarations à l'emporte-pièce !

« Je suis devenu végétarien. Leonardo da Vinci était un végétarien convaincu. Le savais-tu, Neil ?

— Non.

— Une maternité comptant 1 116 truies produit 21 780 litres d'excréments par jour. Je ne mange plus de porc ! Aux États-Unis, l'aliment qui a la plus grande concentration de résidus de pesticides, c'est le bœuf. Qu'est-ce que tu en penses, Neil?

— Alors, il ne faut pas en manger.

— Si 1 000 personnes renoncent à un repas de bœuf par semaine, elles permettront d'économiser, au bout d'un an, plus de 180 millions de litres d'eau et 32 000 kilos de céréales.

— Alors, il faut manger de la pizza sans pepperoni.

— Pense à tous ces gens qui meurent de faim.

— Moi, je meurs de ne pas avoir faim.

— Hein, qu'est-ce que tu racontes? L'ONU considère que si tous les humains qui peuplent la terre vivaient à la manière des Occidentaux, ça prendrait 2,6 planètes supplémentaires. Par la force des choses, on devra se priver de rôti de bœuf, mon ami!

— Oui, tu l'as dit, se priver par la force des choses.

— Il y a quelque chose, je pense, que je n'ai pas compris...»

Mais bien sûr, cela n'a pas tardé. Édouard et Driss l'ont mis rapidement au parfum. Neil se laisse mourir d'une guerre qui ne l'a pas tué. Il se prive, poussé par la force du déni de tant de décès occultés. Étienne se sent malgré lui impuissant et la souffrance de Neil s'apparente certainement à celle de nombreux jeunes Afghans qui ont vu mourir leurs amis et leurs parents, poussés par les Talibans à défendre leurs terres. Il tente de le relancer en parlant de la deuxième guerre au Congo, de l'essentiel du conflit qui s'est focalisé sur le contrôle des ressources naturelles du pays.

«Elle a impliqué neufs pays africains et une trentaine de groupes armés... il y a eu beaucoup de viols et de massacres et le décès d'environ 4,5 millions de personnes, à cause de famines ou de maladies. Et Haïti, ce pays est depuis trop longtemps à larmes et à sang.»

Si Neil parle encore de drames de la sorte, il n'est certainement pas à l'article de la mort, pense-t-il.

Deux jours plus tard, il retrouve avec joie Justina, qu'il connaît bien pour l'avoir côtoyée aux ateliers de Vincentis. Elle lui confie que les vitraux ont sur elle un effet particulier. Que son cœur s'est entrouvert dans une vieille cathédrale anglicane de la ville, tôt le matin. Il lui semblait que des mélodies venaient vers elle, des chants d'une grande beauté, et que Florence avait le cœur transi sur une montagne mirifique. Étienne se tait. Elle lui fait part de tout ce qui maintenant l'habite, de ce par quoi elle est passée et de cette nouvelle capacité que les mains invisibles lui ont conférée. Mais voilà que devant eux, Jeanne craque. Elle ne peut plus porter le poids de son rêve. Toute la carapace de la tortue est sur ses épaules.

« Venez dans ma chambre, je dois vous parler. »

Elle pleure et elle remercie. Elle n'a pas totalement compris le secret que recèlent les images étalées sur le mur de la grotte. Elle dit tout car c'est son habitude. Ses amours, le primitif, son voyage dans la forêt des lilas…

« Conda… Conda… »

Elle répète et répète encore. Elle décrit avec moult détails. Étienne et Justina ont l'impression d'avoir avec elle la tête sous l'oreiller. Le chaînon manquant ! Le chaînon manquant ! Étienne comprend l'évolution des espèces, l'évolution des grands singes et que les primates ont été une forme de pont entre les grands singes et l'homme, parce qu'à un moment précis, les esprits humains se sont incarnés dans leur corps enfin prêt à les recevoir, en remplacement des âmes animales de singes.

« Mais pourquoi « conda » ?… Ah oui, je sais ! Je sais !… Conda… pour nous, c'est anaconda, le gros boa qui peut avaler des proies immenses grâce à sa mâchoire désarticulée. Quand le primitif crie *conda*, d'après moi, il veut dire que les singes avalent les âmes de singes et, par la suite, les primates, puis les humains avalent des esprits humains, comme les gros serpents puissants avalent leurs proies. Il faut simplement comprendre la notion. Ce qu'il voulait transmettre c'est l'idée. Jeanne, tu es bénie !

— Je ne sais pas… mais je veux retourner dans la forêt.

— Fais une pause, n'en demande pas trop.

— Tu te rends compte, Justina ? Tant de querelles entre les évolutionnistes et les créationnistes, alors que tout se tient ! »

Justina est sans voix. Elle ressent la puissance du vent porteur de ces révélations.

« En tout cas, Jeanne, si cet homme est un Surma, et il semble qu'il en soit un, je te suggère de ne pas l'épouser s'il te demande en mariage, car leurs femmes ont la lèvre inférieure ornée d'un grand plateau. Je te montrerai ça sur Internet. Je ne sais pas comment elles font pour donner des bisous.

— Étienne, je n'ai jamais dit que je veux l'épouser ! »

Il l'a piqué au vif.

« Je ne te parlerai plus de mes rêves !

— Jeanne, tu entends à rire quand même !

— Oui… mais tu n'es pas très drôle !

— D'accord… d'accord… alors on efface… elles peuvent malgré tout donner des bisous.

— Étienne Ora, je te déteste !

— Mais non, tu ne me détestes pas, Jeanne. Ce jour est un grand jour ! Il faut fêter, chanter ! »

D'accord, mais dans la chambre, Justina est songeuse. Elle entend Neil traîner ses jambes dans l'escalier.

« En 1969, Florence a vu à Paris, au Théâtre de la Porte Saint-Martin, la comédie musicale *Hair*. À la fin de la représentation, elle a dansé sur la scène avec sa sœur Lydia.

— Elle ne me l'a pas dit.

— Peut-être, mais moi, elle me l'a dit. Elles faisaient partie d'un échange franco-québécois pour la jeunesse, en mime et expression corporelle et tout le groupe a été invité au théâtre. »

Le voilà qui court chercher sa guitare qu'il a laissée au salon. Neil vient d'y arriver et il est branché sur CNN comme sur un respirateur artificiel. Rapidement, Étienne s'exécute avec *Aquarius* et *Let the sunshine in*.

When the moon is in the seventh house
and Jupiter aligns with Mars
Then peace will guide the planets
and love will steer the stars...

Ça le fait rêver et, du rêve, on en a bien besoin, pense-t-il, quand on a traîné sa bosse en Irak et en Afghanistan pour CNN.

Pour les Afghans, les chants, les danses et instruments de musique sont prohibés. Adieu rossignols, pigeons et cailles. Oubliez que vous avez des ailes! On marque au fer, mutile, lapide sur la place publique. Les Afghans ont été jadis envahis par les troupes soviétiques. Maintenant, ils sont envahis par les fous de Dieu. Les envahisseurs ont déferlé sur ce pays pendant mille ans. Sont-ils revenus sous une identité nouvelle, autre vie, autres mœurs, déterrant les crânes de ceux qu'ils avaient jadis combattus? Une chose est certaine, dans cette nuit afghane, tu as rêvé de mandalas, devant la liste impossible de tous ces interdits auxquels on ne peut d'aucune façon se soustraire. Chante! Tu en as bien besoin. Appelle le soleil!

Let the sunshine
Let the sunshine in
The sunshine in...

Justina écoute cette chanson et elle veut laisser entrer le soleil dans son coeur et, le soleil, c'est l'amour. Elle pense à Édouard. Elle ne peut faire autrement que d'y penser.

Étienne, la musique t'émerveille et ces chansons ont sur toi l'effet d'une magnifique spirale, mais si elles te soulèvent, tu demeures songeur en pensant à Sylvia, la taupe, qui a tenté de voler la peinture sur soie. Il faudra redoubler de vigilance et... cette soie n'a certainement pas dit son dernier mot.

Étienne a parlé de Lydia, la sœur de Florence. Elle a reçu l'une des trois lettres que Pamplelune avait ajoutées à son testament. Elle vit à Vancouver depuis vingt ans. Elle est professeur d'éducation physique. Elle projette incessamment de revenir au Québec. Florence croit beaucoup à la thérapie par les voiles et, dans une lettre très spéciale où elle parle de sa vision des choses, elle demande à sa sœur, s'il lui arrivait de partir pour l'arrière-pays avant d'avoir pu faire connaître cette approche, de le faire en son nom. Cette démarche vise à utiliser les voiles non pour cacher ou travestir, mais pour affranchir et désenchaîner, ce qui permet d'influencer de façon positive l'activité du système immunitaire des femmes et de les libérer des tensions émotionnelles paroxystiques. Lydia est une personne très énergique. Elle a lu avec beaucoup d'intérêt le livre de Jane Fonda sur son programme de *workout* et s'est étourdie pendant quelques années avec sa kyrielle de vidéos. Treize ans à suer devant la télé, il fallait le faire! Mais, ô malheur, elle s'est fracturé une jambe en sautant en bas d'un trampoline. Il faudra donc attendre à l'année prochaine pour lancer sur *You Tube*, puis en travail de groupe, les voiles de la délivrance.

Chérine a appelé sa mère. Elle viendra pendant quelques jours jouer du violon au chevet de Neil, avant que la coupe du monde ne rafle tout sur son passage. Driss deviendra fou durant cette dix-septième coupe du monde de football et Neil… habituellement, le devient aussi, mais maintenant qu'il a reçu son numéro de matricule… Les Européens et le soccer, voilà un amour passionnel qui les rend carrément dingues. Retrouvera-t-on Driss accroché aux rideaux du salon, comme un gallinacé à la tête coupée? Dès qu'on parle de Zidane, il est hors contrôle. Cette coupe du monde se déroulera du 31 mai au 30 juin, en Corée du Sud et au Japon. L'épreuve réunira trente-deux équipes et trois sont qualifiées d'office, les deux organisateurs et la France, championne du monde en titre. Zizou, quand tu nous tiens, tu nous tiens bien!

* * *

Neil ne cesse de rendre dans les toilettes, tout ce que Driss, Micheline et Jeanne s'évertuent à préparer. Personne ne se doute qu'il soit devenu si bon acrobate au cirque de la cruauté. Le roselin pourpré dort toujours en petite boule dans une de ses poches de manteau. Éloïse l'a si bien dessiné. Il est semblable à un bruant trempé dans du jus de framboise. Neil, tu devrais au moins le regarder ! Sa couleur est si vive et sa volonté de vivre étonnante ! Qui pourrait déminer le terrain maudit sur lequel tu t'aventures, celui de l'autodestruction ? Tu réalises que la vie a largué beaucoup de bombes qui n'ont jamais explosé. Si elles explosent toutes en même temps, tu seras démembré à tout jamais ! Tends la main, fais quelque chose ! Le violon ferait certainement office de démineur… Il pourrait sonder les replis de ton âme.

Portée par l'inquiétude, malgré le dévouement et l'agitation de Driss, Chérine a insisté, sachant l'amour de son père pour le violon, pour transformer le salon pendant deux semaines en salle de concert.

« Il maigrit à vue d'œil, rongé par la peine, lança-t-elle un bon matin à Driss qui lui versait une infusion de menthe.

— C'est de la menthe fraîche. Je l'ai achetée hier au marché.

— Bien sûr, Driss… je sais que vous n'oseriez pas déshonorer la menthe… mais… je vous parle de mon père, qui se déshonore en ce moment.

— Il ne se déshonore pas, Chérine, il est en deuil ! »

Driss est toujours très protecteur face à Ghozali.

« Je ne crois pas qu'il le soit encore… en tout cas, s'il l'est, il est à l'orée du deuil, encore figé dans la colère.

— Il y a des milliers de variétés de menthes et dans toutes ces menthes, il n'y a qu'une seule substance qui nous éblouisse par son effet fraîcheur, c'est le menthol.

— Bien sûr, je sais. Mais je pense qu'elle n'a pas nécessairement la cote dans les pays nordiques.

— Tu crois ?

— Je pense… en tout cas, pas en hiver.

— On est au début mai.

— Pour moi, ça ne fait pas de différence, que m'importe la saison. C'est un souvenir toujours agréable de mon enfance.

— Parle-moi de l'Arabie saoudite.

— Je n'ai pas vraiment le goût de ça, ce matin.

— Je comprends.

— Je veux parler du *haboob*.

— Quoi, il y a eu une tempête au Sahara ? »

Driss gesticule dans la cuisine, vêtu de sa djellaba. Il a mauvaise haleine et les cheveux ébouriffés. On se demande quand il fera remplacer les trois dents qu'on a dû lui arracher à la mâchoire du haut, mortes au combat de la nicotine. Heureusement, il ne fume plus depuis qu'on a dû lui faire d'urgence un quadruple pontage. *Haboob* est un mot arabe qui veut dire phénomène. En réalité, c'est un mur de poussière pouvant excéder 914 mètres. Il peut atteindre quatre-vingts kilomètres/heure. C'est un véritable phénomène. Sa durée peut-être de trois heures et il remodèle la forme du terrain, particulièrement quand il vient du sud.

« Non, pas une tempête dans le désert, dans le cœur de mon père ! Le terrain sera remodelé à coup sûr, mais je ne sais pas si ça sera pour le mieux.

— Il faut lui laisser un peu de temps, il s'en remettra. Mais ce qui est sûr, c'est qu'il ne se rase plus et ça, dans le cas de Neil, ce n'est pas bon signe.

— Jusqu'à maintenant, il a perdu quinze kilos. Ça ne vous effraie pas ? Il fond à vue d'œil.

— C'est la peine qui le ronge.

— Oui, mais jusqu'à quand ? D'accord, il avait besoin d'en perdre un peu, mais s'il perd encore quinze kilos, il ne sera plus que l'ombre de lui-même.

— Pourtant, il a bon appétit.

— Il se reproche d'avoir laissé Florence aller seule sur le site du World Trade.

— Bien, qu'il arrête !

— Pas si fort… je vous rappelle qu'il dort dans le salon.

— Quelle drôle d'idée…

— Je veux inviter ma mère à jouer du violon pour lui, dans le salon. Je lui ai parlé, elle est disposée à le faire. Nous ferons aussi quelques duos. La beauté des sons est pour lui une nourriture.

— Et sans doute un remède.

— Oui, c'est surtout à ça que je pense. Il n'arrête pas de boire de la vodka.

— Je vais lui parler !

— Pas si fort…

— Je l'entends ronfler. Il s'endort toujours très tard devant la télé.

— Ma mère a appris le violon à l'âge de sept ans. Il a toujours été pour elle un merveilleux confident. Il aidera certainement mon père… à pleurer. Je l'espère… »

Elle pleure.

« Courage… *bettawfiiq*… »

Il lui dit quelque chose en arabe et lui prend la main.

« J'ai peur de le perdre. Si ça continue, il faudra l'hospitaliser.

— Il n'acceptera jamais ! J'en fais mon affaire, crois-moi, ça n'arrivera pas.

— J'aimerais vous croire. »

Ainsi donc, une semaine plus tard, Sylvie-Touria fut accueillie, rue Marlowe, avec beaucoup de discrétion, Neil n'étant pas au courant de sa venue. Elle logeait à l'hôtel et elle arriva un matin vers huit heures, sachant par Chérine qu'à cette heure, il dormait encore. Serait-elle entièrement voilée ? Porterait-elle l'abaya comme ce fut le cas lorsqu'elle émergea tel un personnage d'un livre de contes à Paris, dans le bureau de sa boutique, fin d'été 2000 ? Il ne voyait que ses yeux. « Je suis un souvenir : en 1969…

à Bagdad… », lui avait-elle dit. La voix était familière et les yeux verts ne pouvaient tromper.

« Sylvie ? »

Oui, c'était bien elle, Sylvie d'Astous, fille d'un austère bactériologiste de l'Organisation mondiale de la santé. Elle était originaire du Luxembourg, où elle avait vécu pendant tant d'années, cachée dans un violon. Elle avait si peur de son père… Elle venait vers lui, en personnage étonnant, en sirène de fusain d'Arabie saoudite, s'étant convertie à l'Islam trente et un ans plus tôt, par amour pour l'enfant qu'elle portait, mais aussi par peur de la condamnation paternelle. Elle avait épousé le fils du diplomate d'Arabie saoudite et avait changé de nom. Ils s'étaient envolés pour Riyad, au grand désespoir de ses parents. Elle avait dix-huit ans. Sylvie d'Astous était devenue Touria Yamani. Le père de Neil était médecin, celui de Sylvie, bactériologiste. Ils travaillaient tous deux pour l'Organisation mondiale de la santé. Ils avaient donc dû être présents en juillet 1969, à Bagdad, pour la signature du Règlement sanitaire international, un accord multilatéral non européen signé le 25 juillet de cette année-là. Neil était basané, rêveur, et lisait Proust. Sylvie était blonde et musicienne. Sous le croissant de lune, dans le mutisme des jardins, ils avaient fait l'amour, s'initiant l'un l'autre à la tendresse de l'âge enflammé. Cela fut doux, fulgurant et innocent… trop innocent. Neil avait quitté quelques semaines plus tard et Sylvie, désarmée, constata le retard de ses menstruations. La suite de l'histoire est quasiment classique.

Serait-elle donc vêtue de l'abaya ? Non. Elle était en deuil à sa première visite et, plus que jamais, elle voulait se noyer dans la noirceur du tissu. Depuis le décès de son mari, elle s'était graduellement affranchie de l'abaya et ne portait plus que le hijab. Mais ce matin-là, elle avait décidé d'être Sylvie, souhaitant que Neil se confie quelque peu.

À cinquante et un ans, elle était toujours d'une beauté artistique. Neil a toujours eu l'œil d'un connaisseur… Blonde aux yeux verts, ses cheveux sel et or étaient longs et son teint de porcelaine était un peu plus rosé que la dernière fois où, à sa demande, elle avait dévoilé son visage. Le noir l'avait fortement interpellée depuis son mariage. Ainsi, elle avait vécu dans les funèbres oubliettes de sa personnalité. Son unique port d'attache, à part son mari et ses enfants, avait été cependant son violon qui ne l'avait jamais quittée. Elle en avait même eu quelques autres en cadeau. Elle avait été une fourmi noire sur une pierre noire, dans la nuit noire, comme le précise un proverbe arabe. Mais un jour, elle en eut marre d'être une fourmi noire. À Paris, où elle habitait depuis quelques années à cause des études de Chérine et, par la suite de son travail à l'hôpital Cochin, elle demeurait maintenant près de la Seine. Elle se départit donc un soir de ce voilage qui lui donnait l'aspect d'un onyx et, sur les bords de ce cours d'eau légendaire, elle renoua avec le vent et la pluie. Elle n'avait plus le goût de cette deuxième peau. Elle ne voulait plus être l'ombre de la lumière. Elle s'était convertie à l'Islam par survie, s'était sentie plus interpellée par le soufisme que par l'islamisme pur et dur. Ce qui est dur est-il nécessairement pur ? Les poissons rouges lui apparaissaient maintenant comme des nez de clown dans un bocal. Elle décida de sourire de nouveau à la vie !

La voilà qui joue pour lui la *Méditation de Thaïs*. Chérine est assise dans le salon. Jeanne, Driss, Micheline et Étienne sont silencieux dans la cuisine. Édouard et Justina sont recueillis au bout du fil, amoureux... les yeux dans les yeux.

Neil entrouvre un œil. Il est surpris.

« Sylvie ? »

Est-il prisonnier d'un rêve inachevé ? Cette pièce de Massenet est si belle. Il écoute, ému, attendri, comme une pointe de résilience dans le regard, comme ces prisonniers des camps de concentration, portés certains jours par la musique des opéras de Wagner. Puis elle s'approche. Chérine essuie quelques larmes.

Sylvie s'agenouille près du fauteuil inclinable qui lui sert maintenant de lit.

« Non, reste couché… Chérine m'a demandé de venir jouer pour toi…

— Chérine… ma chérie…

— … parce que la musique peut te soigner. »

Chérine a un énorme sanglot qui palpite dans sa gorge.

« Mon bébé ! »

C'est la première fois qu'il a pour elle ce mot si affectueux.

« Sylvie… je suis très ému.

— Pendant deux semaines, je vais jouer pour toi, Debussy, Vivaldi, Fauré, Mozart, Beethoven.

— Sylvie, j'aimerais aussi entendre, si tu le connais, le concerto *The Butterfly Lovers*.

— Oui, je le connais. C'est de He Zhan-Hao et de Chen Gang… D'accord, je le jouerai pour toi. »

Cependant, au moment où elle lui dit qu'elle le jouera, elle a un mauvais pressentiment. Car ce concerto des amoureux papillons se termine par un terrible coup de tonnerre dans un cimetière où Ying-Tai supplie d'être unie dans la mort à Shan-Po. Un éclair entrouvre la tombe et Ying-Tai s'y engouffre, après quoi ils en ressortent tous deux, métamorphosés en papillons. Ce n'est pas de bon augure. Elle est venue vers lui pour l'aider à survivre malgré cette douleur immense du décès de Pamplelune. Pas pour l'aider à mourir ! Et c'est le père de son enfant… de son aînée. Elle le revoit dans les jardins de Bagdad, déjà amateur de musée. Par moments, elle est malgré elle touchée par ses yeux de velours, mais… ils sont porteurs d'une telle angoisse…

Tranquillement, au fil des jours, au fil de concertos et des rondos, ils font de nouveau connaissance.

« Pourquoi meure-t-on, Sylvie ?

— Pourquoi naît-on ? »

Il ne s'attendait pas à ce qu'elle le relance de cette façon.

« Peut-être pour découvrir la beauté, soupire-t-il, après un long moment d'hésitation.

— La découvrir et aussi devenir des artisans de cette beauté. C'est ce que te répond mon violon.

— Et c'est aussi ce que répondent les oiseaux.

— Qu'est-ce qu'il y a ? Tu es devenu tout pâle !

— Non… ça va… j'ai eu une petite douleur au ventre.

Vas-tu lui parler de l'Araignée ? Les oiseaux… Tu repenses au roselin pourpré enfermé dans la boulette de papier, Neil…

— C'est ce que répondent les fleurs, enfile-t-il.

— Et les insectes volants, ajoute-t-elle.

— Les montagnes, les cours d'eau, tant de sculptures et de peintures… »

Il sourit et Sylvie espère qu'il ne lui reparlera pas du concerto des amoureux papillons. Mais un jour, alors qu'il semble avoir repris de la vigueur, il lui demande de le jouer. Elle s'exécute donc, gardant pour elle le secret des papillons, espérant qu'il n'aura pas l'idée de se rendre au cimetière du Mont-Royal un jour d'orage. Il ferme les yeux, émerveillé.

Pendant ce temps, dans un espace où l'on ne peut se rendre qu'après avoir rendu son corps à la terre et s'être consacré à l'amour et à la beauté, Ogawa s'est coiffé d'un turban de voile, comme les hommes bleus du désert. Son visage est aussi voilé. Son corps est recouvert d'une longue tunique pour affronter la zone désertique et le pays des glaces. Florence a pu enfin communiquer avec Pax. Elle est allée à sa rencontre. En tant que parcelle d'intuition, il souffre, car la petite voix est souvent emmurée sous d'épaisses couches de rationalité. C'est le cerveau maintenant qui commande et l'être humain est devenu son esclave. Cet esclavage moderne est si présent, même dans les écoles, que le décrochage est une véritable plaie. Il a tenté d'être entendu par Neil. Il a soufflé à Éloïse l'idée de l'oiseau, de l'Araignée et de la boulette, mais Neil a résisté et résiste toujours. Pax constate avec terreur qu'il s'est lui-même livré à la gestapo. Pourquoi se mettre ainsi au pilori ? Florence est très inquiète. Elle se souvient de la lettre qu'elle a écrite à sa petite-fille et elle sait qu'elle veille sur lui. Mais il se cabre.

Ils quitteront donc cet endroit si merveilleux pour la zone des grisailles, où les couleurs n'auront plus d'éclat. Mais Florence connaît l'antidote pour survivre *dans le sérum de vérité, puis dans la vérité sans le sérum*. Du temps où elle avait ses yeux canins et, par la suite, lorsqu'elle perdit la vue, à chaque instant elle s'était reliée à la Force-Lumière, fermement, solidement. Les vents seront de plus en plus forts, de plus en plus froids, jusqu'au moment où ils affronteront les blizzards de glace, aux abords de la muraille : les vents de l'insensibilité. Puis, ils traverseront la muraille et iront – c'est le but de leur voyage – à la rencontre des nains de conscience. Florence voudrait tant qu'ils ne s'incarnent plus sur terre. Découvrira-t-elle les ponts qu'ils empruntent pour y parvenir ? Gaïa a maintenant des semences *terminator*. L'ingénierie génétique a réussi à produire des semences dont les fruits sont stériles, ce qui représente un réel danger pour la sécurité alimentaire des 1,4 milliards de personnes dont la survie dépend des semences de ferme. Beaucoup s'y opposent. Elle souhaiterait que ces nains portent en eux des *semences terminator*, qu'ils ne puissent plus porter fruit, influencer, déteindre sur, modifier le cours des choses. Il ne faut donc plus les accueillir ! Mais cela n'est pas toujours si simple, car les portes sont souvent grandes ouvertes et les fenêtres n'ont pas de rideaux. Il y a donc des attitudes, même des idéologies auxquelles Pax se confronte, qui lui apparaissent trop souvent, justement, comme des fenêtres sans rideaux. Quand on a connu, comme lui, la férocité et l'impassibilité des entrailles du nazisme, on est à l'affût de tout vivier où des courants destructeurs pourraient se développer. Ainsi, les Gothiques l'interpellent, avec leurs bracelets cloutés, leur vernis à ongle noir, leurs bagues à pointes et croix renversées, leurs posters sanguinolents, leur rock caverneux et terrifiant. Sur un dérivé morbide et satanique, ils sont affublés d'une tenue vestimentaire funèbre. Obsédés par les problèmes existentiels, ils hurlent les paroles de leurs chansons. Sombres, ils se disent athées et versent pour certains dans l'automutilation. Pax et les Pacis s'inquiètent du néonazisme qui se développe depuis le suicide d'Hitler en 1945 et la chute du troisième Reich, au point où certains voudraient «finir le travail» et d'autres encore nient qu'on ait développé à l'époque une politique génocidaire. Le parfum du sang, pourtant, ne peut en rien être confondu à celui du jasmin!

Dans la zone désertique où le gris de nouveau l'interpelle, elle va à la rencontre des suicidés. C'était son souhait. Pourquoi poser un tel geste et libérer ainsi son âme avant le terme du voyage? Mais elle sait que le geste de l'un est souvent alimenté de la froideur, du rejet et de l'incompréhension de plusieurs. La force des centrales de pensées momifie, si on s'y relie poussé par ceux qui s'en lavent les mains. Le fruit n'étant pas mûr, plusieurs de ces âmes s'étaient détachées très lentement de leur corps après leur décès et avaient ainsi souffert de la lente pourriture de leur chair.

«J'aurais préféré être incinéré! lui lança un homme, roulé en boule comme un fœtus. La destruction de mon corps par le feu aurait été horrible, mais moins que cette lente pourriture. »

Ogawa chanta pour l'*homme-fœtus*. Kinu lui donna un pétale de fleur de lotus, lui expliquant que cette fleur est un symbole de sagesse et qu'elle fleurit au-dessus de l'eau, dans les étangs. Elle l'invita à espérer des jours meilleurs, à reconnaître ses torts et à marcher vers un endroit plus lumineux. Florence perçut qu'il portait la double carapace de l'*escargot-porno*. Il avait vendu son corps pour se piquer à l'héroïne, achetée avec son triste pognon. Elle dessina un mandala autour de lui et lui parla de la centrale du courage. Près de lui était un escargot des villes, un homme d'affaires puissant qui avait perdu toute sa fortune lors du crash de la bourse, en 1929. Pire encore, il avait vendu son âme pour des radis et s'était jeté en bas d'un pont. Il rageait comme un fauve. Inutile de l'approcher. Ainsi, ils rencontrèrent beaucoup de suicidés. Les vents devenaient de plus en plus froids, comme le *knik*, que l'on retrouve en Patagonie, en Sibérie et sur les côtes de la Terre de Feu ; soufflant souvent à plus de cent dix nœuds à l'heure. On l'appelle aussi *matanuska, pruga, stikine, takn, take*, etc. Mais peu importe le nom, il ne réchauffe jamais celui qui s'y frotte.

Les mains invisibles leur montrèrent alors des êtres lumineux visitant souvent ces régions. Comme des étoiles, ils éclairent ceux qui souffrent. Ils ont pour eux une réelle compassion, car ils ont jadis vécu la déchéance. Ils les invitent à s'arracher aux sables mouvants de la révolte, de la rancœur et de la destruction, à quitter ces marais nauséabonds.

* * *

Avant que Sylvie ne quitte pour Paris, Neil lui a demandé si elle voulait l'accompagner à Florence.

« T'accompagner ?

— Oui, je veux aller aux Offices de Florence, me recueillir devant *Le printemps* de Botticelli. Je dois le faire. C'est vital pour moi.

« *Ou mortel*, pense-t-elle, *peut-être que là, le tombeau s'entrouvrira* ». Elle l'imagine mourir d'une crise cardiaque devant *La Vénus* de la toile sous la voûte de branches d'oranger.

— Florence a tant aimé cette peinture. Elle ne pourra résister. Elle sera aspirée. Elle viendra à ma rencontre. Je voudrais seulement lui tendre la main, une dernière fois.

— Et quand veux-tu t'y rendre ?

— Début juillet, pour deux semaines. Évidemment je t'invite, Sylvie. »

Elle ne veut le décevoir. Elle lutte intérieurement car les instants amoureux de Bagdad refont surface.

« D'accord, je veux bien.

— Et s'il te plaît, apporte ton violon.

— On se rencontrera là-bas ?

— Non, à l'aéroport de Gaulle et, de là, on filera vers Firenze.

— J'espère que tu auras la force de t'y rendre.

— Je l'aurai ! »

Jeanne, bien sûr, a tout entendu et elle en parle à qui veut l'entendre. Comment pourrait-il se rendre là-bas tout seul pour la rejoindre ? Il traîne déjà de la patte ! Driss s'oppose à ce périple. Étienne dit que ça lui fera du bien. Chérine est toute émue par ce voyage que feront ses parents. Justina se dit qu'au moins, il vivra d'espoir. Édouard veut le protéger. Il réussit tranquillement à le convaincre qu'il serait plus prudent qu'il les accompagne, avec Justina. Il accepte finalement.

Étienne s'apprête à quitter. Il a pris beaucoup de photos en noir et blanc, au cours de son séjour, toujours aussi obnubilé par les jeux d'ombre et de lumière. Il a photographié Éloïse en train de peindre ses toiles. Elle lui a parlé de l'oiseau dans la boulette. Il a convaincu Édouard de manger, à l'avenir, de la pizza sans pepperoni. Jeanne ne lui en veut pas, même s'il a ri d'une demande en mariage qu'elle n'a jamais eue. Elle pense finalement qu'elle s'est endormie un court instant devant la toile. Sa rencontre avec l'*homme-tableau* n'était qu'un rêve… mais un vrai rêve. Elle craint pour l'instant de retourner dans la forêt des lilas. Elle attend que la tortue lui fasse signe.

* * *

Justina est habitée par la réalité des *femmes-tournesols*. Elle a en sa possession un texte écrit par Florence. Étienne a décidé de consacrer son premier film à cette cause. L'expression bien sûr intrigue. Ces femmes ont l'effervescence des tournesols de la célèbre toile peinte par Van Gogh en 1888. L'effervescence, mais aussi la fébrilité. Florence était très intriguée par Van Gogh qui avait commencé à peindre à 28 ans, après avoir interrompu ses études de théologie, Il avait écrit dans une de ses lettres : « J'ai des moments de redoutable lucidité, la nature est si belle en ces jours que je sors de moi-même et que l'image naît comme dans un rêve ». Il avait sans doute un don particulier de perception. Dans sa *Nuit étoilée (cyprès et village)* (1889) conservée au Metropolitan Museum de New York, derrière un cyprès qui s'élève dans le ciel nocturne, autour des lumières tournoyantes de la lune et des étoiles, on perçoit des tourbillons cosmiques. Florence les apparentait même aux lianes magnifiques de l'arrière-pays, superbes et brillantes, traversant des canaux pour rejoindre la matérialité. Elles étaient semblables à celles qu'elle avait saisies au-dessus de la Roche des Fées, surplombant la vallée de la haute Dordogne. Elles étaient longues et déployées depuis les hauteurs cosmogoniques. Voici le texte en question :

Les femmes-tournesols

Une substance jaune et mordorée comme les pétales de tournesols, pigmente certains jours le sang et le cerveau de ces femmes, engorgeant leurs seins et exacerbant leurs émotions. Il s'agit, je le sais, de l'œstrogène, hormonale et dynamique, mais aussi polluante et perturbatrice.

Je suis impressionnée par la souffrance des femmes-tournesols. Je me mets au défi de comprendre la nature véritable de ces pigments jaunes, entachant leur vie. Les suicides sont sept fois plus nombreux chez les femmes-tournesols. Dans les trois jours qui précèdent leurs menstruations, elles peuvent avoir des sautes d'humeur incontrôlables, souffrir d'une anxiété maladive, de maux de tête, d'hypersensibilité et de morosité. Certaines femmes *veulent disparaître. Elles ne savent pas de quelle façon… mais elles le veulent. Elles ne se reconnaissent plus. Pour dix pour cent des femmes-tournesols, ce cauchemar peut durer de une à deux semaines par mois. En cinquante ans, le «syndrome poético-martial* » s'est nettement accentué. Le ciel hormonal s'est troublé. La puberté, suite aux effets stimulants de la lumière artificielle, à l'alimentation grasse et sucrée et à la présence de xéno-oestrogènes dans l'environnement, a devancé son entrée. On rencontre de jeunes tournesols de neuf, dix et onze ans. Sur l'ensemble de la vie d'une femme, les ovulations sont passées de cent cinquante à quatre cents. Depuis plus d'une dizaine d'année, on a ajouté en annexe dans la « bible des perturbations mentales » à l'usage des psychiatres, cette dysfonction émotive. Les sociétés modernes ont de plus en plus recours à des remèdes chimiques pour soulager… ou masquer la souffrance psychologique et sociale, modifiant ainsi artificiellement l'humeur et la conscience, sans comprendre le mal de l'âme et… les facteurs physiques catalysant la détresse. On ne peut plus minimiser l'action de ces pigments jaunes ! Une sorte de noyau niché au cœur du cerveau est responsable de cette avalanche hormonale. Ce noyau, l'hypophyse, est de moins en moins résistant. On ne sait pour quelle raison, il répond aux agressions de toutes sortes et à la course à la performance, en s'agitant comme un colibri affamé, lançant des messages au ventre des femmes qui alors produisent sans mesure des pigments jaunes qui, à toute allure, se déposent aux endroits de prédilection. Il faut s'assurer d'un équilibre entre les pigments jaunes et… les pigments bleus. La substance bleutée apporte la froideur et l'apaisement. On dirait de microscopiques vitraux de lumière, de petits bateaux capturant l'azur. À l'instar des pigments jaunes, les pigments bleus, appelés aussi progestérone, sont issus des profondeurs utérines. Ils sont*

---

* C'est ainsi que Florence nomme le SPM (syndrome prémenstruel), amplifié par la carence d'art et de poésie dans un monde où règnent les forces du conflit et de l'agression. Ce qui perturbe les glandes et leurs sécrétions.

*porteurs de calme, de détente, de relaxation. Ils favorisent le som-
meil et sont antidépresseurs. Le déséquilibre des pigments jaunes
et des pigments bleus est source de conflits et de reflux de souvenirs douloureux. Il déclenche par moments de véritables attaques
de panique et d'anxiété.*

Étienne fera son film. Il l'a décidé. Il sera en noir et blanc. Mais
les femmes-tournesols et leurs pigments seront colorés : citron,
chamois, doré, jonquille… et on percevra les pigments azurés :
lapis-lazuli, myosotis, saphir, pervenche… Le ton sera philosophique, poétique, gynécologique. Justina est elle-même une
femme-tournesol. Les pigments oestrogéniques ont envahi son
corps à cause de l'agression incestueuse qu'elle a subie pendant
de nombreuses années. Elle sera une des voix hors champ, un
phare dans la nuit hormonale. Et Chérine, une gynécologue
conscientisée à ce mélodrame.

Lorsque Florence avait rencontré Justina à Milan, alors que
son corps était en perte de vitesse, ployant sous le poids de cette
avalanche, elle lui avait donné sa montre aux tournesols de Van
Gogh dont Neil lui avait fait cadeau. Elle l'avait conscientisée à
cette réalité et fait le lien entre ses émotions funestes et son
état.

* * *

Mais voilà que Zizou va bientôt entrer dans le salon. Du 31 mai
au 30 juin, ne l'oublions pas, le salon sera un véritable champ de
soccer. C'est la *Coupe du Monde 2002 de la FIFA Corée du Sud/
Japon*, la dix-septième, et si Neil s'était remis à manger quatre
toasts par jour durant les deux semaines où Sylvie avait auréolé
la pièce de modulations si merveilleuses – tout en continuant de
boire sa vodka –, il revint à deux toasts par jour dès le premier
match, car Driss est devenu fou à lier. Zidane est son joueur
fétiche. Il a été classé meilleur joueur mondial de l'année par la

FIFA en 1998 et en 2000, et ballon d'or en 1998! Né à Marseille, il est cependant issu d'une famille algérienne kabyle, ce qui fait la fierté de Neil.

La tempête est dans le salon, car l'équipe de France est éliminée dès le premier tour, sans avoir gagné un match ni marqué un seul but. Quelle honte! Driss ne l'accepte pas et il avale une kyrielle de pâtisseries au miel! Zizou, Zidane, il devait le faire vibrer et lui faire oublier le World Trade et tout ce qui y était relié. Il n'a pas rempli la mission qu'il lui avait confiée. L'Argentine et le Portugal se feront aussi éliminer au premier tour, de manière aussi surprenante. Par ailleurs, cette coupe du monde verra l'émergence de nations africaines et asiatiques, comme le Sénégal, la Corée du Sud, et le but le plus rapide de son histoire. Driss se rabat sur tout ce qui bouge et Jeanne ne comprend pas qu'on perde à ce point la tête à cause d'un ballon. Le voilà qui crie: «Ronaldo! Ronaldo!» Ça y est, il s'est trouvé un autre super-héros dans l'équipe du Brésil, avec huit buts inscrits. Mais la compétition a été entachée par un nombre important d'erreurs d'arbitrage. Neil n'est plus dans le coup. Il le regarde s'énerver et bouffer des pâtisseries avec un certain haut-le-coeur. Il n'est déjà plus là. Il pense à son voyage à Firenze. Il n'aspire plus qu'à tenir la main de Florence dans la sienne, dans un état de grâce, devant ou à travers la toile de Botticelli. Du deuxième étage, il appelle Sylvie et réserve des billets. Il va dans la chambre et dépose sur son cou quelques gouttes d'un des parfums d'Amira… *Shalimar*, pour lui, le nec plus ultra de tous les parfums orientaux. La senteur est tragique, sur fond de souvenir heureux. Les parfums sont quelquefois plus dramatiques qu'on ne le pense… Il lui semble qu'elle est là, dans son cou; tendre et abandonnée. «Princesse, pourquoi m'as-tu quitté?» questionne-t-il, consterné. Et le parfum *Sensible*, Neil tu le boudes? Tu lui fais la moue? Il te rappelle bien sûr de tristes moments. Au lancement à l'Hôtel Negresco, sous le regard attendri de Clara et Francesca et dans l'aura resplendissante de Kinu, la reine des musées, Florence a célébré la sensibilité qu'il faut protéger. Mais elle avait perdu la vue et toi, tu ne comprenais pas comment l'agresseur avait pu néantiser à ce point ses prunelles de soleil. Depuis la date fatidique, tu fuis cette fragrance. Mais il fait malgré tout son chemin. Va te coucher, dans le fauteuil du condamné. Demain est un autre jour.

VI

Le lendemain matin, fin d'après midi…

« *Je ne t'ai pas quitté… mon cœur s'est arrêté*, entend-il en lui-même. *Le mien aurait dû s'arrêter au même moment* », pense-t-il alors. Mais il s'est arrêté. Tu n'es plus que l'ombre de toi-même ! Il tient sa tête entre ses mains. Des images de toiles se juxtaposent. *La peste* de Gaetano Zumbo, juste image de tous ces morts qui le hantent, et *Le Blessé* de Gert Wollheim, le ventre entrouvert, les tripes sorties et saignantes… demeure de l'Araignée à crochet et venin.

« Aah !… Aah ! *Il pousse le cri du condamné à mort du haut de l'escalier.* Driss, j'en ai marre de tes pâtisseries ! Arrête de râler devant la Coupe du Monde ! Je veux aller au Musée des beaux-arts ! »

Driss n'est pas sûr qu'il a bien entendu. D'ailleurs, il est un peu sourd d'une oreille.

« Comment ? Comme ça, cet après-midi ?

— J'en ai marre de ta Coupe du Monde ! Ça fait trois semaines que tu tourbillonnes dans le salon !

— Comment, tu en as marre de ma Coupe du Monde ? C'est aussi la tienne !

— Ce n'est plus la mienne. Zidane m'a déçu !

— Alors, monsieur coupe les ponts. Monsieur est devenu le roi de l'intransigeance !

— Ah bon, parce que j'ai le cul sur un trône ! D'accord, je l'ai. Alors je t'ordonne de venir avec moi immédiatement au Musée des beaux-arts.

— Tu n'as pas besoin d'ordonner, Ghozali. Il me semble que nous sommes amis. »

Jeanne s'est arrêtée net de préparer la crème de pois verts.

« Monsieur Neil, vous êtes vraiment à bout de nerfs. Je ne sais plus quoi faire avec vous.

— Tu n'as rien à faire avec moi, Jeanne. Je ne suis pas ton bébé !

— Vous n'êtes pas mon bébé, mais vous avez besoin d'aide, ça crève les yeux. Regardez-vous dans le miroir ! Bientôt, vous allez perdre vos pantalons et vous avez déjà les joues d'un chat errant.

— D'un chat errant ?

— Oui, qui n'a pas mangé depuis des lunes !

— Pourquoi aller au Musée des beaux-arts ? »

Driss a déjà son manteau sur le dos.

« Pour retrouver Florence. »

Driss penche la tête vers l'avant et le regarde fixement.

« En tout cas, son souvenir…

— Je préfère.

— J'ai arpenté beaucoup de musées avec Florence. Et celui de la rue Sherbrooke était notre musée. Je veux revoir la collection d'art baroque, les impressionnistes, l'art contemporain. »

Au fond de lui, il espère pleurer devant la *Jeune fille au chapeau* de Renoir, d'où avait émané divers messages relatifs à la candeur, près de son cercueil, dans une des salles du pavillon Liliane et David M. Stewart du musée où ses funérailles poétiques avaient été célébrées. Au moins pleurer, mais cela était aussi improbable que de voir une oasis émerger brusquement d'un désert après une rude tempête de sable.

Driss l'emmène donc et, devant la *Jeune fille au chapeau*, il est livide.

« Lâche ton cumin, mon frère. Vas-y, pleure… »

Driss voudrait tant que l'instinct de mort le quitte.

« Va à la mosquée.

— À la mosquée ! Je ne vais ni à la mosquée, ni à l'église depuis des années. Si tu vas à la mosquée et tu fais le ramadan, ce n'est pas mon cas, tu le sais.

— Il n'y a pas de honte à le faire.

— Quand le cœur nous en dit. Moi, ce qui m'interpelle, c'est la beauté. Toutes les religions ont favorisé le développement de la beauté en encourageant le dialogue des artistes avec la mort. Il en est résulté des œuvres superbes : des tableaux, des sculptures, des musiques, des chants, des édifices. Les mosquées, les cathédrales, les synagogues, les temples japonais, hindouistes, bouddhistes, les lieux de pèlerinage, les petites églises, les cimetières… ces œuvres d'art pour moi sont des prières.

— Alors relie-toi plus que jamais à la beauté !

— Voilà le problème… maintenant la laideur m'attire comme un aimant puissant. J'ai le goût de rire avec le virus de la peste et de danser avec les lépreux.

— Les lépreux ne dansent pas.

— Je suis un ongle incarné !

— Prends des antidépresseurs !

— Les pilules du bonheur ! Bientôt, on va en donner aux bien portants pour prévenir les fluctuations d'humeur. On vivra dans une société masquée où le sourire ne sera que le fruit d'une réaction chimique !

— Prends-toi en main, fais quelque chose. Ta fille, Chérine, est aux abois, au point où elle nous a tous convaincus de changer pendant deux semaines le salon en salle de concert. Sa mère s'est épuisée à jouer du violon pour toi. Justina m'a confié qu'elle a même vu la carapace qui te retient prisonnier !

— Peu importe… je peux encore sortir la tête et agiter mes antennes.

— Tu joues avec le feu, Neil. Ça te perdra d'être devenu un escargot.

— Tous ces décès ont finalement réveillé mon instinct de mort. »

Driss est en sueur devant la *Jeune fille au chapeau*.

« J'ai enfoui pendant des années mes tourments, mes déchirures. Le passage est devenu très étroit. Avec Florence, tout était si merveilleux.

— Ta fille dit que tu te déshonores.

— Peut-être… Il faudrait que je sauve l'honneur… que j'arrête de tuer mon image. »

Il perçoit l'espace d'un instant qu'avec son rikiki et tout ce qu'il déverse dans les toilettes chaque fois qu'il se plante les doigts dans la gorge, il s'automutile. Audodestruction… autodestruction… voilà ce que tu mérites. Des ombres sont autour de lui. Les ombres des amis et des gens de la famille décédés lors de la guerre d'Algérie.

« Ce soir, on mangera des *felfels*. Jeanne a déjà mis les poivrons au four.

— Driss, je me fous des poivrons. Dans une semaine, je pars pour Firenze. Je rencontre Sylvie à Charles de Gaulle. Nous avons déjà nos places avec Air Italia.

— Tu n'as pas changé d'idée ?

— Non… je veux ouvrir mon cœur devant *Le printemps* de Botticelli et toucher pour une dernière fois à la main de Florence.

— Parce que tu toucheras à sa main ?

— Oui… je n'ai même pas pu lui dire adieu.

— Si tu veux te déchirer le cœur.

— …

— Alors n'oublie pas qu'Édouard et Justina seront aussi du voyage. Nous en avons déjà parlé, Neil. Tu ne peux pas voyager seul. Sois au moins raisonnable. Ils ont des tas de *points voyage* sur leurs cartes de crédit.

— D'accord… d'accord… je serai raisonnable. »

Tout pour s'y rendre… Il est persuadé qu'alors, il aura des perceptions extrasensorielles.

Justina espère que Florence sera au rendez-vous. Driss et Micheline s'en retournent au lac Beauport, mais Driss n'est pas rassuré et Micheline a deviné que Neil vomit ses repas dans les toilettes.

Étienne dit qu'il est aux prises avec une profonde angoisse métaphysique, une angoisse existentielle, un peu comme si le néant mordait son âme. Pourquoi meure-t-on ? Pourquoi naît-on ? Émerge-t-on du vide pour y retourner ? Pourtant Florence traversait la *porte des hiboux* et, une nuit… il l'a prise dans ses bras. Pourquoi lui tendre de nouveau la main ? Il veut consciemment boucler la boucle. Elle aura sans doute un message. Étienne est persuadé que l'angoisse existentielle peut être une lucarne. Neil croit aux dons et aux signes. Il n'est pas athée, mais comme le disait Teilhard de Chardin, il souffre de « théisme insatisfait » et Florence voyage dans l'arrière-pays, alors…

Édouard s'est occupé de réserver les billets et d'avertir ses enfants de son départ, ainsi que leurs mères, car il les a eus de deux conjointes différentes.

Le printemps est un des tableaux mythologiques les plus mystérieux de tout le xve siècle. Justina le connaît et l'observe dans les livres d'histoire de l'art que Neil lui a prêtés. Une telle grâce y est présente ! Les fruits d'or et les fleurs l'enchantent. Elle voudrait en faire des paniers et des bouquets et offrir cette nourriture artistique au blessé de la vie. Il y a sept mille ans, l'homme a découvert l'or. Depuis, l'amour, la guerre, la royauté, l'art et les religions, de diverses façons se le sont approprié. Elle dépose en pensée des fleurs dans son monde de noirceur. Enfant, l'été, elle les a apprivoisées avec sa mère, dans le grand jardin familial.

Elle dépose des campanules, des centaurées, des chrysanthèmes, des œillets et beaucoup de roses. Elle est touchée par cet homme endeuillé. Au moins qu'il puisse effleurer ne serait-ce qu'un doigt de la main de Pamplelune ! Il pourrait enfin, satisfait, s'extirper de l'obscurité. Elle connaît Firenze, quel Italien ne connaît pas cette ville mythique ? Elle lui propose donc, avant de rencontrer Florence, de se laisser imprégner des coloris des vitraux de la cathédrale Santa Maria del Fiore. Puis, elle a l'idée de lui faire entendre un concert de vases de cristal. La vibration du cristal… le son qui émane d'un simple coup d'index sur une coupe de cristal nous convainc de sa pureté. Lors de sa thérapie, elle était enveloppée de la vibration de ces vases de cristal, tous les soirs, grâce à la magie d'un CD. On les utilise maintenant pour détendre, apaiser. À Firenze, une femme sculpte le cristal et fait entendre le son de ces vases qui favorisent l'élimination des déséquilibres fonctionnels et réconfortent. Ainsi, il sera mieux préparé pour vivre cet instant magique dont il rêve, ne serait-ce que pour faire ses adieux.

Il a mangé quatre toasts par jour tous les matins, pendant la semaine qui a précédé le grand départ. De l'aéroport Trudeau à l'aéroport Charles de Gaulle, la vodka est cependant toujours au rendez-vous, ainsi que les discussions avec Édouard.

« L'artiste et le terroriste ont de nombreux points communs. »

Édouard réfléchit et le relance sur-le-champ.

« Eh bien, je dirais que les deux ont besoin d'un public et qu'ils veulent présenter au monde leur vérité.

— Oui… les terroristes utilisent même des stratégies esthétiques pour transmettre leurs messages. On m'a parlé de kamikazes qui se sont emparés d'un théâtre, pour jouer sur scène leur scénario de prise d'otages.

— Les militants deviennent réalisateurs de courts métrages. Entre leurs mains, les enregistrements d'exécutions sont des armes redoutables.

— Mais souviens-toi, Édouard, qu'il y a aura toujours entre eux une différence notoire. »

Oui, Édouard, la violence des terroristes clôt le débat. L'art ouvre le débat, interpelle. Et tu le sais d'autant plus que depuis quelque temps déjà, tu t'es senti appelé par l'art de la scène. Être comédien était pour toi un rêve. Tu es si heureux lors des ateliers d'improvisation.

Justina est silencieuse. Elle tient la main d'Édouard, si heureuse d'avoir rencontré cet homme qui se bat pour sauver la beauté du monde et démasquer ce qui s'agite sous les apparences.

À l'aéroport, Sylvie est au rendez-vous, avec son violon, un peu penaude, car une fausse rumeur rôde autour d'elle depuis qu'elle a décidé de ne plus s'envelopper de voiles noirs. Elle a vendu son âme à l'Occident !

« Rien n'est vrai de tout cela, Neil. Je n'ai pas vendu mon âme à l'Occident, pas plus qu'au Moyen-Orient.

— Ne reste pas muselée, réagit !

— À quoi bon, les gens n'ont pas vraiment d'opinion. Ils ont des émotions !

— Je vais vous dire une chose, Sylvie. Le capitalisme est né lorsque les hommes se sont aperçus qu'il était plus profitable d'exploiter son prochain que de le manger. On exploite même les gestes et les prises de conscience ! »

Édouard a la réplique incisive. Rien ne lui échappe. Il la remercie d'avoir apporté son violon.

« La musique est une grande consolatrice.

— Et aussi les chants d'oiseaux ! »

Neil est surpris d'entendre Justina parler du chant des oiseaux.

Où est la boulette de papier porteuse de l'antidote merveilleux ? Il devait l'utiliser pour mettre fin aux jours de l'Araignée. Mais il ne l'a pas fait. Par deux fois, Éloïse l'a pourtant averti et elle en a parlé avec Étienne qui l'a de nouveau relancé.

Il a oublié la boulette de papier dans son manteau d'hiver et Jeanne ira sans doute le porter pour le faire nettoyer.

Justina n'arrête pas.

« ... et plus encore, quand on les observe déployer leurs ailes dans le ciel, ils nous rappellent cet élan intérieur si merveilleux, cette aspiration vers le bon, le beau, le noble, l'humanitaire, qui ne devrait jamais nous quitter.

— Oui, Florence était une kamikaze du don de soi. »

Le ton de Neil est presque cinglant. Mais, « vallée de la rivière », si tu ne laissais pas stagner tes eaux comme bien d'autres qui perdent leur temps et désirent le désir, il y aurait moins de ces kamikazes, de ces « petits oiseaux qui tiennent le ciel » pour que le bien émerge coûte que coûte !

Justina ressent que ses yeux *galiléens* vont se déployer de nouveau.

« J'ai toujours eu l'impression, en voyant les oiseaux, que nous sommes nous-mêmes des oiseaux migrateurs. Nous venons d'ailleurs et notre âme, notre esprit, aspire à y retourner. Sous les vitraux, cette aspiration est ardente, vous verrez !

— Édouard, tu devrais emmener Justina à cap Tourmente au printemps prochain, assister à l'atterrissage des oies des neiges.

— Je m'intéresse plus à l'envol qu'à l'atterrissage.

— Bien... alors tu pourras voir leur envol à l'automne.

— Il faudra aussi écouter le chant du rouge-gorge, le merle d'Amérique, ma chérie. Au printemps, c'est une véritable sentinelle à plumes qui lance inlassablement ses appels à l'amour.

— Tu es mon rouge-gorge...

— Hum... quel beau mot d'amour, Édouard, je suis jaloux. »

Neil rit, ce qui est rare dans son cas par les temps qui courent. Justina le regarde et un funeste frisson parcourt son corps. Elle le voit comme un oiseau, un coucou gris dans un œuf, dans un nid qui n'est pas le sien. Ainsi s'inscrit le destin de ces coucous gris. Autour, l'atmosphère est carbonisée. Un drapeau noir flotte, symbole d'anarchisme ou de piraterie. Elle garde pour elle les sombres images. Depuis quelques heures, elle a déposé, en pensée, moins de fleurs autour de l'endeuillé. Elle voudrait qu'il soit un pélican blanc d'Afrique ou, mieux encore, un albatros à sourcils noirs. Ainsi, il planerait dans les courants ascendants du vent. Il pourrait même se métamorphoser en cygne chanteur, qui sait? Oui, qui sait? Le vent pour l'instant est muet.

Il est muet car Florence avance à pas feutrés. La muraille de glace est en vue. Il fait froid. Elle a affronté, avec Kinu et Ogawa, les blizzards de glace: les vents de l'insensibilité, violents et réducteurs de visibilité. Ces courants sont porteurs d'attitudes hautaines et hostiles, sévères et austères, dédaigneuses et desséchées, impitoyables et implacables. L'indifférence les accompagne, l'antipathie, la bouderie. On ne peut y résister que de l'intérieur. Autour d'eux, on gémit, on se traîne. Le radeau de la méduse a coulé. La voile n'est plus gonflée. Les silhouettes sont dramatiques. Les visages traduisent l'agonie. La muraille est immense. Au-delà, c'est le monde polaire. Cette fortification est une démarcation. Là sont les nains de conscience. La terre a porté et porte encore de nombreuses murailles: de Chine, de Constantinople, de Jéricho, les murailles romaines de Lugo. On parle aussi du Grand Mur en astronomie, situé à deux cent millions d'années-lumière et mesurant plus de cinq cent millions d'années-lumière d'épaisseur. On dit que son agencement crée une illusion d'optique faisant croire qu'il est plus titanesque qu'il ne l'est en réalité. Mais la muraille de glace est un rempart gigantesque qu'on ne peut traverser que porté par sa propre fluidité ou par affinité. Elle porte en elle l'absence d'étincelle, l'inconscience du monde, « l'œil pour œil », ce qui fait que, comme le disait Gandhi, « le monde entier est aveugle ». Au-delà, la haine l'emporte plus que jamais sur l'amour, le mensonge sur la vérité, l'agressivité sur la tolérance et pourtant, l'amour est la plus grande force qui soit! C'est le règne de l'agressivité, de la violence à outrance, des représailles, de la torture, du sang versé. Il y a eu tant de guerres dans le monde. On dit que l'homme porte en lui-même l'instinct de la scission et pourtant, il devrait porter celui du pont! C'est ce que l'on s'est toujours acharné à détruire en temps de guerre… les ponts. Pamplelune, es-tu sûre de vouloir la traverser, cette muraille? Bien sûr, tu l'es. Tu veux voir de près ces nains de conscience qui te poursuivent depuis tant de vies! Ces nabots sont si déchus que l'étincelle spirituelle qu'ils portent en eux, n'éclaire plus leur chemin, leur vision des choses. Ils ont vécu de façon tellement brutale qu'ils s'apparentent maintenant à des bêtes sauvages. Les bêtes sauvages tuent par survie, par nécessité. Eux, ils tuent pour affirmer leur pouvoir, pour éviter qu'on ne les contredise, pour rabaisser ce qui voudrait s'élever. Leurs yeux ne traduisent pas la bonté, mais la ruse. Il y aura eu, semble-t-il, en date de 1950, trois cent vingt-trois années de paix en trois mille huit cent soixante-quinze ans. Les guerres et combats de toutes sortes ne sont-ils pas l'expression de la Force pourprée déviée vers l'obscurité? Elle est neutre en soi et le libre arbitre permet donc qu'elle soit utilisée pour construire ou anéantir. Florence n'a pas peur, le bouquet de fleurs de la paix incrustée en elle illumine son chemin. Elle voit le chaos au-delà de la muraille et l'apparence des nabots. Ils ont porté au paroxysme le nanisme de l'esprit. Leur corps est courbé comme les sorciers des contes maléfiques. Ils ont de longues griffes comme les serres des oiseaux de proie. Ils hurlent et grognent et ne cessent de se combattre mutuellement. Peu importe leurs blessures, ils ne meurent jamais. Ils goûtent ainsi sans relâche à leur propre médecine. Mais qui sont-ils? Qui ont-ils été sur terre? Elle voudrait se recueillir avant de traverser. Ogawa la regarde, attendri.

« Je serai toujours avec toi *Oujo Chica*. Où que tu ailles. Car je sais que tu veux comprendre, pour aider et protéger.

— Pourquoi reviennent-ils toujours sur terre?

— Parce qu'on les accueille.

— Pourquoi m'ont-ils combattue ?

— Parce que tu élèves les âmes et arraches les chaînes !

— Florence, le paon, souvenez-vous, est le symbole de la beauté qu'on veut libérer, en tout être et toute chose. Le tyran de tout acabit n'aime pas celui qui respire, car il veut respirer à sa place, lui dicter ce qu'il doit dire et penser, la nature de ses activités. Il déteste la mobilité intérieure. Nous aurons, au-delà de cette muraille, une grande surprise, je le sais, en découvrant l'identité ou les multiples identités de plusieurs de ces nains.

Kinu parle, la main posée sur la fleur de lotus. Ogawa touche à la rose qu'il a cueillie. Emblème de la beauté, elle a commencé à fasciner l'homme il y a plusieurs milliers d'années déjà, pense-t-il. Et c'est en Perse que fut distillée la première huile essentielle de rose.

— L'homme ne perd sa liberté que par faiblesse. Ces nains n'ont nulle chaîne. Oujo Chica, je veux voir tes yeux.

Florence le regarde, mais elle ressent que l'amour est dans les siens. Elle le revoit rire dans le soleil, dans l'île de Miyajima, près d'Hiroshima. Elle le revoit pleurer près de son corps qu'on a retiré du puits.

— Quand tu auras vu ce que tu veux voir ici, nous irons ailleurs.

— Je ne veux pas seulement voir, je veux comprendre, alerter ! Je voudrais détruire le pont qui leur permet sans cesse de regagner la terre ! Florence s'emporte.

— Mais il est mauvais de détruire, surtout quand on croit au désarmement !

— Oui, c'est vrai. Il n'est pas seulement mauvais de détruire. Il est faux de le faire. Je voudrais alerter les femmes enceintes. Elles sont souvent imprudentes et tissent des fils avec des centrales empoisonnées ou encore fréquentent ceux qui le sont. Le risque est grand qu'un *nauséabond* se présente alors sur le pont. Prenons notre temps. Ce que je vois est tellement laid. »

Neil est heureux à Firenze, berceau de la Renaissance. Tellement que, depuis deux jours, il n'a pas vomi ses repas. Il s'est abreuvé aux couleurs du vitrail de la cathédrale Santa Maria del Fiore, a versé quelques larmes en écoutant le concert de vases de cristal et Sylvie, bien sûr, a interprété pour lui quelques pièces de violon. Les voilà maintenant à la Galerie des Offices. Neil a refusé d'être en fauteuil roulant. Ils ont choisi une visite non guidée. Il y a bien une trentaine de salles auréolées des toiles de diverses époques. Mais ce qui intéresse Neil est la salle huit, car c'est là que sont exposées les plus belles œuvres de Botticelli : *La naissance de Vénus, Pallas et le Centaure, Le printemps* (ou *Primavera*) qui est un véritable joyau, etc. Il est très ému. Sylvie reste en retrait. Édouard admire cet œuvre qui avait tant charmé sa mère, et Justina est nerveuse. Elle sait que cette rencontre pour Neil est celle de la dernière chance. Il ne tient qu'à un fil ! Elle appelle Pamplelune car l'instant est d'une réelle gravité. « Florence, je t'en prie, Neil te tend la main pour un dernier adieu, viens à sa rencontre dans *Le printemps* de Botticelli. Florence ! »

Au moment où elle reçoit la supplication de Justina, elle est à traverser la muraille de glace avec Ogawa, qui n'écoute que son courage, et Kinu qui s'accroche à sa conviction quant aux multiples manifestations de la beauté, si petites soient-elles, qui peuvent aider à sauver le monde. Le bouquet de fleurs de la paix illumine l'espace carbonisé. Les rase-mottes se regroupent en un repli stratégique, horrifiés par cette lumière si vive.

« Amira, je t'en prie... »

Neil est vibrant comme une coupe de cristal. Il place sa main devant Vénus, en espérant ne serait-ce qu'un simple effleurement du bout de l'index en signe d'adieu. Il demande peu.

« Je sais que j'ai vécu dans le désespoir, je sais que j'y suis encore. »

Il attend patiemment. Un guide arrive avec un groupe de visiteurs.

Florence est toute vigilante devant les dos recourbés et les serres acérées. Elle entend de son oreille immatérielle toujours posée sur le cœur du monde : « Amira, je t'en prie… » Mais l'instant est mal choisi.

Neil est soudain en proie à un brusque désenchantement.

« Elle n'est pas venue à la rencontre de la beauté. Elle ne m'a pas tendu la main. Je ne comprends plus rien. »

Il a chaud. Il détache des boutons de sa chemise.

« Je ne me sens pas très bien.

— Neil, qu'est-ce qui t'arrive ?

— J'ai… une baisse de pression. »

Sylvie le regarde, éberluée. Ça y est, c'est la crise cardiaque ! Il va crever devant la toile de Botticelli. C'est ce qu'elle craignait. C'est sans doute ce qu'il espérait, à défaut de rencontrer Pamplelune à la Galerie des Offices. C'est la conclusion du concerto pour violon qu'il lui avait demandé de jouer : *The butterfly lovers*, Les amoureux papillons. Ainsi, il pourra la retrouver.

Neil, tu nous as bien eus.

Édouard demande de l'aide. Justina et Sylvie le soutiennent. Un gardien arrive en vitesse avec un fauteuil roulant.

« Donnez-moi de l'eau… Je veux de l'eau et une compresse fraîche. »

Aussitôt dit, aussitôt fait. Il se retrouve devant *l'infermiera* de garde. Les touristes ont toutes sortes de malaises et il en vient des quatre coins de la planète. Elle prend son pouls, vérifie sa tension et lui donne de l'eau salée… très salée. Il n'a pas le choix, il doit l'avaler.

« Je ne veux pas d'ambulance. Ça ira. »

Il n'en veut pas plus que Florence n'en avait voulu à Venise.

« Je veux rentrer à l'hôtel. »

Justina est désolée. Elle discute avec *l'infermiera*. Édouard se dit qu'il a rêvé en couleur. Mais au fond, il n'était pas dans un état… pour voir cette couleur. Sylvie espère qu'il ne mourra pas durant la nuit. Ils retournent tous à l'hôtel. Neil ne parle plus. On lui parle et il ne répond pas. Il est à ce point silencieux qu'Édouard se demande s'il a été victime d'un ACV. Il le regarde, sa bouche est pourtant toujours symétrique.

Neil partage sa chambre avec Édouard. Sylvie et Justina sont dans la chambre juste à côté.

« Neil, es-tu là ?

— Basta !

— Tu es là…

— Mais je suis au fond de l'eau… N'insiste pas, je n'ai plus que les os et un mot.

— Lequel ?

— Fin.

— Fin ?

— Oui, l'histoire est terminée. »

Neil a les jambes coupées par le chagrin. Devant la toile dont la beauté, croyait-il, appellerait l'aimée comme un phare, il n'a vu qu'une absence. Rendra-t-il son dernier souffle ? Les étoiles l'ont quitté.

« Je n'ai plus la force de résister. Je te l'ai déjà dit, l'ogre du Parc des Monstres de Bomarzo va bientôt m'avaler.

— Le *Chaotique Neutre* ne te regarde plus du coin de l'œil, Neil. Je t'ai déjà parlé de la vision des neuf alignements de « *Donjon et Dragon* ». Vous ne faites plus qu'un maintenant. Il fait ce qu'il veut quand il veut, le *Chaotique Neutre*, et si quelqu'un meurt au mauvais moment, il entrera dans une colère terrible. C'est ce que tu fais et cette colère te pousse à t'autodétruire et… arrête de parler de l'ogre qui va t'avaler. Tu joues avec les formes pensées.

— Au point où j'en suis… Ouf… j'ai le vertige…

— Il vaudrait mieux que tu t'allonges.

— Oubliez-moi pour le repas, ce soir.

— On est beaucoup dans le thème de l'oubli… Veux-tu de l'eau ?

— D'accord… Où est la clé du minibar?

— À côté de la télé. »

Édouard va aux toilettes. Il pense à sa mère et à Pax. Il commence à en avoir marre du désespoir de Neil.

Dans l'autre chambre, Sylvie accorde son violon devenu nourriture et pansement. Que jouera-t-elle ce soir? *When a Gypsy makes his violin cry…* et pourquoi pas? Cela le fera sans doute réagir.

Justina est assise, silencieuse. Elle pense: «Cet homme fait peine à regarder. Être si amoureux. Ne vouloir que toucher l'espace d'un moment la main de son amour et… ne constater que son absence…». Elle a pitié de lui. «Florence serait certainement venue à sa rencontre pour un adieu, même si elle avait tant espéré qu'il soulève avec elle un vent de conscience, se dit-elle. Elle est au chevet des âmes errantes ou dans la zone désertique ou peut-être déjà dans le monde de glace, quelle expédition!» Et si elle aidait Neil à la retrouver? Elle pourrait, cette nuit même, traverser la porte des hiboux, l'arracher à un rêve et l'emporter avec elle. Elle veut sincèrement lui venir en aide. Elle sera aidée et guidée. Elle n'a jamais traversé la porte des hiboux mais cette nuit, elle le fera!

Pendant ce temps, Florence a repoussé, par l'intensité de son vouloir incandescent, les lilliputiens de l'esprit. Kinu irradie comme un merveilleux lotus et Ogawa, en fier guerrier du désert, se tient au garde-à-vous, le cœur sur la main pour celle qu'il aime, prêt à la défendre contre rats et chiens galeux! La rose rouge et veloutée vibre si ardemment, rappelant la force de l'amour que ces pygmées de la lucidité, l'espace d'un instant, ont un maigre souvenir d'une caresse ou d'une main tendue. Mais les feux doivent toujours s'éteindre sous les glaces. C'est la règle! L'insensibilité est un sine qua non. Ils se regroupent, tel un peuple maudit, loin de la beauté. Il faudra remonter des siècles et des siècles, des milliers d'années, pour comprendre, saisir comment ils ont mésusé de leur libre arbitre pour se nanifier à ce point.

Et le vent lui dit alors, devant cette exécrable vision : « *Voici les mille nains qui ont changé le monde… les mille nains de conscience* ».

« Les mille nains ! répondit-elle. Ils sont mille et ils nous mènent par le bout du cœur !

— Oui.

— Y a-t-il des géants de conscience ?

— Absolument.

— Combien y en a-t-il ?

— Mille, mais on a tenté de leur couper les jambes.

— Et ils ont battu en retraite ?

— Pas toujours, mais on a souvent voulu les emmurer vivants. »

Le ciel s'entrouvre alors et elle voit de gigantesques mandalas, des centrales lumineuses comme des cathédrales sans sermon. Elle entend des chants célestes, car les notes enchantées captées par Beethoven, Brahms, Mozart et de multiples compositeurs proviennent du pays de l'inspiration. Un jour peut-être rencontrera-t-elle les réfugiés poétiques…

« Tu es de ces géants, mais par humilité tu voiles ton identité.

— On a suffisamment transpercé mon cœur… Mais peu importe, je pense à la force de l'accomplissement. »

Elle crie dans la nuit.

« Où sont les géants ? Où sont les géants ? Je vous parle et vous attend ! Enfermée dans les corps de bébés, dans la nostalgie de l'adolescence ou encore très tôt dans une carapace d'escargot, où sont vos yeux de perles, vos mains de rubis, votre cœur d'étoile ? Battez-vous pour les protéger, les préserver ! Où êtes-vous, idéalistes, pacifistes, constructeurs de ce monde ? La nostalgie est précieuse, l'élan vers les hauteurs sibyllines. Vous savez que l'intellect ne doit pas commander! Car plus il est aux commandes, plus le nanisme s'empare de l'humanité. Refusez d'être des enfants soldats, des adolescents au cerveau surmené, des adultes coupés de la vie. Regardez sous les apparences. Mais aujourd'hui, le plus triste est qu'on ne vous tend plus la main. On s'éloigne des géants et s'approche des nains! Vous êtes hors de ce monde, à moitié désincarnés ou révoltés, tentant de survivre hors des sentiers trop battus de ce monde, en proie à la sécheresse intérieure et à la pollution électromagnétique... Et où êtes-vous dans l'arrière-pays?... Au coeur des mandalas, mais un pied dans la désillusion?...»

Les nabots sont sidérés.

«Où sont les géants!? Où sont les géants!? Je vous parle et vous attends!...»

Éloïse, au retour de l'école, a des frissons. Elle pense à mamie qui soulève un grand vent.

Jeanne est au téléphone.

Étienne fera un reportage sur les Afghanes dans leur prison de tissu. Quel est le nain qui a réussi à les y enfermer? Il faut démasquer les rase-mottes.

Édouard prie pour sa mère et Justina se sent plus que jamais attirée par la porte des hiboux. Sylvie voudrait tant aider Neil à s'élever de nouveau. Les jumelles romanichelles sont au piano. C'est l'anniversaire de mamie Jeannette et toute la famille chante cette chanson si touchante, *Je suis sensible*. Gail se demande si son fils restera pour toujours à la solde de la mafia. Quant à Driss, il grommelle en mangeant ses tartines de harissa, qu'il n'y a plus de super-héros et Micheline a des chaleurs, juste à ramasser les grains de couscous dans la cuisine.

«Vous êtes les nains de conscience!»

Ils voûtent plus encore le dos et se bouchent les oreilles.

« Vous avez appris à respirer avec une paille, à développer un réseau nourricier autour de votre ego que vous idolâtrez, comme une tumeur cancéreuse dont on souhaite l'expansion puisqu'elle se nourrit à même le corps qui l'abrite. Vous mangez la bonté, la sensibilité, la candeur, la joie de vivre, la spontanéité, la charité, le don de soi, le bon jugement, la conscience ! Les grandes questions : « qui sommes-nous ? d'où venons-nous ? où allons-nous ? » vous les dévorez dès qu'elles s'approchent d'un cœur transi. Vive le néant, le Marquis de Sade et Machiavel ! Haro sur les lianes magnifiques et les haricots magiques ! Vous a-t-on déjà parlé de la sorte, horribles nains, petits seigneurs de la déchéance ? »

En voilà un qui s'approche. Il est si laid et orgueilleux.

« Nous ne sommes pas mille ici, il y en a plusieurs au travail et d'autres sur le pont de l'incarnation. Nous avons envahi tous les domaines, tous sans exception. Nous sommes très habiles. Nous passons incognito. Qui nous demande notre passeport ? On avorte les trisomiques, mais nous, on nous laisser filer. »

Les voilà qui ricanent sordidement.

« Ne te prends pas pour un autre. Nous avons tous travaillé fort. Moi, j'ai combattu les sorciers au Moyen Âge. Je les ai forcés, et d'autres l'ont fait sous mes ordres, à cracher leurs aveux. Les fers brûlants, c'était magnifique. Leur peau sentait la poule qu'on fait griller. Et la chaise à clous, l'élongation, les garrots, les rouleaux d'épines, le plomb fondu, l'eau bouillante… Plus les femmes étaient belles, plus elles étaient possédées par le diable, disait-on. On mettait alors fin à leurs jours !

— Sans cœur ! »

Ogawa ne peut croire ce qu'il entend.

« Je fus l'inquisiteur de Toulouse et j'ai ordonné l'exhumation d'os et de corps puants de défunts morts en état d'hérésie. Ils ont été traînés sur la place publique et brûlés. Voilà ce qu'ils méritaient. Il y avait beaucoup de sorciers qui récoltaient des plantes, à genoux, face à l'Orient, en récitant l'oraison dominicale et d'autres s'occupaient de l'âme des défunts. Ils n'avaient pas le droit de faire ces prières. Qui leur en avait donné la permission? À diverses époques, je me suis spécialisé dans le développement de la torture. On a fait appel à mes services, il y a peu de temps, pour développer des appareils sophistiqués destinés aux animaux de laboratoire. Les chercheurs ont demandé des appareils qui immobilisent complètement les cobayes qui ne reçoivent aucune anesthésie. Les appareils stéréo-toxiques, j'en suis fier, pour immobiliser totalement l'animal non anesthésié pendant les expériences de longue durée, sont munis de deux barres d'acier qui sont enfoncées jusqu'au fond des orbites des yeux de la bête, une seule barre lui écrase la langue contre le palais et deux pinces lui serrent les oreilles. Et si la compression des oreilles fait éclater les tympans, il ne faut pas s'en faire, ai-je ajouté dans mes notes, l'expérience n'en sera pas faussée pour autant.»

Kinu pense à son chat, si sensible et si aimant, qui l'a accompagné pendant tant d'années.

«Honte sur vous! lui lance-t-elle.

— Mais, c'était pour la recherche.

— Il est impensable de torturer des animaux!

— Rien ne doit empêcher l'avancement de la science.

— Aucune excuse.

— Des tubes digestifs… ils ne sont rien d'autre que des tubes digestifs.

— Faux. Ils sont des accompagnateurs, des soignants, des professeurs, des héros.

— Ha! ha! ha! des héros! Moi, j'ai développé la piraterie… le banditisme sur mer. Beaucoup de héros de la noirceur se sont ainsi manifestés.»

Une naine s'avance.

«Moi, j'ai institué le parasitage, la perversité, la vampirisation des énergies, il y a déjà des milliers d'années et beaucoup de ces vampires sont devenus, avec le temps, d'habiles manipulateurs.

— Et vous, aimeriez-vous être manipulée ? »

Florence ne peut demeurer silencieuse.

« On ne peut me manipuler. Je sais reconnaître les proies.

— Moi, j'ai répandu le mensonge, la déformation, l'hypocrisie. Rien de mieux pour arriver à ses fins que le mensonge pathologique. J'ai encouragé les parents à donner l'exemple aux enfants ! J'ai aussi institué la mythomanie.

— Moi, ce qui m'a passionné, c'est l'esclavage. Priver les humains de leur liberté. Les soumettre à l'autorité tyrannique d'une personne ou d'un état. Au IIe siècle, à Rome, il y avait 20 000 citoyens libres pour 400 000 esclaves, grâce à mon influence. J'ai fait beaucoup pour le développement de la « traite des noirs ».

— Et aujourd'hui, il y a des enfants esclaves vendus par leurs parents pour payer une dette ou pour survivre. Près de 200 millions sont exploités dans le monde ! »

Pamplelune a la main sur le cœur.

« Nous sommes vraiment ici dans les bas-fonds !

— Et pourquoi pas ! »

Voilà une naine à plumes d'autruche qui se dandine.

« Moi, j'ai favorisé le développement de la prostitution. Vendre son corps… quelle belle action. Attendre les visiteurs à chaque heure, les tenir en haleine ! Vendre les fillettes aux réseaux de prostitution. Encourager la « traite des blanches » et celle des enfants !

— Mais n'oubliez pas l'anarchisme ! »

Celle-là tient un drapeau noir.

« Vive le désordre !

— Et le chaos !

— Le capitalisme sauvage !

— Les nations totalitaires !

— Et le nucléaire ! »

Nos trois amis tremblent de tous leurs atomes, devant ces nains pollueurs.

« Pour les scientifiques du nucléaire, j'ai fait en sorte de constituer la conception et la construction des bombes, comme un rite
de passage.

— Vous êtes véritablement des nabots et l'étincelle spirituelle
n'éclaire plus votre chemin. J'en ai assez entendu. Hors de ma
vue ! »

Pamplelune agite ses bras au moment où d'autres s'avancent,
grattant de leurs serres, sans doute pour cramer la prédation des
consciences. Une luminosité balaie l'espace de noirceur comme
une aurore boréale. Le nain masqué est devant elle, celui qui
l'avait agressée à Venise.

« Ici, vous n'êtes pas chez vous. Hors de ma vue ! »

Florence le reconnaît.

« Honte à vous qui agressez sans crier gare !

— J'ai développé l'espionnage. J'ai entraîné des tueurs à gage.
Je suis une machine à tuer. À Venise, j'ai bien travaillé. Je te
reconnais même si tu es voilée, Florence de Blois !

— Je vous ai aussi reconnu, poussière d'homme !

— Je ne suis pas une poussière. Je suis un éclair. Depuis longtemps déjà, on a réussi à mesurer les ondes des pensées. Elles
ont une radiation que peuvent capter des instruments de haute
précision. J'ai commis des crimes et entraîné d'autres à le faire.
Souvent d'un genre nouveau, ils ont fait école. L'idée était de
constituer un *cas-modèle* et, comme une réaction en chaîne,
l'épidémie s'activait. Le virus subtil était à l'œuvre, accueilli par
les pensées ordurières de ceux qui étaient menottés aux centrales
où s'agglutinent ces génies du *caillot*…

— Tais-toi ! Il s'agit des formes pensées des crimes collectifs…
des assassinats, des guerres : les groupements maléfiques ! Mais
il y a aussi les groupements bénéfiques. À vous entendre délirer,
on croirait que le monde est un vaste mouroir.

— Et moi, j'ai transpercé ton cœur sur l'île de Miyajima et je
t'ai jetée dans un puits. »

Celui-là n'est pas masqué, mais il a l'attitude d'un grand prêtre.

Ogawa ressent toute la douleur d'Oujo Chica.

« Tout ça pour empêcher que des poèmes éveillent les consciences et aussi parce qu'un enfant à l'article de la mort m'a permis de dénoncer son grand-père devenu gibier de potence. Vous êtes au fond bien fragiles. »

Six nains ont transpercé son cœur… une fois sur cette île et à Rome, du temps de Raphaël. Elle voudrait que les quatre autres se manifestent car, pour l'instant, elle n'a aucun souvenir de toutes ces atrocités.

Le nabot s'avance vers elle.

« Ne me touchez pas. Ici, les règles du jeu sont différentes !

— Il n'y a pas que toi, machine à tuer le corps. Moi, je suis une machine à tuer les intuitions. J'ai institué une nouvelle façon de lire les textes de sagesse appelés aussi textes sacrés. Il y a deux mille ans, les pharisiens du temps de Jésus de Nazareth s'y sont bien intéressés et depuis, bien d'autres ont suivi leur exemple. Lire les textes au pied de la lettre sans se laisser porter par la poésie, par l'intuition, par le recueillement. Au pied de la lettre, comme des perroquets et maintenant, comme des robots… religieux, qui calculent le bien ou le mal comme des additions ou des soustractions. Rien de mieux pour divaguer et agir par peur des représailles et non par amour. Je n'aime pas que les oiseaux aient des ailes. Rampez, mes petits, avec un cœur obscurci ! »

Et voilà que devant eux, la *machine à tuer les corps* et la *machine à tuer les intuitions* se livrent un combat sans merci, l'un voulant être plus reconnu que l'autre. Ici, on se combat et se détruit sans répit, sans merci. C'est la règle, la norme, le règne de la glace !

* * *

Pendant ce temps, la nuit est tombée sur l'Europe. Sylvie a joué pour Neil, Édouard et Justina ont arpenté Firenze pendant une petite heure, la main dans la main, portant leur silence. Justina s'est endormie, mais elle laisse rapidement son corps et, avant de traverser la porte des hiboux, elle met à exécution son projet. Elle se rend auprès du mutilé, le cœur attendri, la pitié frémissante.

« *Neil, c'est Justina,* lui souffle-t-elle, espérant qu'il l'entendra pendant son sommeil, de son oreille immatérielle. Je viens vous chercher pour voyager sur les vents de l'espoir.

— De l'espoir ?

La musique a toujours eu sur lui l'effet d'un philtre, merci, Sylvie !

— Ils nous porteront vers Pamplelune.

— Comment ?

— Venez, je vais vous aider. »

Il ne discute pas. Il ne discute plus. Elle cueille son être intérieur flétri, fané et d'un coup d'aspiration ardente, ils traversent la porte des hiboux ! Elle demande aux mains invisibles de la mener vers Florence. Elle transporte un grand blessé. Il y a véritablement urgence. Mais voilà qu'à sa grande surprise, il y a modification de trajectoire. Les vents qui la portent ne sont plus ascendants, mais descendants. Cela va si vite ! Il y avait des couleurs et il n'y en a plus. Il y avait de la chaleur et il n'y en a plus. L'initiation est douloureuse. A-t-elle bien fait ? La pitié est-elle bonne conseillère ? Cela va encore plus vite. Neil se met à grelotter.

« Il fait froid ! Où sommes-nous ?

— En voyage… bientôt, vous toucherez la main d'Amira. Vous la prendrez dans vos bras ! »

Justina a bien en mémoire le combat intérieur de Florence alors qu'elle voyait en noir et blanc. Il n'y avait qu'une solution, se relier à la Force-Lumière totalement, entièrement. C'est ce qu'elle fait, mais Neil est éclopé. Ses meurtrissures refont surface, ses tuméfactions le fragilisent. Mais ils n'ont pas le choix. Maintenant, ils doivent affronter les blizzards de glace!

« Je vais mourir gelé!

— Réchauffez-vous avec la beauté. Il n'y a rien d'autre à faire. Pensez à Botticelli, à Raphaël. »

Justina n'est plus qu'intuition.

Le mot est magique et même s'il n'a pas vraiment conscience d'avoir été Raphaël, les toiles et les fresques défilent devant ses yeux et le souvenir de l'ardeur artistique le protège.

La muraille de glace est en vue. Justina pressent qu'au-delà, Florence est au combat. Portée par son aspiration, elle la traverse, soutenant Neil qui la franchit avec elle, non par fluidité, mais parce qu'il est aspiré par la noirceur et la froideur. Il s'est tant frôlé aux scélérats, aux truands, à la vermine qu'il a dénoncés depuis tant d'années en pointant du doigt leurs gestes corrompus, que son désespoir n'a été qu'un poids de plus sur le glacis de sa vie. Le tonnerre est tombé sur son bastion. Il n'a plus de fortifications. Il s'est laissé aller, jouant avec la laideur, agaçant la bouche qui allait n'en faire qu'une goulée. Il est transi et saisi d'effroi devant cette scène disgracieuse, devant cette difformité tentant d'assombrir les cœurs conscients.

Florence n'en croit pas ses yeux, Neil est devant elle, le pied dans l'antre des monstres.

« Neil?

— Florence, mon amour, c'est toi?

— Florence? C'est moi, Justina. Neil est ici pour faire ses adieux.

— J'ai tant pensé à toi!

— Neil, je t'ai visité. J'ai pleuré. Je t'ai souvent parlé, mais tu étais devenu sourd.

— Je n'ai plus de gouvernail.

— Oui, je sais. »

Il regarde ses voiles blancs.

« Pourquoi ce déguisement ?

— C'est un bouclier… C'est très imprudent… tu ne devrais pas être ici.

— Oh, beau spécimen pour une autopsie ! Laisse-toi aller dans la bouche du chien enragé. J'aime les amoureux désespérés. Les Roméo prêts à se suicider ! »

Florence plisse les yeux.

« L'alcool et la drogue, quoi de mieux pour les endeuillés, pour ceux qui broient du noir, comme du poivre qu'ils ajoutent à leur soupe. J'ai le pif, la trompe pour ces gueux.

— Comment, pour ces gueux ? »

Florence flaire l'insulte proférée par ce nain méprisant.

« J'ai aidé à développer de multiples dépendances.

— J'ai froid. Je suis épuisé.

— Ne crains pas de venir vers moi. J'aime les têtes de mort. »

Un autre s'est avancé.

« Neil, ne bouge pas ! Qu'est ce que vous faites là ?

— Je veux seulement toucher ta main et te dire adieu, Amira, et peut-être te prendre dans mes bras. Mon amour, je t'aime !

— Devant ces déformés ? Il faut être bien naïf ! Prenez-vous vous-mêmes dans vos bras ! »

Ogawa le trouve malavisé.

« J'ai pensé lui venir en aide. »

Justina ressent l'erreur de cet apitoiement.

« On ne repart pas comme ça, mon ami. J'aime les lumières vacillantes et les cœurs inconscients. Depuis des lunes, je me suis consacré à détruire ce qui est différent. Grâce à moi, on voit au ras du sol. On aime la poussière et l'ordinaire, les moisissures et les scories. Tu résistes depuis trop longtemps avec ton amour de la beauté, te voilà enfin au bord du précipice !

— Sauvez-vous ! »

Mais Justina n'a pas le temps de saisir Neil et de retourner d'où elle vient que le voilà déjà dans les pattes de cet ogre destructeur de beauté. Car il a compris. Oui, il a compris que ce qui est enchanteur, esthétique, ravissant, sculptural, est un rappel… un souvenir qui relie l'esprit humain aux hauteurs lumineuses, là où les jardins sont magnifiques et les aspirations vibrantes de noblesse. Il s'acharne donc à détruire l'inspiration, la créativité, la nature, les fleurs, les oiseaux !

« Sauve-toi, Justina !

— Sans Neil !?

— Tu n'as pas le choix, priez pour lui.

— J'ai fait une erreur. Je n'aurais pas dû…

— Tu dois partir, fais vite ! »

Justina quitte à regret après avoir jeté un dernier regard sur Neil qui n'a même pas la force de se débattre. Il la regarde s'éloigner.

« Florence, veillez sur lui.

— Je veille, entourée de la rose et du lotus. »

Ogawa et Kinu la regarde, compatissants. Elle traverse la muraille de glace et s'éloigne à la vitesse de l'éclair, répandant ses larmes dans la froidure. Au matin, dans quel état retrouvera-t-on Neil dans son lit… mort, paralysé, muet, aveugle ?

Les vents me disent qu'il fut très actif, ce rase-mottes, durant l'Inquisition romaine. Pour lui, le système des aveux, la hiérarchie des accusations, la liste des victimes étaient une formidable machine à propagande ! Le Saint Office et la Congrégation de l'Index, quelles images flamboyantes de procès spectaculaires, de sanctions publiques, de police de la pensée, de peur du châtiment. Sur cinq siècles, ces institutions ont résisté à tous les changements. Il n'a pu faire autrement que d'y retourner pendant plus d'une vie, y consacrant trois fois trente ans. Il savait démasquer toutes les rondeurs et les beautés. Sécheresse et poussières au sol, nulle nouveauté, contrôle absolu sur les pensées. Il était sec, contrôlant et obtus. Mais par la suite, cela s'est transformé en une méphistophélique stratégie. L'habileté à détruire la beauté se focalisa sur la nature. Il atteignit le sommet de sa puissance dans l'abattage des forêts, la pollution de l'air et des cours d'eau, la destruction de la couche d'ozone, la folle multiplication des produits chimiques pour contrôler les corps et la nature. Le développement des organismes génétiquement modifiés a gagné toute la planète sous sa direction. Car la nature enveloppe, protège et élève et… cet ogre ne le veut pas. On risquerait alors d'être en lien avec ce pays de la noblesse et de l'inspiration qui fascine tant Florence. Les arbres sont romantiques et les oiseaux, porteurs de messages… Il ne faut puiser que dans les bas-fonds, répandre la laideur. Il rejette tout ce qui pour le cœur est nourricier. Il faut appauvrir la biodiversité, encourager l'attitude irresponsable. En janvier 2000, l'UICN a recensé 11 167 espèces menacées, sans parler de toutes celles qui sont disparues. Aujourd'hui, un mammifère sur quatre, un oiseau sur huit, un tiers de tous les amphibiens et soixante-dix pour cent de toutes les plantes sont en péril et menacées d'extinction. «Bravo!» crie le nabot. Depuis 1600, plus d'une centaine d'espèces d'oiseaux ont disparu et la vitesse d'extinction semble augmenter. Sur dix mille espèces, mille cent quatre-vingt-six sont en voie de disparition. Sauf pour onze d'entre elles, cette disparition est d'origine humaine. «Bravo! crie de nouveau le Nabot. Oubliez surtout la forme des ailes!»

Neil, tu as joué en pensées avec la révolte et tu as posé ton pied hors des frontières de la beauté. Destruction, désarticulation, brisure du casse-tête, démembrement du domino. Tu as déformé les lignes des images, plus encore que ne l'a fait Picasso. Tu as été très touché par la beauté déployée lors de la Renaissance italienne pour diverses raisons. Mais il y avait une ombre au tableau. L'ombre de Bomarzo, les Jardins de Bomarzo surnommés le Parc des monstres. Là-bas, dans ce jardin extravagant, ils sont multiples. Au XVIe siècle, on a commencé à les sculpter à même le roc. Tu as été fasciné par un monstre sur les lèvres duquel est inscrit : « Toute pensée s'efface »... Bonne ou mauvaise ? Voilà la question... mais aussi par un géant monstrueux déchiquetant sauvagement un personnage. Abrite-t-il un nain ? Et cet orque à la gueule ouverte ? Cette sculpture monstrueuse est appelée *La porte des enfers*. Il y a plusieurs années, tu as gravi les marches menant à sa bouche et, devant sa gueule, dans le silence, l'espace d'un instant, tu eus l'idée folle de t'y coucher et de tendre la main au cercle des défunts qui te gardait prisonnier. L'orque a des mœurs fort brutales. On dit qu'il est une sorte de démon. Il est cousin de l'ogre et dans les Contes de ma mère l'Oie, ce sauvage mange les petits enfants, les *bourgeons d'humanité*, la candeur, avant même qu'elle n'ait quelque influence sur le monde. C'est une puissance destructrice qu'il faut réussir à mater. En seras-tu capable ? Aujourd'hui, les enfants combattent les orques et les ogres dans les jeux vidéo. Poussé à l'extrême, n'est-ce pas une façon subtile de déplacer la force du combat ? Risquent-ils de développer une dépendance et d'être mangés à l'état de bourgeon par *l'ogre-vidéo* ? La vigilance est de mise et... pour toi aussi, Neil, elle l'était. Mais tu as soufflé, pauvre inconscient, sur la bougie de ta lanterne. Cherchais-tu à provoquer le destin ? Tu as appelé les vents froids. Tu as marché dans le désert sans *Petit Prince*. Mais tu as Éloïse ! Elle ne te demande pas de lui dessiner un oiseau, elle t'a dessiné un oiseau ! La force de la vie est là, sur ce bout de papier. Tu as à peine regardé la beauté du roselin pourpré et ses yeux vifs qui t'appellent. Tu l'as roulé en boulette et l'as délaissé dans une des poches de ton manteau d'hiver. C'est l'été. Le nettoyeur va-t-il la déchiqueter ou la jeter au rebut ?

Pax est très inquiet. Bientôt, il traversera la muraille avec les Pacis. Khin a appelé cette armée de repentis, porteuse des pétales des carillons de la paix[*]. Ainsi sont ces fleurs magnifiques qui

---

[*] Tome I de la collection *Les yeux de Florence* : « Les couleurs de l'ombre ».

nous font rêver à une envolée de cloches, comme ce fut le cas dans plusieurs grandes villes du monde, à l'annonce de la signature de l'armistice marquant la fin de la Seconde Guerre mondiale, en 1945.

Au-delà du rempart glacial, des yeux jaunes et inquisiteurs observent Neil. Les serres du rase-mottes, déployeur de laideur, ont empoigné son ventre et sa poitrine.

« Florence… ne m'abandonne pas.

— Ah, ne parle pas à celle qui est figée !

— Je ne suis pas figée. J'observe vos ergots. Vous n'avez même plus de pieds.

— Vous n'avez rien d'autre à faire que d'être un cynique prédateur ? »

Ogawa le regarde fixement, mais il fulmine et voudrait le prendre d'assaut.

« Oui, je transmets aussi mes enseignements. Neil apprendra tout de moi. Comment répandre la laideur et étouffer toute forme de beauté.

— Non !

— Tu as si peu de forces, mon ami. Je t'enseignerai tout. L'époque est bien choisie. Tu t'éveilleras avec l'âme d'un dur à cuire. Tu n'auras plus le même langage. Tu porteras des bottes cloutées. Tu seras tel un punk à l'aube de la cinquantaine. J'aime bien cette mode révoltée, développée justement par un de mes élèves. L'alcool t'a bien préparé. Tu t'intéresseras à la cocaïne, aux jeux de hasard. Là, tu feras, crois-moi, beaucoup d'argent. C'est écrit. Les femmes seront à tes pieds. Dans tes boutiques, tu vendras des œuvres pornographiques et des dictionnaires sataniques.

— Florence !

— Neil, tu as vraiment été stupide. Ressaisie-toi !

— Comment et… pourquoi ?

— Voilà ! Quand on ne sait pas pourquoi agir, rien n'arrive, et le plus fort nous met à sa main. Je suis le plus fort !

— Vous n'êtes pas le seul à pouvoir opérer cette métamorphose. »

Un autre nain lui crache son orgueil maladif au visage.

« Ne touchez pas à mon œuvre. Je suis un sculpteur maléfique ! »

Les nains de conscience sont très agités et jaloux. Une bataille est imminente. Ici, c'est toujours la rage. Réunis par leurs affinités, ils s'affrontent et se transpercent sans fin. Florence observe. Elle se dit que le terrorisme et le mensonge sont bel et bien l'arme des faibles et que seuls de bons moyens peuvent produire de bons résultats et... que l'être humain est le produit de ses pensées. Si Neil réussit à s'extirper des serres de ce prédateur se nourrissant de poussière, il aura eu toute une leçon. Mais rien n'est gagné d'avance. Ici, on ne joue pas aux cartes et les dés ne sont pas pipés. L'affrontement est sans amour, sans étincelle d'amour qui retiendrait au dernier moment la main noire et glaciale. Où sont les mille géants ? Ogawa a la main sur la rose. Enfant, il regardait, fasciné, dans un temple où l'emmenait sa grand-mère, la sculpture du Kanzeon à mille mains et mille yeux. Cette forme extraordinaire est bien connue au Japon. Elle représente la compassion illimitée du Bodhisattva Kanzeon qui peut à la fois voir toutes les souffrances du monde, avec ses mille yeux, et leur venir en aide avec ses mille mains. Il est peut-être la représentation symbolique de la puissance des mille géants ? « Où sont-ils ? » demande-t-il à son tour. Oujo Chica et Kinu ont perçu ses pensées. Elles souhaiteraient tant que cette aspiration devienne réalité. Et le vent leur dit : « Beaucoup ont été incompris. Certains n'ont pu assumer leur gigantisme. Ils se sont retirés du monde, totalement déracinés. D'autres sont morts prématurément. Mais à chaque fois qu'un seul s'est assumé, la force de son accomplissement équivalait à la conscience de cent quarante-quatre humains influents, porteurs d'idées et de réalisations lumineuses, magnifiant ainsi la beauté du monde. » Le chiffre mille est saisissant. Kinu, la main sur le lotus, se souvient de Sadoko Sasaki, cette jeune femme japonaise atteinte de leucémie à cause de la bombe atomique d'Hiroshima. Une amie lui avait dit qu'elle pourrait être sauvée si elle réussissait à faire mille grues en origami. Au Japon, la grue est par tradition, un animal sacré. Elle a réussi à faire six cent quarante-quatre grues. Ses amis ont fait les trois cents cinquante-six grues manquantes, puis ont ramassé des fonds pour faire construire un monument à sa mémoire et à la mémoire des enfants d'Hiroshima, morts de cette maladie. Depuis ce temps, la grue est devenue au Japon, symbole de la paix. La paix ! L'image de la colombe de la paix a été dessinée par Picasso en 1949. Mais ici, pas de drapeau blanc, c'est le drapeau noir ! Tout n'est que désordre et perpétuelle destruction. S'essouffleront-ils ? Nul ne le sait. Une chose est certaine, la paix extérieure ne sert à rien sans la paix intérieure.

L'ordre fondé sur l'amour est mille fois plus durable que celui bâti sur la peur du châtiment, et le pacifisme demande une grande mobilité intérieure ainsi qu'une vigilance de tous les instants.

Pendant ce temps, à Firenze, Justina s'est éveillée, piteuse et inquiète, se disant qu'on ne la reprendrait plus à confondre pitié et compassion. Édouard avait mal dormi car, durant la nuit, Neil avait sans cesse bougé et grelotté. À quelques reprises, il avait appelé Florence d'une voix d'outre-tombe qui donnait froid dans le dos. De la chambre où elle logeait, elle avait appelé Édouard.

« Édouard, comment va Neil ?

— À entendre le ton de ta voix, si je te disais qu'il va bien, tu ne me croirais pas. Il a la bouche figée comme un vieux sanglot. Je viens de me réveiller, Justina. »

La voilà donc qui accourt avec Sylvie dont les yeux gonflés appréhendent une tristesse à venir.

« Neil… est-ce que ça va ?… Réponds-moi ! Ouvre les yeux ! »

Elle le secoue. Il ouvre les yeux, mais son regard est vitreux et vagabond.

« Neil, c'est Sylvie. Parle-moi !

— Heu… heu…

— Vite, l'ambulance, non, ça ne va pas du tout ! »

Et voilà que c'est le branle-bas de combat, S.O.S., l'*infermiera* et les tirades italiennes de l'inquiétude. Elles sont si vives qu'ils en oublient tous qu'entrer à l'hôpital pour accompagner un malade, lorsque vous êtes en pyjama, risque de faire en sorte que vous soyez aussi hospitalisé. Allez, ouste, dépêchons, jupes, pantalons et chandails de coton ! Déjà au premier abord, l'infirmier est éberlué. La tension artérielle est normale, mais le cœur bat à un rythme fou. La bouche est symétrique, mais le regard est vide. Une main est chaude, et l'autre froide. Sylvie a tout juste le temps d'appeler Chérine qui, en pleine nuit – décalage horaire oblige –, réveille Jeanne qui appelle Driss et Micheline. Driss appelle Étienne qui ne fait ni un ni deux et appelle ses deux mères Francesca et Clara qui ne tardent pas à communiquer avec Gail. À 6 heures du matin, Jeanne n'en peut plus et elle appelle Éloïse. Quelques heures plus tard, à l'Hôpital général de Santa Maria Nuova, on doit se rendre à l'évidence que ce patient présente un profil atypique. On l'a rapidement mis sur soluté pour l'hydrater et l'alimenter et le *Dottore* Buonarroti, suite au récit étonnant de Justina qui est inconsolable, communique avec le Dr Borsuk à l'Hôpital de Montréal pour enfants. Ce psychiatre en a vu bien d'autres. Il conclut à un cas rare de *locked-out syndrome*, par opposition au *locked-in syndrome*. Dans le *locked-in syndrome*, la maladie n'est ni évolutive, ni un état végétatif. C'est un état neurologique rare devant lequel la médecine est souvent sans voix. Le patient est enfermé dans une totale paralysie. Il est incapable de parler, sauf de cligner des paupières. Il est conscient. Il a toutes ses facultés intellectuelles. Il entend et il voit. Il doit donc développer un code de communication fondé sur des repères oculaires. Mais pour Neil, la situation est toute autre. Il n'habite plus son corps. Il est retenu prisonnier dans un ailleurs énigmatique. Combien de temps y demeurera-t-il séquestré ? La situation pourrait devenir dramatique. Ce n'est pas un coma ni une possession !

Chérine reçoit donc un coup de téléphone de sa mère, Sylvie. Elle en parle à Jeanne qui de nouveau appelle Driss et Micheline. Voilà pour le téléphone arabe sans déformation, sans plaics ni coutures. *Locked-out syndrome… locked-out syndrome…* La nouvelle retentit jusqu'aux oreilles d'Irène Delanoë, grâce au concours de journalistes italiens. Elle veut y consacrer un article. Jeanne ne sait que lui répondre, mais elle lui annonce qu'elle prendra l'avion dans deux jours pour une courte escale à l'aéroport Charles de Gaulle, accompagnée de Chérine et d'Éloïse qui tient absolument à l'accompagner. Éloïse n'a que dix ans. Sa mère sera donc aussi du voyage. Elles briseront leurs petits cochons receleurs d'économies. Et Mélodie qui espère un tête-à-tête avec Chérine… Aujourd'hui, elle n'a vraiment pas le cœur au dialogue. Mais rien de mieux que de jouer franc jeu. Elle devrait comprendre la particularité de cette situation.

Neil sera transféré dans l'aile de convalescence d'une clinique attenante à l'hôpital.

Les conversations sont, somme toute, assez inhabituelles.

« Chérine, ton père a été kidnappé par un ogre. Comment faire pour le délivrer ?

— Pour moi, Jeanne, il n'y a que la musique qui peut le délivrer.

— Éloïse me dit que ce sera l'oiseau dans la boulette qui le libérera. Mais j'y pense, c'est dans son manteau d'hiver qui est chez le nettoyeur et comme il ferme pour les vacances, je suis allée le porter hier. Salut, urgence boulette ! Je dois récupérer le roselin pourpré ! »

Te voilà, Jeanne la Pivoine, comme toujours, bien à l'affût des étincelles perdues dans quelque éteignoir. C'est la course et le nettoyeur n'a jamais entendu une telle demande.

« Le manteau d'hiver de monsieur Jasmin.

— Oui.

— Avez-vous vidé les poches ?

— Euh… peut-être pas encore, nous allons le faire…

— Parce qu'il y a un oiseau !

— Un oiseau ?… un vrai ?

— Non, pas un vrai… un authentique !

— Ah bon, il y a une différence ?

— Oui, mais c'est long à expliquer. S'il vous plaît, regardez dans les poches, c'est une question de vie ou de mort !

— Un instant… les poches sont vides.

— Où est la poubelle ?

— À la rue.

— Quoi ? Excusez-moi, je dois fouiller dans votre poubelle !

— Allez-y, le champ est libre, mais il vente fort et il pleuvra certainement dans deux minutes.

— Alors, je la ramène à l'intérieur.

— D'accord, si c'est pour une raison de vie ou de mort… »

Jeanne, tu virevoltes comme un cerf-volant. Un peu plus et on croirait que tu portes les sabots de Bécassine. Tu fais tant de bruit avec tes pieds ! Vide la poubelle, n'entre pas dedans. Regarde minutieusement et rapidement, car en plus, tu dois faire ta valise et vider le frigo, faire le ménage à la boutique, etc.… Et tu ne sais pas encore qu'Éloïse t'a laissé un message dans la boîte vocale au sujet de la peinture sur soie. Elle sait, car tu le lui as dit, qu'on rôde autour pour la voler, alors pas question de la laisser sur Marlowe pendant le voyage, de l'offrir ainsi aux bandits de grand chemin. Elle propose de l'enrouler dans un tapis, comme jadis on fit avec Cléopâtre et tel qu'ils ont voulu faire, lors du vol qui n'a pas eu lieu. Avant tout, il faut feindre d'aller chez le nettoyeur. De là, tu n'as pas le choix, tu la plies et tu la mets dans un grand sac pour l'emporter ensuite chez elle et la suspendre dans sa chambre où les multiples coloris la protégeront. La chambre d'Éloïse est un véritable musée! Et là, tu vas t'énerver, c'est sûr, car tout ira très vite. Tu conduiras jusqu'à l'aéroport Trudeau et tu rencontreras Driss s'égosillant sur un climax de caféine et Micheline sur un de chocolat.

« Ouf! Ça y est, je l'ai! Viens ici, mon bruant framboisé! »

Et Irène Delanoë se joindra à vous à Charles de Gaulle. Jusqu'où iras-tu avec le journal *Le Monde*? Vous aurez quelques heures d'attente à l'aéroport. Je suis prête à gager qu'elle te demandera une entrevue. Un grand titre: *Neil Jasmin en locked-out syndrome. Sa gouvernante à son chevet!*

Neil, pendant que tu croupis sous les serres de l'ogre aux yeux jaunes, tu ne sais pas qu'un véritable mandala humain prend forme autour de toi. Comment faire pour te libérer? Chacun se pose la question et tentera l'impossible pour te délivrer, défenseur de la beauté. À la clinique de convalescence, on fait tout pour s'assurer que ni tes yeux, ni ta bouche ne se déshydratent. Heureusement, aucun de tes sens ne souffre, sinon de n'être plus habité.

Dans la chambre, Édouard pense à voix haute. Justina se mord les lèvres et Sylvie joue tendrement du violon.

« Ce qui le retient encore là-bas, c'est son instinct de mort qui le travaille toujours silencieusement. Neil, tu dois rompre cette alliance!... »

Édouard lui parle comme s'il était au fond d'une caverne.

« ... si bien sûr tu tiens à la vie! Entends-tu la musique? Elle palpite comme un cœur heureux. Rappelle-toi la beauté de la toile de Friedrich, celle des *Rochers à Rügen*, celle-là spécialement. Il y a là tant d'espace pour l'envol. Tu me disais: « C'est sublime, je voudrais être un oiseau ». Rien ne t'empêche de l'être, c'est à toi de décider. À toi de décider, m'entends-tu ? »

Un peu plus et il s'affublerait d'un porte-voix. Justina le regarde.

« Un soir, avant de partir pour cette aventure qui nous a menés devant la murale de Botticelli, il m'a dit : « Justina, comprends-moi bien, je suis dans un camp de concentration. J'ai un numéro de matricule et je porte un pyjama à rayures. » Il m'a alors expliqué tout ce que tu sais. Je lui ai dit qu'il avait été sa propre gestapo. Il m'a fait comprendre qu'il était là à titre d'apatride. Je lui ai bien sûr demandé pourquoi il n'avait plus de pays. Il m'a répondu… *Elle retient un sanglot* : « J'habitais le pays de la beauté, mais depuis le 13 septembre 2001, je l'ai quitté. La journée du décès de Florence, tout pour moi s'est arrêté. » « Neil, vous reviendrez au pays de la beauté, ça ne fait quand même pas si longtemps qu'elle nous a quittés. » « *Vous croyez*, m'a-t-il murmuré d'un ton grave. Alors moi, quand il m'a dit ça, ça m'a crevé le cœur et depuis j'ai voulu lui venir en aide. Mais… j'ai mal choisi mes outils.

— Tu as cru bien faire, Justina. Il était désespéré et toi, désemparée.

— Il m'a dit : « Je vivrai pour toujours dans le ghetto des endeuillés ».

Sylvie pose une main sur le front de Neil et de l'autre, elle tient sa main droite qui est toujours froide.

« Je voudrais lui chanter une berceuse. Ça ferait peut-être ressurgir des souvenirs heureux de son enfance, avant la guerre en Algérie.

— Pourquoi pas, il faut tout tenter ! On ne sait pas quel code-barres va réveiller son instinct de survie. »

Édouard a de ces images…

Qui de vous sera la pierre d'angle ? Jeanne pourrait lui demander s'il a vu dans la froideur, les vingt sortes de neige que discernent les Inuits. Il trouverait alors la question si charmante qu'il reviendrait pour lui répondre, même s'il n'a vu qu'une horrible muraille.

« Édouard, tu ne peux imaginer dans quel guêpier il a été fait prisonnier ! »

Sylvie chante et le temps passe. On vide la bassine. On lui fait sa toilette. Dans une heure, on viendra installer la sonde. L'*infermiera* confirme que la tension est toujours normale, que le rythme cardiaque est rapide et qu'il a perdu quatre kilos en quatre jours. À cette allure, tu auras gagné, Neil. Bientôt, c'est assuré, tu auras l'apparence d'un prisonnier photographié au sortir d'un camp de la mort… si tu en sors. L'Araignée continue son ravage, sous les ordres maintenant du sculpteur maléfique. Elle a quatre yeux et ses glandes sont venimeuses. Depuis qu'elle t'habite, elle a tissé une toile et tu es devenu sa proie. Crieras-tu dans la nuit polaire ? Je l'espère, car elle est carnivore et te mangera tout rond. C'est une mygale tropicale, grosse et velue. Bientôt, elle refermera sur toi sa trappe de soie et là, escargot colérique, tu te tordras de douleur, perdant totalement ta conscience et tes repères. Faut-il te parler d'André Malraux, qui a été ton mentor, et de son Musée imaginaire. « Les artistes, disait-il, en développant un univers distinct, se mesurent à la mort qui ne peut rien contre leurs œuvres. C'est ce qu'atteste l'art depuis la préhistoire, par la survie des bisons de la grotte de Lascaux, la pérennité des déesses sumériennes, des sculptures de Michel-Ange, des tableaux de Raphaël, de Rembrandt et de Cézanne, etc. Il y a dans ces œuvres, une énigme, la présence dans notre vie, de ce qui devrait appartenir à la mort. » Et ça, tu le sais, protecteur de la beauté. Faudra-t-il te traîner devant un mur de vitrail pour que la lumière colorée te transperce et te rappelle à la vie ?

Dans la noirceur polaire, Florence perçoit plus encore pourquoi plusieurs géants ont battu en retraite devant la perversion. Elle pense aux anciens textes védiques et au chemin qui mène à la paix. Les fleurs de la paix vibrent si fort en elle qu'elle voit divers plans où ils habitent. Elle connaît ces plans. Et le vent lui dit que sur terre, plusieurs d'entre eux sont au combat. Mais l'accomplissement est sans violence. On ne peut forcer l'éveil des consciences. Aucune épée, aucun sabre, glaive ou bombe n'est utilisé. L'approche est à cent mille lieues du nanisme. Elle le sait, elle porte en elle ces notions. Seva : vos actions ne nuisent à personne et profitent à tous. C'est l'antithèse de l'égoïsme. Simran : vous vous souvenez de votre vraie nature et de la raison pour laquelle vous oeuvrez. Satsong : vous recherchez des communautés de sagesse, de paix, et désirez les développer. Vous avez ce désir de faire route avec autrui. Les nains sont en guerre, les géants sont en accomplissement ! Mais cela demande une vigilance de tous les instants, afin qu'aucune notion ne se déforme. Les nains aiment la vengeance, la peur, la puissance, l'insécurité, la destruction, la cupidité, le pouvoir. La liste est très longue de toutes les fleurs fanées de ce bouquet. Les géants aiment la compassion, la compréhension, le partage, la pureté d'intention, le respect, l'humanisme, l'ouverture spirituelle, la sensibilité, la beauté, l'harmonie, la prévention des conflits et des maladies, la créativité, le développement de la personnalité et de l'intelligence. Là aussi, la liste est longue de toutes les fleurs si resplendissantes de cette gerbe de conscience.

L'ogre sursaute.

« Voilà l'idée ! Je vais détruire pour toujours ta réputation. Je vais traverser la muraille, aller sur le pont et me glisser à l'intérieur de ton corps. Je vais te posséder et perturber tes amis.

— Non… non, j'ai honte… »

Au moins, Neil, tu réagis. Tu vois où t'a mené ta carillonnante colère !

« Venez, mes acolytes. Vous trois là-bas qui savez si bien m'écouter. Ayez l'œil et les serres sur notre prisonnier qui, bientôt, n'opposera plus de résistance au nanisme. Il ne verra et n'aimera que la laideur en ce monde. »

Il ricane, il me dégoûte…

Florence ferme les yeux.

« Je détruirai toute trace qu'il puisse avoir d'espoir. Ils ne voudront plus de toi et, découragés, te feront interner. »

Il regarde Florence de ses yeux dédaigneux.

« Tu n'as aucune valeur à mes yeux. Je te hais, avec tes sauts de puce, tu penses changer le monde…

— Bon voyage ! »

Florence frise l'impatience.

« Ah, parce que tu me souhaites bon voyage ! Mes élèves depuis longtemps sont ma fierté. Prenez bien soin de notre nouveau nain.

— Je ne suis pas un nain ! »

Neil est paniqué.

Pendant qu'il s'éloigne, le voilà qui glorifie leurs actions.

« Celui-ci – je dis bien « celui-ci » car dans le monde des glaces nous n'avons plus de nom – a répandu l'idée, et il l'a bien clouée avec le marteau de la rancune, qu'il ne faut jamais pardonner. Celle-là est revenu il y a peu de temps. C'est Madame Science Pure et Dure : « L'âme n'existe pas. Les émotions ne sont que la résultante des neuromédiateurs du cerveau. Il n'y a pas de vie avant et après la mort ». Et celui-là a fait des enfants les otages du non-amour de leurs parents. Il en a poussé plusieurs au meurtre de leur progéniture et ensuite au suicide… pour effacer toute trace… et encourager d'autres à aller dans cette voie. Ce qui en terrifie plus d'un… Ah ! quand on est sensible… »

Il traverse la muraille.

Neil se débat. Il retrouve un peu de vigueur, fouetté par cette flétrissure en vue.

« Il est si imbu de sa dépersonnalisation qu'il ne se rend pas compte du non-sens de ses propos… Madame la naine, y a-t-il une vie après la mort ? »

Le voilà qui harangue la nabote.

* * *

Jeanne, à l'aéroport Charles de Gaulle, a rencontré madame Irène, la journaliste. Celle-ci est aux abois. Elle connaissait à peine le *locked-in syndrome*, imaginez le *locked-out syndrome* !

« Je voudrais vous accompagner, Jeanne.

— Je ne sais pas, madame Irène, monsieur Neil a tant maigri qu'un regard de plus pourrait…

— … lui être fatal ?

— Peut-être. »

S'il vous plaît, madame Irène, pas de lourdeur sur la maigreur. Il y aura bien assez d'Étienne qui prendra des photos, mais ce ne sera pas par curiosité et aucunement pour la une des journaux. L'idée sera de convaincre Neil à tout jamais que ce passage à vif l'a mené dans un triste couloir, celui de la mort de l'âme et des nobles aspirations. Et… vous n'avez certainement pas, enfin je l'espère, été fustigée par l'influence du nain amplificateur des rumeurs et des qu'en-dira-t-on, des nouvelles sanglantes et de la viande pour voyeurs de tous genres ?

Vingt-quatre heures plus tard…

Hier, ils sont tous arrivés à Firenze. Ils logent dans un petit hôtel qui ne paie pas de mine, quoique à Firenze, berceau de la Renaissance, ce qui ne paie pas de mine a quand même un joli minois. Et quand on passe ses journées dans une clinique, on se fout du décorum de la chambre. Voilà que notre Pivoine a décidé de partir avant les autres. Ils viendront la rejoindre un peu plus tard, décalage horaire oblige. Mais peu importe ce qui oblige, elle s'est levée très tôt. L'hôtel est à quelques pas. Elle est si triste et se prépare à voir Neil qui n'a plus que la peau, les os et une sonde. Il est alimenté par intraveineuse. Elle s'identifie donc, et entre à pas de pleurs. Neil, bien sûr ne bouge pas. Elle s'approche du lit.

« Monsieur Neil, c'est moi, Jeanne. Je suis venue vous délivrer. »

Elle espère que la magie opèrera avant que Chérine et Éloïse ne le voient dans cet état. Elles seront si saisies et, Sylvie, ma foi, démolie. Elle a bien des trucs dans ses pétales, cette Pivoine. Le réveiller, l'attirer avec une odeur inoubliable ! Elle sort une bouteille d'huile essentielle de rose *damascena*, orpheline dans un tiroir depuis le départ de Florence. Neil ne peut résister à cette odeur sublime. Mais, pendant la nuit, le sculpteur maléfique, le destructeur de beauté, est entré dans le corps de Neil, non pas finalement par le pont de l'incarnation, mais par celui de la possession. Elle ouvre la petite bouteille et la place sous son nez de connaisseur. Elle attend, impatiente et confiante.

« Pouah !

— Monsieur Neil ! Je le savais… je le savais… Vous ne pouvez résister à l'odeur de la rose ! »

L'ogre a bien sûr accès à tout ce qui est amalgamé dans le cerveau bien fourni de notre ami.

« Je n'aime pas… euh… plus… les roses.

— Comment ?

— Non, je n'aime plus les fleurs. »

Il se retient car il pense que l'odeur est pestilentielle.

« Vous n'aimez plus les fleurs ? Impossible ! »

Il n'ose parler. Le cerveau, qu'il parasite, lui lance un incroyable vocabulaire : fétide, infecte, putride, vicié, puant…

Elle range la petite bouteille dans son sac à main.

« Que vous est-il arrivé ? C'est l'ogre ?

— Il m'a convaincu, Jeanne… Je reviens d'un long voyage…

— … dans les tunnels secrets !

228

— Oui... c'est ça... l'agartha... euh... dont parlait... l'arrière-grand-mère de Florence.

— Et ?

— La vie est bien différente d'ici... En réalité, c'est *l'anti-vie*.

— *L'anti-vie* ? Ouach...

— Non... non. Ne dis pas ça. Là, j'ai compris... Je veux me lever et marcher un peu.

— D'accord, je vais vous aider. Assoyez-vous lentement... si vous ne voulez pas perdre connaissance.

— Justement, Jeanne, j'ai perdu connaissance. J'ai enfin perdu connaissance... J'ai compris que ma sensibilité m'a trop fait souffrir. Adieu, c'est fini. J'ai tout oublié... tout renié.

— Tout ? Moi aussi, ça m'arrive de souffrir à cause de ma sensibilité. Mais... vous... avez déjà dit... devant le vitrail de libellule, c'était un soir de pleine lune, je m'en souviens très bien, les ailes de l'insecte étaient brillantes... qu'on peut arriver à... apprivoiser sa sensibilité. Alors elle vibre... comme le plus merveilleux des instruments. »

Jeanne, tu es rêveuse. Est-ce le bon moment ?

« Vous avez dit tout, vous avez tout oublié ?

— Oui, surtout Florence, avec toutes ses causes à défendre et ses idées pas comme les autres !

— Ça m'étonne... On vous a endormi au chloroforme ? Marchez un peu, ça vous fera du bien. Je vais installer votre soluté sur le crochet du poteau à roulettes... attention, doucement... qu'est-ce qui se passe ?

— Quoi, qu'est-ce qui se passe ?... »

Jeanne est éberluée par sa démarche.

« Vous... vous... avez le dos tellement voûté et vous marchez en relevant les pieds. Vous êtes très mal en point.

— Je ne comprends pas ce que tu veux dire. Je marche, voilà tout, et arrête de me poser des questions !

— Si Florence vous voyait...

—Impertinente, tais-toi! À l'avenir, tu devras changer d'attitude. Quelle impolitesse! Excuse-toi sur-le-champ!

—Euh… je ne voulais pas vous blesser… excusez-moi.

—Et… ne m'appelle plus jamais Neil. Monsieur Jasmin fera bien l'affaire.

—Les effets secondaires des médicaments…

—Non, Jeanne, tu te trompes, ce sont les effets secondaires de mon séjour dans le monde de glace.

—J'en ai des frissons.

—Là-bas, moi, j'étais bien au chaud.

—Et l'ogre? Comment a-t-il pu vous faire prisonnier?

—En réalité, j'ai rendu les armes, j'ai changé de camp.

—Mais Justina nous a dit que…

—Elle délire, crois-moi. Tout le monde ici délire, sauf moi!»

Il crie si fort et d'une voix si rauque que Jeanne est médusée. Elle le regarde fixement. Elle a l'impression d'être *Le petit chaperon rouge* qui découvre le loup. Elle ne parle pas, mais elle pense. «Monsieur Neil a changé de camp… là, c'est un peu fort. L'ogre… aux yeux jaunes… ah!…» Tais-toi, Jeanne, il est là devant toi. L'odeur de la rose n'a pas réveillé monsieur Neil, elle a irrité le charognard de la beauté qui vient détruire tout espoir de le voir de nouveau arpenter les musées. Celui qui te dévore des yeux de l'opprobre, observe-le bien, ce n'est pas un relent des *Tournesols* de Van Gogh. Il a bel et bien les yeux jaunes sous le regard marron des prunelles dont il est l'hôte.

Jeanne a l'impression de voir au travers du corps de Neil, la bête qui l'habite. Pourquoi a-t-il pris possession de sa pauvre carcasse si affaiblie?

«Mais dites-moi… monsieur Jasmin… si vous êtes de retour, c'est qu'on vous a libéré.»

Elle est si futée sous ses dehors par moments trop naïfs, qu'on voudrait la couvrir de mille baisers.

«On m'a confié une mission.

— Une mission… laquelle ?

— Elle est secrète, mais… si je considère que tu en es digne, un jour, je te révèlerai ce qu'il en est. »

Le voilà qui parle à voix basse. Il chuchote.

« J'ai maintenant une lourde charge. Tu seras la seule à connaître mes nouvelles fonctions. Enfin, j'ai trouvé un sens à ma mort.

— Vous allez mourir ?

— Non, mais tu dois comprendre que l'ancien Neil Jasmin n'est plus.

— Vraiment ? »

Jeanne a les pétales qui palpitent comme des détecteurs de mouvements. Son système de valeurs va bientôt sonner l'alarme. Monsieur Neil a peut-être été déchiqueté par les nains de conscience ! Ce sont des prédateurs si malins ! Justina lui a expliqué ce qu'elle a vu et perçu dans les tunnels secrets de l'agartha. Mais il n'est peut-être pas trop tard. Il faut réagir et le chasser. Mais comment y arriver ?

— Changerez-vous de nom ?

— Non, ne sois pas débile. Je vais garder cette identité… Je suis en mission secrète… »

Mais il l'a traitée de débile. Les vagues du fleuve vont se soulever, charognard ! Tu joues avec ton siège éjectable. Notre Pivoine ne répond pas. Elle s'oblige à n'agiter aucune de ses étamines, car il flairerait certainement tous les pollens de ses pensées. Elle passera par contre à l'action.

« Venez vous reposer. Je comprends. Ce qui vous arrive est honorable et vous êtes bien humble dans tout ça.

— Voilà !

— Un peu de repos vous fera du bien. Surtout qu'aujourd'hui, vous aurez de la visite. Chérine, votre fille, Justina qui travaille pour la grande maison de couture de Vincentis à Milan, qui est maintenant en charge d'une de leurs boutiques à Montréal et qui prête main forte à Chérine. Vous vous souvenez jusqu'à quel point votre fille travaille fort pour perpétuer l'œuvre de Florence ?

— Euh… bien sûr !

— Édouard sera là, le fils aîné de Florence, Étienne le photographe, Driss et… »

Elle décrit toute la rondeur du mandala auquel il fera face.

« Je vous laisse quelques instants. Si l'infirmière vient prendre votre pression, faites semblant de dormir, sinon on vous emmènera pour faire des tests. Vous êtes en *locked-out syndrome*.

— En quoi ?

— Peu importe, fermez vos yeux et ne bougez pas. »

Elle quitte en vitesse. Avant tout, pour parler à Justina, qui sera la première à défiler devant le loup. Cette fois-ci, il ne mangera pas le petit chaperon rouge ! Elle lui parle et lui explique que le corps de Neil est visité par celui qui, semble-t-il, le retient prisonnier. Est-il déchiqueté ou peut-être retenu en otage, contre une somme de mauvaises pensées ? Elle ne pourra que confirmer la présence fétide que Jeanne a démasquée. Elle sera suivie de Sylvie, qui jouera du violon pour ce nain qui a consacré depuis des siècles la totalité de ses énergies à détruire la beauté et tant de nobles aspirations.

« Je l'ai. J'ai trouvé ! »

Justina sort de ses gonds, frappe du pied, saute de joie !

« Chacun d'entre nous doit se comporter bien sûr comme s'il était véritablement Neil et l'entourer de tout ce dont a besoin un être humain… pour être réconforté.

— Nous serons comme une envolée d'outardes qui annonce le printemps !

— C'est ça, Jeanne, tu as bien compris.

— S'il déteste à ce point toutes les facettes de la beauté et le bonheur par-dessus tout, il va s'enfuir. C'est assuré. Je jouerai *Summertime*, il détestera !

— C'est bon, Sylvie ! Bravo !

— Justina, quelle intuition !

— J'espère que monsieur Neil n'est pas en pièces détachées.

— Jeanne, ne sois pas si dramatique. Neil l'a été pour deux, pour dix, pour mille ! »

Sylvie se surprend à être si familière.

« Si Étienne t'entendait, Jeanne, il te surnommerait *drama-queen.* »

Justina aime bien ce mot étonnant qu'emploie quelquefois Étienne.

« Ensuite, Édouard lui fera un bon massage. Quelle horreur d'être touché par une main humaine bien attentionnée.

— Driss lui passera sous le nez de l'eau de fleur d'oranger. Micheline mettra du miel sur ses doigts pour qu'il goûte à cet horrible nectar, fruit du travail des abeilles.

— Vite, on part pour le marché !

Driss, quel caporal tu es... Et surtout, va à la chasse à l'espresso. Ton calme est inhabituel et je m'inquiète.

— Il faudra aussi l'inviter à faire des déclarations devant Étienne qui l'enregistrera et le prendra en photo.

— Oh, Jeanne, oui ! Mais plus tard en après-midi. Un reportage, ça flattera son ego. »

Sylvie entre à son tour dans le jeu.

Elles pensent à ce que tout un chacun peut faire. Chanter, apporter des fleurs, etc. Mais seulement deux à la fois, pour que l'*infermiera* ne se doute de rien. Il faut procéder rapidement, les visites seront courtes et flamboyantes, toute la journée, jusqu'à ce qu'il perde connaissance et n'ait d'autre choix que de s'enfuir... Voilà le plus cher de leurs désirs. Jeanne orchestrera le tout.

Elle va d'une chambre à l'autre, il n'est pas question de s'étioler. Elle est au climax de son ingénuité. Éloïse pourra-t-elle supporter l'horrible présence ? Pas question qu'elle se défile, lui assure-t-elle. Mais il vaut mieux la garder pour la fin.

Ainsi donc, ils sont prêts à défiler. Mais avant tout, Justina veut agir à titre d'éclaireur. Elle entre et ne parle pas, faisant mine d'être l'*infermiera*. Elle prend son pouls et sa température avec un thermomètre que Jeanne a réussi à dégoter. Elle dépose une débarbouillette froide sur son front. Mais pendant ce temps, elle constate que Jeanne a raison. Neil est bel et bien possédé par l'ogre destructeur de beauté. Sa grand-mère parlait des possessions et craignait les démons. Chaque semaine, elle apportait chez elle de l'eau bénite et en aspergeait son lit. Quelle sorte de cauchemars pouvait-elle bien avoir ? On parle moins aujourd'hui de possession, mais des récits et des histoires en font mention. De nos jours, pourrait-on dans certains cas, associer ces phéno-mènes à la schizophrénie ou aux *personnalités multiples* ? Tout ne dépend-il que de la fonction du cerveau ?

En 2000, un 5 novembre, Daniela K. a poignardé sa mère et son beau-père à Düsseldorf. Les deux avocats de cette criminelle de vingt-quatre ans mettaient fortement en doute sa responsabilité, car elle disait à certains moments être totalement repoussée à l'intérieur d'elle-même par une Sabrina, réglant les situations à la dure. Même au tri-bunal, quelquefois c'est Sabrina qui se manifestait. Pourquoi ? Comment ? Son cerveau était alors occupé par une âme étrangère qui pouvait parler, écrire, agir par son entremise. Daniela K. avait beaucoup tendance à la rêverie, ce qui l'avait sans doute fragilisée et avait ouvert la porte à une âme plus volontaire, l'amenant aussi à poser ces gestes fatals. Attention donc à la paresse d'esprit, aux films d'horreur qui pataugent dans les marécages des formes pensées, à la brutalité de certains jeux vidéo et aux romans savons où la haine et la vengeance sont le lot du quotidien. Des fils ainsi se tissent insidieusement. Et qu'en est-il des démons ? Du temps où les humains étaient plus sensibles et reliés à l'arrière-pays, il n'était pas rare de percevoir les formes pensées du vouloir qu'on a alors nommées démons. Elles étaient engendrées par la colère, l'appât excessif du gain, la haine, le mensonge, etc. ou encore par de belles intuitions. On ne parle pas alors de démons, mais de formes lumineuses. Les contes anciens font référence à des furies, à diverses images monstrueuses et déformées rodant et polluant l'espace vital. Qui les nourrit? Qui s'y frotte? Qui s'y pique? Ces questions doivent être posées car il est impossible de traverser les barrières de l'aura, qui agit comme un filtre puissant en repoussant tout ce qui n'est pas sur la même longueur d'onde ou en affinité, sans que l'âme n'y invite, tel un récepteur prêt à recevoir. On dit que dans l'Antiquité, les guerriers se noircissaient le visage et excitaient ainsi les démons belliqueux. Agressives et querelleuses, les énergies de ces formes pensées ouvraient la voie et les accompagnaient, soulevant leur rage folle jusqu'à la victoire, après avoir fait un nombre souvent incalculable de victimes...

En possédant le corps de Neil, l'ogre de la disgrâce et de la difformité n'a fait fi d'aucun des squelettes et diablotins qui repoussent Khin et qu'il doit combattre à chaque nuit. Pour lui, c'est du menu fretin.

Justina, as-tu rêvé cette nuit ou était-ce la réalité de l'arrière-pays qui a giclé devant tes yeux? Tu voudrais que ce ne soit qu'un horrible cauchemar. Mais, c'est pire encore. Tu as fait un voyage au bout de l'*humanitude*, tu as affronté les blizzards de glace et traversé avec Neil cette muraille légendaire, frontière entre le vaste espace désertique et le monde de glace. Tu le transportais et, pour la traverser, il ne pouvait être qu'aspiré. Tu fais les cent pas dans la chambre en observant le corps décharné de celui qui, à sept ans, a déployé ses ailes artistiques dans un musée. Son corps est possédé. Tu pleures en silence. Qu'as-tu fait ? Tu l'as malgré toi jeté dans la froidure ! Que dirait Étienne qui cherche tant à comprendre les phénomènes ? « *Qu'on arrête de me lancer au visage des formules creuses. Les desseins impénétrables de la providence et la fatalité aveugle, c'est dépassé ! Il faut comprendre. Neil avait tissé des fils très solides avec le désespoir et la révolte. Tu as constaté, Justina, que les fils étaient bien vivants et qu'il voulait réellement devenir lui-même de glace. Il rejetait sa sensibilité qui le faisait trop souffrir et il a été aspiré par affinité. Toi, sans le vouloir, tu as joué avec le feu, pensant bien faire. On devrait se poser plus de questions sur le sens de la vie et des phénomènes. Aujourd'hui, on ne veut même plus regarder la mort et les morts en face* »… Florence a dit de prier pour le désespéré… Et la porte des hiboux… Tu as arraché l'esprit de Neil à son corps et le fruit n'était pas mûr. Avez-vous vécu une sorte de voyage astral ? Une chose est certaine, la bête est là. Tes yeux *galiléens* te le confirment. Quand tu es dans cet état d'ouverture intérieure, il te semble toujours être sous les enluminures des vitraux gothiques de la cathédrale de Milan. Remercie car, comme Florence, tu es à même de voir sous les apparences et, dans le futur, les mains invisibles dessilleront encore tes yeux.

VII

Les voilà donc enfin qui s'exécutent. Le charognard joue le jeu de Neil qui a livré son cœur à la laideur. Mais il éclate par moment devant toutes ses attentions détestables. Tout est là pour lui déplaire, jusqu'à la chanson *Sensible* que Francesca et Clara lui chantent tendrement à l'oreille. Imaginez la scène. Il ne peut révéler son identité. Il veut détruire à tout jamais l'image de Neil et le faire interner dans un institut psychiatrique. Ainsi, il aura le choix entre vivre cette vie en institut, dosée aux antipsychotiques, aux anxiolytiques et aux antidépresseurs, ou quitter son corps et sa carcasse, par dépit ou conviction, peu lui importe, pour sa nouvelle identité de nain de conscience. Il n'attend que ça pour lui confier sa tâche, et quelle tâche ! Francesca voudrait retenir son souffle, mais elle doit chanter et envelopper le funeste possesseur du spleen doux et languissant du refrain. Il lui semble que son oreille droite est velue et dégage une odeur de soufre. Clara fait de même, théâtralement attendrie, près de son oreille gauche. Elle s'enveloppe en pensée d'une bulle colorée. Elles sont bien courageuses.

Je suis sensible
J'aimerais que tu l'entendes
Sensible dans mon cœur
Et mes oreilles sont de velours…

237

Il soupire. Je dirais même qu'il gémit et que bientôt il hurlera.

Je suis sensible
J'aimerais que tu l'entendes
Sensible à chaque heure
Et j'ai nié le vrai parcours

Il s'accroche aux barreaux du lit qu'on a remontés pour éviter qu'il ne chute durant son sommeil. Mais… il a déjà chuté, cela fait si longtemps… Dans son sommeil de l'esprit, sa conscience s'est affadie.

Suivra un massage particulier d'Édouard. *Le métamorphorique*, une méthode réflexe très particulière, permettant de libérer les forces de vie afin de réharmoniser les différents plans de l'être.

« C'est de la véritable torture, arrête ! »

Édouard, bien sûr, fait semblant de ne rien comprendre.

« Mais non, Neil, tu as besoin de ce massage après ce dur passage dans le monde de glace.

— Tu te trompes. J'ai aimé ce passage. Je suis maintenant totalement sans cœur et sans aspiration. C'était ce dont j'avais besoin, ce dont j'ai rêvé toute ma vie.

— Là, tu me fais quelques petits mensonges. Je suis là entièrement pour toi, Neil. »

Justina regarde cet homme dont elle est maintenant amoureuse. Il est le plus héroïque de tous. Car il touche l'ogre et cela le fait horriblement souffrir intérieurement.

Courage, Édouard !

Il masse sa tête. Elle voit son aura jaune, criblée de trous et tachetée de noir. L'aura d'Édouard et l'aura de l'ogre se combattent. Le fils de Florence lutte pour Neil, pour sa mère et pour tout ce qui aspire à la plénitude. Il constate jusqu'à quel point l'intériorité modifie l'aspect des muscles et de leurs fascias. Neil avait certes des nœuds dans les muscles, mais sous le joug de ce nain, son corps est devenu un nœud. Il masse ses bras et regarde Justina. «*Soutiens-moi avec la force de l'amour*», peut-elle lire dans ses yeux. «Je suis avec toi», lui répond-elle d'un regard lumineux. Mais elle repense encore à l'eau bénite de sa mère et à toutes ces histoires de sorcières de Salem et à certaines religieuses dont on dit qu'elles furent possédées. Quand y a-t-il réellement possession ou falsification? Quand la rumeur court, c'est elle qui possède avant tout. Édouard souffre. Il pâlit en massant les bras de cet apôtre de la désagrégation. Il parle au nain en caressant l'espoir fou de l'arracher à l'enfer de glace.

«Parle-moi d'un beau souvenir de ton enfance.

— Mon enfance?…»

Justina retient son souffle. Édouard masse maintenant ses jambes.

«Prends ton temps et raconte-moi.»

Il prie intérieurement de toute la force de son être. Il récite une prière amérindienne. *Ô Grand Esprit dont j'entends la voix dans le vent et dont le souffle donne la vie au monde, écoute-moi! Puissent mes pas me porter vers la beauté, puisse mes yeux toujours voir le coucher du soleil rouge et pourpre. Puissent mes mains respecter les choses que tu as créées et mes oreilles être attentives à ta voix.*

On étudie la télépathie. Lors de guerres, pour l'espionnage et la politique, peut-elle servir de radio mentale? Édouard sait que cela est possible. Il émet cette prière non pour brouiller les pensées de l'ennemi, mais pour l'émouvoir dans une tentative ultime.

Il masse maintenant ses pieds. Il a la sensation de toucher les ergots sous les muscles et les couches de peau. Le pied, dont la structure est une merveille, n'a plus de souplesse et d'agilité. Il palpe. L'arche longitudinale faite d'os tarsiens et métatarsiens habituellement disposés de façon à former un arc allant de la partie antérieure à la partie postérieure du pied, est… trop élevée. C'est, dans le jargon de la profession, une gampsodactylie consécutive à un déséquilibre musculaire, dans les cas de poliomyélite par exemple. Les nains à la conscience paralysée ont les pieds déformés. En marchant pieds nus, ils ne pourraient avoir cette sensation d'unité avec notre mère la Terre.

Justina ressent qu'à l'instant même se joue une rencontre étonnante. Il lui semble percevoir une larme couler. Est-ce le corps de Neil qui pleure d'être ainsi possédé où le nain de conscience qui est momentanément ébranlé ? Édouard, tu as un toucher à nul autre pareil. Tu transmets une forme d'énergie qui a ses lois. Tu transmets la Force qui guérit, fortifie, cicatrise, en autant qu'on l'accueille.

Il lui masse maintenant les mains. Il continue de prier et en son cœur frémit le tam-tam des mots… *Que je puisse apprendre les leçons que tu as cachées dans chaque feuille et chaque pierre. Je cherche la force, non pour être plus grand que mon frère, mais pour combattre mon pire ennemi : moi-même. Pour que je puisse toujours venir vers toi les mains propres et le regard franc.*

« Parle-moi de ton enfance. »

Justina retient à nouveau son souffle. Derrière la porte, Jeanne n'en croit pas ses oreilles.

« … *pour que je puisse toujours venir vers toi les mains propres et le regard franc. Pour qu'au crépuscule de la vie, comme le soleil qui se couche, je puisse venir vers toi sans honte…*

— On a volé mon enfance… On a volé toutes mes enfances…

— Volé ?

— C'est inutile, il est trop tard. N'insiste pas. Arrête de me masser, de me toucher. Je vais baver comme un chien et bientôt j'aurai la rage. Va-t'en !

Leurs regards se croisent comme des sabres de feu. Édouard a tenté l'impossible et l'impossible ne s'est pas réalisé.

240

— Très bien. »

Édouard n'insiste pas et se retire. Jeanne a compris qu'il est temps maintenant que Chérine entre en scène.

Elle franchit la porte avec un magnifique bouquet de lys. L'huile essentielle perle sur les pistils.

« *Papa...* Sa voix tremble.

— Je me suis dit : « Quel magnifique bouquet de fleurs le réconforterait ? » Et là, j'ai pensé à Florence...

— Encore elle !

— ... qui m'avait confié... qu'au restaurant La colombe d'or à St-Paul-de-Vence, vous aviez tous les deux été littéralement transportés par le plus majestueux bouquet de lys blancs que vous ayez vu de toute votre vie. Vingt-quatre lys où l'huile essentielle perlait sur les pistils. Le voilà de nouveau aujourd'hui, devant toi.

— Je suis allergique aux lys.

— Depuis quand ?

— Je vais étouffer. Je manque déjà d'air.

— Calme-toi. Je vais les déposer à l'autre bout de la chambre, près de la fenêtre.

— Dans quel sens va le vent ? Les fenêtres sont-elles ouvertes ?

— Les fenêtres sont fermées. Il y a la *clim*.

— La quoi ?

— La climatisation. Tu as oublié les expressions parisiennes ? »

Jeanne entre en trombe.

« L'*infermiera* est en vue. Taisez-vous ! Et monsieur Jasmin, faites le mort ou... presque... »

La voilà qui entre et vérifie ses signes vitaux. Elle constate que ses mains sont raides, mais rien de plus, sinon que le rythme du cœur est nettement plus lent. « Allez, sortez qu'on finisse notre ouvrage », se dit-elle en elle-même, notre Bécassine. Une fois l'*infermiera* sortie, rapide comme l'éclair, elle retourne à son chevet. Elle gagnerait certainement un prix d'interprétation.

« Monsieur Jasmin… voilà du miel et de la fleur d'oranger. »
Driss et Micheline ont l'impression d'être des mages.

« Neil, voilà une odeur un peu plus sobre. Tu t'en délecteras.

— Encore une odeur de fleur !

— C'est la fleur de l'oranger, pour te calmer.

— Personne ne peut me calmer.

— Et du miel de sarrasin, sur les doigts… Il faut goûter ! »
Micheline est un tantinet cynique.

« Seulement sur le pouce… Pouah !… Arrêtez de me soumettre à tous ces supplices ! »

Driss détache sa chemise. On dirait qu'une main veut l'étrangler.

« Je manque d'air. Qu'est-ce que c'est ?

— C'est les nerfs. Prends une *nitro* ! »
Micheline n'en laisse pas passer une.

Ils sortent en vitesse, mais Justina voit qu'une harpie au long nez, forme pensée de la colère tente de l'étrangler. Attention, Driss, es-tu certain de ne pas être en lien avec cette centrale ? Chaque être humain s'entoure d'un monde qui lui est propre. Ses actions en constituent la terre, ses paroles les cours d'eau et ses pensées, les petits papillons qui volètent au gré du vent. Les papillons ou les corbeaux… Attention, ils ont des nids ! Ils accompagnent le voyageur, peu importe où il se déplace. Driss, tu es d'une bonté à faire rougir, mais tes tristesses, surtout celles que tu as avec tes enfants t'amènent à jouer au casino. Et chaque fois, tu en ressors perdant, rubicond et amer.

« Monsieur Jasmin… »
Elle est d'une politesse inquiétante.

« Je vous invite à vous lever et à marcher dans la chambre. Une journaliste américaine aimerait vous poser quelques questions pour un article à paraître. Il y a aussi le photographe que vous connaissez bien, Étienne Ora.

— Certainement. »

Enfin, voilà l'instant tant attendu de la déclaration assassine, se dit-il en lui-même. C'est maintenant ou jamais.

Gail entre, faisant office de journaliste, avec Étienne. Ils ont tous deux le dégoût sur la main. Chérine est restée dans la chambre. Justina, Sylvie, Driss, Édouard, Micheline, Francesca et Clara entrent sans bruit, voulant constater de visu la marche du vautour. Déjà qu'ils ont vu les yeux jaunes dépravés. Pauvre Neil, son corps décharné est habité par un fragment d'être. Micheline se souvient du nain masqué qui avait agressé Florence à Venise. Jeanne retourne dans le couloir auprès d'Éloïse et de sa maman qui attendent d'entrer en scène.

Le voilà qui se lève. Chérine place le soluté sur le crochet du poteau à roulettes afin qu'il se déplace aisément. Ils n'en croient pas leurs yeux. Non, ce n'est pas la marche de l'empereur, ni celle de l'oie, c'est… comment dire… la marche du charognard… celle des nains de conscience. Il n'avait pas prévu dans sa hargne et son fiel que sa dégaine ferait à ce point office de signature. Le nain masqué par contre était plus sournois, mais il avait eu des dizaines d'années pour dompter son corps. Ici, on parle bien de possession. La situation est toute autre.

Gail est en transpiration. Il s'approche d'elle.

« C'est pour quel journal ?

— Le *Washington Post*, mais… la nouvelle pourrait se retrouver dans les journaux français.

— Monsieur Jasmin, vous avez une déclaration à faire ? Vous avez souffert d'une terrible maladie.

— Vous voulez dire, d'un stupide désespoir !

— Stupide ?

— Oui, Florence de Blois n'avait pas sa place sur terre. Il était temps qu'on la percute sur le front et que son cœur s'arrête dans les méandres du… du… World Trade Center.

— Quelle déclaration ! Vous l'avez pourtant tant aimée.

Gail est horrifiée.

— J'ai compris, madame. J'ai changé. Mais… je suis devenu dément avec tout ça et aujourd'hui, je veux célébrer devant vous ma psychose, ma déraison, ma névrose ! »

Édouard voudrait lui donner un bon coup sur la tronche. Étienne rêve de le couvrir d'un énorme papier adhésif. « Ferme ta gueule, ton moule à gaufres, perroquet des bas-fonds ! » marmonne-t-il. Mais, heureusement, il a de la veine, le cliquetis de l'appareil photo travestit ses propos !

« Je n'ai pas besoin d'un hôpital, mais d'un institut psychiatrique. Là, je vais enfin retrouver le monde auquel j'appartiens ! Qu'on se le dise, Neil Jasmin a trouvé sa voie, celle de la folie ! »

Chérine et Sylvie pleurent.

Il lève les bras et marche, le dos courbé comme un dinosaure à l'agonie. Il marche en levant les pieds comme s'il ne savait où traîner ses ergots sur le plancher.

Édouard en a assez. Il le regarde marcher et, tout à coup, le voilà pris d'un incroyable fou rire et, croyez-moi, quand il rit, toutes les rates se dilatent !

« Mais qu'est-ce que tu crois ? Ce n'est pas à l'institut psychiatrique que tu iras, c'est au cirque ! Tu ne peux aller nulle part, sauf au cirque ! »

Il est plié en deux. Il rit tellement qu'il en a mal au ventre et moi à la mâchoire. Arrête, Édouard, mes larmes coulent sur le papier ! Tu penses au *bed-in* de John Lennon et Yoko Ono pour la paix, à Montréal, en 1969. Tu parleras un jour à tes petits-enfants du *bed-in* de l'ogre destructeur de beauté à Firenze, en 2002. Quelle horrible fumisterie !

« Comment, aller au cirque ? Il n'en est pas question !

— Oui, le cirque ! Vite, une grande cage pour cet oiseau sans plumage !

— Je suis devenu fou, vous n'avez pas compris, à cause de Florence de Blois !

— Non, tu n'es pas fou. Tu es rocambolesque ! »

Étienne entre dans la ronde.

« Tu es un gugusse, une queue-rouge, un saltimbanque, un triste rigolo !

— Vous doutez de mon honnêteté ! Madame, l'entrevue est terminée et ces photos ne pourront être publiées, lui dit-il précieusement. Je vais me coucher.

— Très bien, à votre guise. »

Gail est soulagée. Quoi de mieux qu'un bon fou rire pour désarçonner ce *jus de boudin* !

« Bravo Édouard ! Bien joué !

— Aide-moi, Chérine. Ils ne me comprennent pas.

— Prends ton temps, lui murmure-t-elle entre deux nausées.

— Je me sens faible.

— Il faut te reposer.

— Cette odeur de lys me tue. »

Est-ce le signe du départ ? En route pour le décollage ! Jeanne a tout entendu dans l'embrasure de la porte.

« Monsieur Jasmin, Éloïse est là… *Elle n'ose dire « la petite-fille de Florence » parce qu'au point où il en est, il se braquerait certainement…* pour vous apporter…

Ah, je devine, Jeanne la Pivoine, ce que tu allais dire, un petit pot de beurre, comme dans l'histoire du chaperon mangé par le loup.

— … pour vous apporter son réconfort.

— Qu'elle fasse vite. Je n'ai pas aimé qu'on rie de moi. »

Éloïse pénètre donc dans l'odeur des lys, portant fièrement la boulette de papier délaissée. C'est l'antidote au venin de l'Araignée, elle le sait.

« Papi Neilou…

— Comment ?

— Papi Neilou…

— Bien.

— Je sais que tu aimes les oiseaux.

— Non… pas le coup des ailes… Je suis à bout…

— Tu voudrais porter les dix mille espèces d'oiseaux dans ton cœur, tant tu les aimes !

— Je n'ai jamais dit ça… qu'on appelle un avocat !

— Je t'ai apporté la boulette de papier, le dessin dont je t'ai fait cadeau… tu te souviens, chez moi…

— Euh… je ne sais pas… peut-être… Je l'ai oublié.

— Oui, c'est ça, dans ton manteau d'hiver. Jeanne l'a retrouvé.

— Jeanne, vous êtes congédiée.

Jeanne pense : « Cours toujours, mon nain ! »

— J'avais dessiné pour toi un oiseau précieux… un roselin pourpré.

— Un quoi ?

— Un roselin pourpré.

— Pour qui se prend-il, celui-là ?

— C'est un simple porteur de beauté.

— Je le déteste déjà.

— Regarde-le de près. Il est petit, mais… il célèbre la vie.

— Tu connais déjà ce mot à ton âge ?

— Oui, voilà ! »

Elle défait la boulette et place le roselin tout près de ses yeux de jaunisse.

« Hors de ma vue ! Non !

— Oui !

— Non !

— Oui !

— Aah… »

Il perd connaissance.

« Voilà ! C'était l'antidote au venin de l'Araignée. »

Jeanne s'énerve.

« Sortez tous ! Il y a trop de monde ici.

— Moi, je reste, Jeanne. J'ai été pendant vingt ans infirmière en salle d'op. Laisse-moi vérifier ses signes vitaux… »

Éloïse n'en revient pas de voir son papi si décharné.

« S'il m'avait écoutée et avait fait la paix avec le roselin pourpré, il ne serait pas si malade aujourd'hui.

— Ça va, les signes vitaux sont bons. Il n'a pas vraiment perdu connaissance. Le charognard s'est retiré.

— Mais il faut que papi revienne !

— Laisse le roselin sur son cœur. »

Micheline a les yeux pleins d'eau. Éloïse tient la main de son papi et fait une prière que mamie Florence lui a apprise. Cette prière parle du vent de l'espoir qui transporte l'âme et l'enveloppe de sa chaleur. Elle parle aussi du vent du courage qui fortifie l'ardeur du cœur.

Pendant ce temps, dans les bas-fonds de la dépersonnalisation, Florence a interpellé les nains qui retiennent Neil sous leurs serres, espérant dessiller quelque peu leur regard. Étonnamment, Madame Science Pure et Dure a réagi à la réflexion de Neil. Le nain mangeur de beauté ne s'est effectivement pas rendu compte du non-sens de ses propos. Une des tâches de cette naine était de proclamer que l'âme n'existe pas et qu'il n'y a aucune vie avant et après la mort. Erreur, il y en a bien une et la voilà bien naine au beau milieu de ce monde polaire, ce qui a porté un dur coup à son aveugle confiance. Celui qui a fait des enfants des otages du *non-amour* de leurs parents a travaillé pour insensibiliser nombre d'entre eux face à l'avortement. Florence, la main sur le cœur, lui a expliqué qu'on a tort de présenter l'avortement comme une méthode de contraception et de prétendre qu'à quelques semaines de vie, le fœtus n'est qu'un amas de cellules. « Un jour, un médecin qui était loin d'en être à ses premiers avortements, eut l'idée, lui expliqua-t-elle, d'introduire une caméra microscopique à l'intérieur de l'utérus d'une femme qui allait être avortée, afin de constater ce qui se passait véritablement à ce moment-là. Ce qu'il vit l'a traumatisé et, après cette expérience, il n'a plus jamais pratiqué d'avortements. Il a permis qu'un film soit fait à partir des images qu'il avait recueillies. On voit dans ce film le petit fœtus se blottir dans le fond de l'utérus et crier devant l'envahisseur qui l'aspire. Le cri est silencieux. Il l'entendit dans le silence. Par contre, il est facile de pointer du doigt les femmes qui se font avorter. Comme pour le suicide, en lien avec l'avortement, il y a souvent l'égoïsme et l'absence de soutien de plusieurs. Certaines femmes vivent malgré tout cette triste décision comme une véritable peine d'amour et elles ont droit par contre d'être avortées dans des conditions qui ne mettent pas leur vie en danger. » Quant à celui qui clamait l'idée de ne jamais pardonner et l'avait enfoncée avec le marteau de la rancune, il trouva ses mots si touchants qu'il en fut ébranlé.

« Si vous avez choisi d'être nain, libérez aú moins celui qui résiste. L'obliger n'a aucune valeur. Il doit choisir consciemment, comme vous l'avez fait.

— Je ne veux pas être un nain. Je ne veux pas ! »

Enfin, Neil, tu commences à savoir çe que tu veux.

— Étions-nous vraiment conscients ?

— Je ne suis pas ici pour faire votre procès, mais je vous demande de le libérer.

— Que dira notre maître au retour ?

— Il n'est pas votre maître et vous n'avez aucune chaîne. Personne ne vous oblige à croupir derrière cette muraille de glace.

— Alors, nous allons quitter avec vous, car il ne nous pardonnera jamais. »

L'élève connaît bien le maître.

— Il faut quitter par conviction et non par crainte des représailles. »

Ils se regardent tous trois et soulèvent leurs serres. Neil est rapidement debout. Mais aucun autre nain n'a remarqué qu'il est maintenant libre, car les émeutes, les insurrections, les conflagrations, les escarmouches, les guérillas sont un *sine qua non* à leur état de nabot. De tout le bouquet incrusté en elle, Florence lui donne non pas un pétale, mais toute une fleur de la paix, ainsi, s'il le veut bien, il sera pour toujours en lien avec cette centrale et il saisira plus encore ce qui se passe sur la face cachée de Gaïa. Kinu lui remet un pétale de sa fleur de lotus. Il est heureux de la rencontrer de nouveau.

« Le lotus est une fleur sacrée. C'est la plus vieille fleur du monde qui s'élève au dessus des eaux. Elle émerge de l'eau sans se mouiller. Ainsi, elle nous invite à être vigilant sur terre, dans la vallée de la matière et à développer et protéger notre personnalité.

— Oui… j'ai manqué de vigilance. J'ai horriblement manqué de vigilance.

— Souvenez-vous, Neil, que les feuilles de cette plante disposent d'un mécanisme d'autonettoyage exceptionnel. La surface des feuilles transforme la pluie en perles d'eau, qui emportent avec elles toutes les particules de poussières et de détritus. Transformez vos larmes en perles d'eau*.

— Oui, je vous le promets. »

Ogawa lui remet la moitié de sa rose.

« La rose est le symbole de la beauté et de l'amour. C'est la reine des fleurs, aimée depuis des millénaires. Tu as souffert depuis le départ d'Amira, mais tu dois poursuivre ton chemin. »

Le vent parle à travers lui.

« Depuis la Perse antique et jusqu'à ce jour, longue a été sa route. »

Florence le regarde, interrogative, mais il n'en dit pas plus… La Perse ?

« Je veux maintenant soutenir les causes qui se présenteront à moi. Mais avant tout… je dois me délester de beaucoup de cadavres.

---

* Tome I de la collection *Les yeux de Florence* : « Les couleurs de l'ombre ».

— Bonne route. Mon nom est Ogawa… ruisseau. J'ai…

— Il est temps de partir ! »

Florence ne veut pas tarder. Qui sait quand le rase-mottes déployeur de laideur sera de retour. À plus tard, les présentations.

« Nous vous suivons ! »

C'est un véritable cri du cœur. Le trio de nabots semble bien décidé à s'extirper du monde de glace.

À peine arrivés de l'autre côté de la muraille, voilà que Pax est devant eux avec une multitude de Pacis.

« Nous venons vous protéger. Un petit Khin Nyunt est venu m'avertir. Dépêchez-vous !

— Khin !

Bien sûr, il est toujours au chevet de Neil, tel que tu le lui avais demandé, Florence, et… il combat les démons de ses pensées.

— Oui, un funeste nain est en chemin. Il s'était introduit dans le corps affaibli de Neil.

— Oui, je sais. Il m'avait fait prisonnier.

— Vous avez été bien imprudent, mon ami ! Mais je n'ai rien à dire. J'ai fait bien pire encore.

— J'admire votre persévérance, Pax, à vivre en tant qu'étincelle de conscience !

— Ça me permet de constater jusqu'à quel point on écoute très peu sa petite voix intérieure. Et… quand on l'entend, quelque-fois, on tente de la museler. Mais je m'acharne.

— Dépêchez-vous, Neil doit rentrer à la maison !

— J'ai beaucoup appris dans le monde de glace. J'ai appris, j'ai réfléchi. J'entendais vos pensées. Les nains et les géants… les nains n'ont pas d'ailes et les géants ont de la difficulté à planter leurs racines. J'ai aussi compris plus encore qu'il y a le pays de la noblesse et de l'inspiration, et aussi celui de l'infamie et de l'inspiration. Deux pays aux antipodes, deux pôles, l'un qui élève, l'autre qui amoindrit, rabat, inférior ise. Et… pourquoi les hostilités, les conflits dégénèrent-ils en guerres ou en attentats ? Pourquoi avoir choisi ce mode d'expression alors que l'art pourrait nous satisfaire ? Veut-on finalement arriver à la compréhension ou à la destruction ?

— Neil, accélère ! La partie n'est pas encore gagnée ! »

Les voilà qui filent à toute allure. Vient un temps cependant où les nains doivent les quitter, essoufflés. Impossible pour eux d'aller plus loin. Prises de conscience obligent. Une grande remise en question les attend. Puis, tel que prévu, sur le pont de l'incarnation, ils se retrouvent en présence de l'ogre. Si on peut parler de présence… Il est très agité.

« Ils ont ri de moi ! Ils voulaient m'envoyer au cirque alors que je les suppliais d'être interné ! En réalité, ils ont ri de toi. Tu deviendras une véritable curiosité. L'antiquaire fou ! Prenez vos billets et ne tardez pas !

— Au cirque ? Ha ! Ça c'est sûrement l'idée d'Édouard !… Parce que vous pensez être passé incognito ? »

Neil en a lourd sur le cœur.

« J'ai eu un massage… *ça, il ne l'oubliera jamais*… des fleurs, une chanson, *Summertime* au violon… des horreurs sans nom. Et… un dessin de roselin pourpré qui m'a tué. Ah, c'est fini pour moi à tout jamais, les « bonheurs » de ce monde !

— Ça, c'est grâce à Éloïse qui a écouté sa petite voix.

— Et la petite voix, c'était Pax.

— Neil, que fais-tu là ? *Le voilà qui se ressaisit.* Tu es mon prisonnier !

— Appelez-moi monsieur Jasmin.

— Comment ?

— Ce que je fais là ? Je rentre chez moi ! Pour moi, ce n'est pas fini, les bonheurs et les beautés de ce monde. Hors de ma vue !

— Question… votre altesse de la bassesse… »

Pax se fait ironique.

« Dépêchez-vous, je n'ai pas de temps à perdre.

— Où est l'ex-führer ? C'est certainement un respectable nain !

— Oui, grâce à lui, les nains de conscience ont presque réussi à conquérir la terre. Mais un géant a réveillé les alliés sous le prétexte de la légitime défense.

— Et ?

— Ayant perdu la guerre, il s'est suicidé. Il est rentré à la maison de très mauvaise humeur d'ailleurs. Il voulait nous forcer à défiler devant lui en faisant la marche de l'oie. Nous avons refusé de crier *Heil Hitler !* Alors il s'est retiré dans une grotte noire. De l'autre côté de la muraille, quand on parle de lui, on parle du nain noir dans la grotte noire et on est peu loquace. S'il en ressort un jour, ce sera pour retourner sur le pont de l'incarnation.

— Non, jamais !

— Qu'est-ce que tu en sais, Florence de Blois ?

— Retourne d'où tu viens !

— Je ne viens pas du monde de glace.

— Qu'est-ce que tu racontes ?

— Au cours des siècles, j'ai préféré descendre plutôt que de monter.

— Pourquoi ?

— Ça ne te regarde pas ! »

Il fuit à la vitesse de la noirceur qui fait peur.

Neil en a assez entendu. Il veut retrouver son corps. Il prend les devants, porté par les vents ascendants. Florence est heureuse de constater ce changement de cap. Ils l'accompagnent donc tous, jusqu'au moment où le réel adieu, l'adieu conscient, doit se faire. Il la regarde et touche sa main, empli de toutes les vibrations des fleurs célestes.

« Amira… mon amour…

— Maintenant, je ne suis plus Amira, Neil… Je suis Florence… Je vivrai dans tes souvenirs, mais aussi, je l'espère, dans ta conscience.

— Oujo Chica.

— Oui, Oujo Chica pour toi, Ogawa, je suis Princesse Biche…

— Princesse pour l'un comme pour l'autre… Je vous remercie. »

En touchant sa main, Neil remarque qu'Ogawa est appuyé sur l'épaule de Pamplelune. L'a-t-elle choisi… l'a-t-il choisie ? Il la regarde et, l'espace d'un moment, il la revoit comme *La Fornarina* de Raphaël. Elle ressent toute l'interrogation de sa conscience. Elle enlève son voile.

« Tu as été Raphaël et j'ai été cette femme dans ta vie. Tu es mort prématurément et moi, dans cette vie, je t'ai quitté, poussée par la force des choses. Fais aujourd'hui la paix avec ce destin.

— J'ai été Raphaël ! »

Il est sans voix. Ogawa enlève son turban et Kinu à son tour se dévoile.

« Merci de m'avoir accompagné… Je dois méditer… cette révélation me chavire. En es-tu bien certaine ?

— Oui, mais… ne vis pas dans le passé de cette vie ou d'une autre.

— Oui… adieu… adieu. »

Le voilà donc qui regagne son corps, mais des démons de ses formes pensées rôdent encore et de multiples squelettes. Il ouvre lentement les yeux. Éloïse est à son chevet, ainsi que Chérine. Jeanne est au pied du lit. Elles ont attendu patiemment depuis deux heures déjà.

« Papa ?

— Ma chérie. »

Sa vue est légèrement embrouillée.

La voilà déjà rassurée. Ce mot affectueux ne serait certainement pas prononcé par le nain si dédaigneux face à tout attendrissement.

« J'avais peur qu'on t'aie déchiqueté.

— Papi… regarde, le roselin pourpré.

— Oui, ma chérie, oui… il sera pour toujours mon ami. Je n'aurais pas dû le délaisser. Pardonne-moi.

— Monsieur Neil !

— Oui, Jeanne…

— Nous avons tous été si inquiets. Vous êtes allé très loin dans les tunnels secrets.

— C'est vrai, mais je n'ai rien à faire de l'agartha, crois-moi. Où est Sylvie ? »

Elle est avec Driss et Micheline, Justina, Édouard, Étienne, Clara, Francesca, Gail et la maman d'Éloïse.

« Vous êtes vraiment des amis formidables ! Je ne mérite pas toute cette attention !

— J'ai su pourtant, papa, que tu as à un moment ou un autre, apporté de la beauté dans leur vie.

— Oui, mais j'ai aussi beaucoup critiqué les horreurs de ce monde et j'ai bu cette coupe jusqu'à la lie. Critiquer est une chose, mais il faut aussi passer à l'action… Hum… d'où vient cette odeur de lys ? »

Jeanne n'a fait ni un ni deux, elle est allée à la cafétéria où tout ce beau monde est réuni. Quel bonheur ! Voilà qu'ils ne portent plus à terre. Neil est de retour, et pour de bon, à la bonne heure !

Et vous imaginez le reste. Neil félicite Édouard pour son fou rire et l'idée du cirque, un direct dans le mille ! Là, c'est sûr, il a dépassé Zidane ! Driss rêve de lui préparer un bon couscous. Micheline vérifie ses signes vitaux et appelle l'*infermiera* en se disant qu'il ne vomira certainement plus dans les toilettes. Clara et Francesca lui donnent en cadeau la nouvelle literie où l'on a imprimé sur l'oreiller la *Nuit étoilée* de Vincent Van Gogh et Étienne lui montre les horribles photos de l'imposteur. Il a honte de ce qu'il voit. On ne l'y reprendra plus. Mais heureusement, tout est bien qui finit bien. Gail lui parle de son entrevue à titre de journaliste pour le *Washington Post*, Justina de ses visions horribles et merveilleuses. Et… Sylvie… elle a humecté son front, a joué dans ses cheveux, lui a chanté une berceuse et joué plus d'une pièce au violon. Du fond de son cachot, a-t-il entendu son chant et le violon mélancolique ?

Il regarde la mère de son enfant. Elle a de si beaux yeux verts. Le lendemain, ils quitteront tous, rassurés, sauf Jeanne et Sylvie qui resteront avec lui pour trois semaines encore, le temps qu'il reprenne des forces et se délecte de la nourriture florentine.

Jeanne a rêvé à la tortue. C'est la tortue de Florence. Jamais elle ne voudrait la quitter. Pamplelune avait voyagé sur le dos de la tortue, sa carapace se confondant avec une coquille de noix géante dans laquelle elle voguait la nuit et qu'elle mettait au sec le jour, sur le dos de ce fidèle reptile au bec corné. Reverra-t-elle le primitif ?

Entre-temps cependant, le fils cadet de Florence, William, laisse un message à la clinique pour les avertir qu'on a cambriolé la maison sur Marlowe. En réalité, on ne l'a pas cambriolée car on n'a rien volé, mais la chambre de Jeanne est sens dessus dessous. Qui s'entête à vouloir s'approprier injustement cette peinture sur soie ? Mais cette fois-ci, on a laissé un mot : *Cette histoire n'est pas terminée. Elle ne fait que commencer.* Heureusement, Éloïse a eu l'idée de demander à Jeanne de l'apporter chez elle.

Troisième semaine d'août, Neil rentre enfin à la maison. La chambre de Jeanne a bien reçu la visite d'un typhon. William n'a pas tenté de replacer quoi que ce soit. Par où commencer ? Il n'a pas réussi à le deviner. Neil s'est proposé d'aller au cimetière du Mont-Royal, pour un rite funéraire d'inspiration amérindienne, le treize septembre. Ce jour-là, un an lus tôt, il avait découvert, en pleine nuit, le corps inanimé de Florence. Il se prépare à ce grand cercle qu'ils formeront tous autour de la plaque de marbre couchée sur le sol, comme une marche où l'on pose le pied avant de gravir un escalier. Mélodie Schmidt y sera présente. Elle est reconnaissante de tout cet amour qui lui a été prodigué. L'inscription est simple :

Florence de Blois
1950 – 2001
Ne craignez pas de poser le pied,
ici-bas n'est qu'une marche vers l'au-delà.

Le 29 août, il commence à se délester des cadavres qu'il avait amenés avec lui dans le grenier où Anne Frank tentait de survivre. Ainsi, il les appellera chacun à leur tour pendant 17 jours. *Zaka, je t'appelle. Je fais la paix avec ton décès et te confie à la vie....* Ziad, Bassel, Fahil, Nizar, Omer, Raga, Khatib, Abbas, Thobet, Nader, Soad, Tapani, Latif, Nadim qui a perdu la raison, Youssof et Omar B., tous seront retournés à la roue de la vie. Puis, le 11 et le 12 septembre, il appelle son père et sa mère. Il pleure et se confond en excuses. Il n'a pas assisté à leurs funérailles, incapable de vivre ce triste déchirement. Mais aujourd'hui, il doit faire face.

Sylvie l'encourage. Elle comprend. Depuis qu'elle les avait quittés brusquement, enceinte de Neil, pour se marier avec le fils du diplomate d'Arabie saoudite, elle n'avait jamais revu ses parents. Son père est décédé en 1990. Elle a reçu, par le biais de l'ambassade, une carte annonçant son décès. Maintenant, elle aimerait revoir sa mère.

Il fait soleil. Neil a le cœur léger après s'être libéré du poids de *ses défunts*. Il a repris les kilos qu'il avait perdus. L'appétit de vivre est de nouveau au rendez-vous. L'amour l'est aussi... puisque, du fond des jardins de Bagdad, l'innocence d'autrefois a gagné en maturité. Il pense à relire Jean de La Fontaine et Molière. Il réalise que ces auteurs ont à leur manière fustigé les nains de conscience ou, en tout cas, débusqué la route menant vers le nanisme, au travers de fables où les animaux servent de porte-voix ou encore de comédies où l'humour détrône ceux qui aspirent au règne de la coquille vide ou de l'escargot. Et, se dit-il, l'œil de *Big Brother* qui nous épie est-il au fond celui de *Big Dwarf*? Il y a deux jours, alors qu'il furetait sur Internet, la vie lui fit un clin d'œil très particulier. Il pensait aux nains de conscience, se disant que peu de gens sont éveillés à ce danger qui rôde, à cette maladie, à cet état de poussière d'homme. Il avait tapé «nains» et «conscience» et sept véritables nains humains s'étaient retrouvés devant lui, tout sourire, sur une photo. Il lut donc avec fascination l'article sur l'histoire d'une troupe de lilliputiens, les sept nains Ovitz, qui avaient été épargnés de la chambre à gaz à Auschwitz parce qu'ils étaient devenus les cobayes d'un scientifique donnant dans l'atrocité, le Dr Josef Mengele. Ils ont vécu dans la terreur et ont été sauvés miraculeusement en dernière instance, par les troupes russes. Ils se sont produits par la suite en spectacle en Israël. Il lut les larmes aux yeux: «*In our hearts we were giants...*». «Je vous embrasse, nains courageux!» avait-il lancé d'une voix percutante, si bien que Sylvie s'en était inquiétée.

Depuis ce voyage dans l'agartha, le mot nain est enveloppé d'une aura de perdition. Elle a peine à l'entendre. Mais ils ne faut pas confondre les nains du cœur et ceux du corps. Parmi eux était peut-être un véritable géant déraciné par la folie de l'holocauste, mais au moins... ils ont survécu.

Il est quatorze heures. Ils sont presque tous arrivés. Édouard et William sont déjà là depuis une demi-heure. Mais Éloïse se fait attendre, avec son père Emmanuel, un des fils de Florence. Sa mère aussi sera de ce mandala humain, même s'ils sont séparés. Elle avait beaucoup de respect pour Florence.

Il est quinze heures et elle n'arrive pas. Pourtant, c'est samedi, elle n'a pas d'école et les cours au Musée des beaux-arts ne reprendront que dans une semaine. De toute façon, elle n'aurait pas assisté à ses cours. Mais on ne peut que constater son absence et celle d'Émmanuel. Sa mère non plus n'est pas venue... étrange...

Neil décide finalement de prendre la parole.

« Comme vous le savez, l'Amérindien fait tout en suivant un cercle et ce, parce que les forces du monde procèdent par cercles et que toute chose tend vers la rondeur. Les oiseaux construisent leur nid en rond, car ils connaissent les forces de vie. Florence a quitté le nid de la terre il y a un an, jour pour jour, pour accéder à d'autres cercles, poussée par le vent et instruite par celui-ci. Car le vent parle. Elle me l'a dit et je le sais aujourd'hui. Elle voyait sous les apparences et voit encore plus maintenant. Elle a soulevé un vent de conscience dans le monde de glace où règne l'insensibilité, et ce vent a retenti et vibré. Qui a été touché ? Cela est inscrit dans le livre de la vie et il ne nous appartient pas de lire ce qu'il y a sur ces pages, mais d'en constater les manifestations. Nous sommes donc en attente… Donnons-nous la main. Florence, un mandala d'amour est ici formé pour toi. Bonne route, bon voyage sur les ailes du vent ! »

Quelle intensité, mais il sait aujourd'hui la porter. Pendant plusieurs minutes, le silence sera merveilleusement habité. Voilà qu'on dépose des fleurs et tous, lentement, s'en retournent, absorbés par un quelconque souvenir de Pamplelune. Florence est sensible à ces vibrations d'amour. Une image vient vers elle. Neil quitte le cimetière. Il tient Sylvie par la main, décidé à aider là où son aide sera requise. Sylvie est heureuse et Chérine est comblée. Mais Florence restera toujours dans son cœur. Il reste tant à faire.

Ogawa s'approche et prend Princesse Biche dans ses bras.

« Il faudra prendre le temps de m'apprivoiser, lui dit-elle.

— Bien sûr… tu es une biche…

— Ogawa… je me souviens que tu avais souvent le mot pour rire.

— Oui, et… par la suite, je l'ai eu longtemps pour pleurer. Est-ce que ton cœur est libre ?

— … Oui, il l'est maintenant.

— Je t'aime. »

Il la prend dans ses bras. Florence est touchée par cet amour si profond. Si on lui avait prédit ce qu'elle sait et vit aujourd'hui, deux ans auparavant, l'aurait-elle cru?

Neil et Sylvie marchent pour regagner le stationnement. Le cellulaire de Neil se met à vibrer. «Enfin, *espère-t-il*, Éloïse est sans doute au bout du fil, ou Émmanuel… Peut-être ont-il eu un accident!»

«… Quoi?… Mais voyons, c'est impossible! Éloïse a été kidnappée! Comment peux-tu en être sûr? Elle s'est sûrement égarée dans un sentier en allant cueillir des fleurs sauvages.»

Son père, Émmanuel, est au bout du fil.

«Quoi, Éloïse a été kidnappée?»

Sylvie est aux abois.

«Tu étais avec la police… tu n'as pas pu nous appeler! Ils ont laissé un mot dans sa chambre… donc impossible d'en douter! *Éloïse a trop parlé*… Oui… c'est ce qui est écrit et ensuite… sur le même papier… un dessin de l'oiseau tonnerre amérindien… ce qui signifie la guerre! On est bien loin du roselin pourpré! Ils nous persécutent, quoi! Et le jour même de la commémoration du décès de sa grand-mère… ce n'est pas un hasard… Oui, comme tu dis, c'est une machination… D'accord… oui, on se rappelle… À n'importe quelle heure. Je veux tout savoir. Tiens-moi au courant, il faut retrouver Éloïse!»

Neil est blême.

«Sylvie, quelle horreur!»

Mélodie Schmidt a tout entendu. Elle s'élance vers Jeanne et Chérine, porteuse de l'horrible nouvelle. Qu'arrivera-t-il? Nul ne le sait.

Florence, dans les bras d'Ogawa, flaire un danger. L'image d'Éloïse tournoie dans les jardins de fleurs. Elle voit des yeux arrachés danser dans l'obscurité…

À suivre…

Si vous avez des questions à caractère philosophique, n'hésitez pas à nous en faire part. Nous les ferons parvenir à Chérine Yamani, à son adresse électronique. Celles-ci pourraient se retrouver dans un des prochains romans de la collection Les yeux de Florence.

info@textesetcontextes.ca

Merci aux lecteurs et lectrices, pour vos lettres, vos courriels, vos bons mots, vos regards réjouis, fascinés, interrogateurs, reçus immédiatement après votre lecture du tome 1 de cette suite romanesque.

Remerciements

À Ginette Lemay, ma *fée de l'ordi*, ma première lectrice, toujours si attentive et minutieuse, si enjouée et si sérieuse, qui, après que j'aie accucilli les personnages, leur donne la main pour les installer bien au chaud, sur le fil de mes mots ;

à Gilles Pelletier, mon compagnon de vie, pour sa patience et sa compréhension devant les intenses moments d'écriture, dans la salle à manger où *l'igloo littéraire* avait préséance... véritable habitacle de livres et de papiers ;

à Grégoire V. Labelle, racine d'Édouard, qui m'a initiée aux alignements de *Donjon et Dragon*. Bravo pour cette belle intelligence et cette sensibilité ;

à Béatrix Marik, ma sœur cosmique, pour cette préface attentionnée, pour cette chimie, cadeau de la vie, entre nous, dès les premiers instants. Après avoir écrit le texte elle me laissa le message suivant : « Pour la préface Johanne ; je n'ai pas compté les mots mais les vibrations ;

à Jeannine Thibault qui, sans le savoir, m'a inspirée ce personnage savoureux de Jeanne la Pivoine. Originaire de Rimouski, elle a comme elle la fraîcheur du vent du large ;

à ma petite-fille Virginie qui est venue se balader dans cette histoire de *La muraille de glace*, dans la peau d'Éloïse ;

à Pierre Fournier, mon éditeur, qui a su m'encourager et comprendre la volonté qui m'habitait d'écrire cette collection « Les yeux de Florence », car Florence n'a jamais dit son dernier mot.